FRANCESCA BARRA

Ein italienischer Sommer

Buch

Caterina hatte seit jeher ein besonderes Verhältnis zu ihrer Großmutter. Von ihr hat sie die Liebe zum Kochen geerbt, und wenn die beiden gemeinsam in der Küche stehen, ist es, als wären sie beste Freundinnen, die alles miteinander teilen, Geheimnisse wie Rezepte.

Doch in Caterina keimt der Wunsch, der provinziellen Enge ihres Dorfes zu entfliehen und ein anderes Leben kennenzulernen. Sie will wissen, wie es ist, sich irgendwo fremd zu fühlen, sich in einer Großstadt zu verlieren. Also geht sie zum Studieren nach Rom, wo sie Pietro kennenlernt, einen reichen, gebildeten Studenten, der von ihrer Andersartigkeit angezogen ist. Caterina geht fest davon aus, den Mann fürs Leben gefunden zu haben und will sich gerade so richtig auf das Abenteuer einlassen, als sie eine Nachricht ereilt, die alles verändern wird …

Autor

Francesca Barra wurde in Policoro, einem Ort in der Provinz Matera, geboren. Sie arbeitet als Drehbuchautorin und freie Journalistin für Film, Fernsehen und Radio sowie für diverse Printmedien. *Ein italienischer Sommer* ist ihr erster Roman auf Deutsch.

FRANCESCA BARRA

Ein italienischer Sommer

ROMAN

Deutsch von Esther Hansen

blanvalet

Die Originalausgabe erschien 2015 unter dem Titel
»Verrà il vento e ti parlerà di me« bei Garzanti S.r.l., Milano.

FSC
www.fsc.org
MIX
Papier aus verantwortungsvollen Quellen
FSC® C014496

Verlagsgruppe Random House FSC® N001967

1. Auflage

Redaktion: Hanne Hammer
Umschlaggestaltung: © www.buerosued.de
Umschlagmotiv: © Getty Images / Verdina Anna
KW · Herstellung: sam
Satz: Buch-Werkstatt GmbH, Bad Aibling
Druck und Bindung: GGP Media GmbH, Pößneck
Printed in Germany
ISBN 978-3-7341-0432-9

www.blanvalet.de

PROLOG

In der Höhlensiedlung Sassi di Matera kursierte das Gerücht, wir müssten alle von hier weggehen. Eher früher als später. Und je fassbarer die Furcht der Erwachsenen wurde, desto öfter überboten wir Kinder uns in wilden Träumereien.

»Ich gehe nach Rom, die Hauptstadt der Welt! In Rom gibt es Häuser, die sind so hoch wie die Berge, die reichen bis in den Himmel!«

»Ach was, Rom! Die echten Wolkenkratzer stehen in Mailand … Da will ich hin, nach Mailand …«

»Und ich will nach Amerika! Wisst ihr, dass es in Amerika Autos gibt, die fliegen können? Mein Onkel hat gesagt …«

»Klar, Amerika … Warum fliegst du nicht gleich zum Mond? Oder in diese andere Stadt … nach Turin?«

Ich hatte nicht das geringste Interesse, mir weitere Ziele auszudenken. Ungerührt spielte ich mit meinem Stock, um den ich eine Radfelge kreisen ließ, aus der mein Vater die Speichen entfernt hatte, und wiederholte, damit auch jeder es hörte: »Niemals verlasse ich die Höhlen!! Nie, nie, nie! Hier bin ich zu Hause, hier gehe ich nicht weg …«

»Von wegen zu Hause. Man muss ja gar nicht bis nach

Amerika, in Turin gibt es genug Arbeit für alle ... Mein Onkel ist reich geworden dort! Das ist der schönste Ort auf der ganzen Welt! Kommst du mit?«, fragte mich mein Freund, der Nachbarsjunge.

»Niemals verlasse ich die Höhlen«, erwiderte ich.

Und er gekränkt: »Hab ich ja kapiert, aber was willst du hier? Wenn du hierbleibst, bist du nicht mehr meine Freundin. Du willst ja nur hierbleiben, um eine Hexe zu werden. Du glaubst ja sowieso, dass du eine Zauberin bist, mit Zaubertrank und so.«

»Was redest du da?«

»Meinst du etwa, ich sehe das nicht, wenn du die Suppenkelle in der Hand schwingst und mit geschlossenen Augen singst? Alle wissen das ... dass es hier Magierinnen gibt, Hexen.«

»Umso besser, sollen sie doch denken, was sie wollen. Dich heirate ich sowieso nicht«, gab ich gereizt zurück, und setzte, um ihn zu ärgern und zu ängstigen, noch hinzu: »Ich habe nämlich im Kessel gesehen, dass du kein Glück haben wirst im Leben.«

Eine Frauenstimme unterbrach unseren Wortwechsel: »Teresì, komm rein, das Essen wird kalt ... Teresì ...«

Wenn es ums Essen ging, ließ ich mich nicht zweimal bitten.

Ich betrat die Tuffsteinhöhle, in der mein Vater Antonio mit seinen großen Fingern an einer fußbetriebenen Töpferscheibe den Lehm formte.

Es war eine richtige Töpferwerkstatt, in den Fels gehauen und eingerichtet mit eigenen Werkstücken, die von seiner großen Kunstfertigkeit erzählten: Amphoren, Teller, kleinere Skulpturen von Tieren und Menschen, Vasen, Krüge. Seine neuesten Kreationen standen in

Reih und Glied zum Trocknen auf einem Holzbrett: Tonpfeifen, Teller, Schüsseln, ein Hahn mit stolzgeschwellter Brust. Ganz verzaubert betrachtete ich die Gebilde, die wie von selbst unter seinen Händen entstanden.

Mein Vater hob den Blick, fuhr noch einmal glättend über die Vase, an der er gerade arbeitete, wischte sich die Finger ab und bedeutete mir, ihm an den Tisch zu folgen.

»Pà, Mà ... ich werde die Sassi niemals verlassen.« Meine Mutter lächelte und reichte mir die *Cialledda*, altbackenes Brot mit heißer Gemüsebrühe übergossen. Heute schwammen sogar ein paar Zwiebeln und Tomaten darin.

Dieses Gericht gab es bei uns fast immer. Manchmal kamen gefüllte Feigen hinzu, getrocknete Paprika, geröstete Brotreste oder Feldgemüse, außerdem Taralli und Zwiebeln.

Wir hatten Glück, denn meine Mutter war eine gute Köchin, so dass die anderen sie gerne um Hilfe baten für die zahlreichen Festessen oder Hochzeiten. Von diesen Anlässen brachte sie immer einen Korb verschiedenster Essensreste mit nach Hause. So wurde der Tag auch für uns zum Fest. Ich freute mich besonders über frittierte Kürbisblüten. Die mochte ich für mein Leben gern.

»Können die in Turin auch so gut kochen?«

»Was können die schon ...«, brummte mein Vater mit vollem Mund.

»Ich wusste es!«, rief ich, bevor ich mich wieder hungrig über meinen Teller hermachte. »Ich will hier nicht weg.«

1. CATERINA

Tomaten einkochen

Der Sommer ist die beste Jahreszeit, um das Obst und Gemüse einzumachen, das man im Laufe des übrigen Jahres verzehren will. Der Vorteil dabei ist, dass man sich Zeit lassen kann, manchmal stundenlang.

Wir hatten uns im Hof meiner Großmutter Teresa versammelt zu einem Ritual, das allein den Frauen gehörte: das Einkochen der Tomaten. Ich, meine Mutter, meine Schwester Mary, Nonna Teresa und ihr Hausmädchen Cettina, die seit ewigen Zeiten bei ihr war.

Das Haus meiner Großmutter erhob sich neben einem alten Wachtturm, in den wir als Kinder immer hineingeschlichen waren, weil wir glaubten, er sei in Wirklichkeit ein Geisterhaus. Eng, feucht und dunkel. So sahen in der kindlichen Fantasie die Orte aus, an die sich die Toten zurückzogen. Doch von ihrem Hof aus, im Halbkreis auf den kleinen Weidenstühlen sitzend, war der Anblick alles andere als Furcht einflößend.

»Komm, wir gehen zur großen Schlange«, sagten wir immer, wenn wir von dem Haus unserer Großeltern sprachen. Für uns Enkel war es stets ein Ort des Rückzugs und der Flucht. Wenn wir mit unseren Eltern Streit hatten, bei Liebeskummer oder einfach, weil wir das Essen meiner Großmutter so liebten.

Jedenfalls hieß das Haus bei uns so, die große Schlange, auch wenn Nonna diesen Spitznamen überhaupt nicht leiden konnte. Doch im Laufe der Jahre hatte es so viele Veränderungen und Anbauten erfahren, als würde ihm ein Schwanz wachsen, Wände waren verschoben, Flure versetzt worden, je nach Anzahl der neugeborenen Enkel, so dass es wirklich an eine Schlange erinnerte.

»Aber eine liebe Schlange, nicht wahr, Nonna?!«, fügten wir hinzu.

Ich und meine Schwester saßen zwischen Schwanz und Rücken der Schlange und pellten Tomaten, die mit kochendem Wasser überbrüht worden waren; mit der Haut entfernten wir gleichzeitig auch die Samen. Meine Mutter zerkleinerte die Früchte, um sie in Flaschen zu füllen und, mit Lappen gegen den Glasbruch geschützt, in einem großen Topf zu kochen, damit sich ein Vakuum bildete. Nonna überwachte die Arbeiten ihrer Nachkommen und bereitete die Verschlüsse vor. Ich mochte es gern, sie in die Flaschenhälse zu schieben. Das Gerät, das ich dafür zu Hilfe nahm, klemmte ich mir zwischen die Beine und betrachtete das Ganze als Trainingseinheit für meine Arme. Faule Frauen wie wir lieben die Vorstellung, Sport zu treiben, wenn wir uns im Haushalt betätigen.

»Wenn ich das mache, flattert der Schmetterling«, kommentierte meine Mutter lachend die schlaffe Haut an ihren Oberarmen, die aufgrund ihres Alters hin und her schwang.

Signora Cettina wischte inzwischen auf Geheiß der Nonna jeden Tropfen auf, der danebenfiel. Für meine Großmutter musste der Ort, wo man »zu Werke« ging, peinlichst sauber sein, weil nichts die Arbeit beeinträchtigen durfte. Sie zwang uns, kleine Kopftücher zu tragen, nachdem sie uns die Haare mit gelben Gummis zurückgebunden hatte, die die Haare kaputt machten. Haushaltsgummis, wohlgemerkt, mit denen man sonst Tüten verschloss.

»Wenn eure Mutter einmal daran denken würde, sie euch zu Hause zusammenzubinden, müsste ich euch nicht damit quälen«, pflegte sie zu sagen, wenn wir uns unter dem Ziepen wanden.

Doch dabei erzählte sie die besten Anekdoten aus ihrer Vergangenheit.

»Könnt ihr euch vorstellen, dass meine Mutter für meine Schwiegermutter gekocht hat? Und sie, die ›Signora‹, hat vor anderen immer behauptet, sie habe alles selbst gekocht. Meine arme Mutter. Auch wenn wir dank ihrer Mühe die Arbeit auf dem Gut von Torremozza bekommen haben.«

»Aber Nonna, ist das denn nie aufgeflogen, dass sie gar nicht kochen konnte, deine Schwiegermutter?«

»Nie! Und ihr zwei Enkelinnen werdet das Kochen von mir lernen, so wie ich von ihr. Die Tradition muss weiterleben. Hauptsache, du setzt dir keine Flausen in den Kopf«, sagte Nonna an mich gewandt und sah mir dabei so fest in die Augen, als könne ihr Blick selbst das Brillengestell aus Schildpatt zu Staub zerfallen lassen.

»Was für Flausen fürchtest du denn?«

»Caterina, hör mir mal ganz genau zu! Denn eins will ich dir sagen: Dir wird doch nicht etwa einfallen, nach der Schule wegzugehen zum Studieren und nicht mehr zurückzukommen? Denn hier, hier in der Basilikata, gibt es Öl. Erdöl! Die jungen Leute, die hierbleiben, werden reich werden, viel reicher als die, die weggehen ... Ich weiß gar nicht, wohin sie alle gehen. Man geht nicht weg von zu Hause. Und man lässt seine Eltern nicht einfach im Stich. Als die Sassi geräumt wurden, bin ich bei ihnen geblieben. Das habe ich immer gesagt, schon als Kind: Meine Grotten wollte ich nicht verlassen. Ich bin nicht in den Norden gegangen oder nach Amerika wie meine Freunde.«

»Aber aus der Felssiedlung bist du doch weg, nicht wahr, du bist von den Sassi nach Policoro gezogen ...«, wandte meine Mutter zu meiner Verteidigung ein, während sie weiter Flaschen abfüllte.

»Aber ich bin in der Basilikata geblieben! Und habe dort meinen Liebsten gefunden ... oh, was für ein Mann! Und das alles, weil ich mein Versprechen gehalten habe, nicht wegzugehen. Aber versuch du ruhig wegzugehen. Geh nur, geh, du kommst ja doch wieder zurück.« Dann stand sie auf und forderte mich auf, mit ihr ins Haus zu kommen. Als ich neben sie trat, sagte sie: »Caterì, ich muss dir ein Geheimnis verraten. Wenn du wirklich gehen willst, musst du diesen Sommer bei mir bleiben. Wir müssen ihn zusammen verbringen. Ich habe etwas für dich.«

Sie wischte sich die Hände an der Schürze ab und zog die Schublade der Anrichte auf, dann reichte sie mir einen Taschenkalender von 1990, uralt, mit dem aufgedruckten Logo einer Bank. Auf meine erstaunte Miene hin sagte sie: »Was macht es schon, dass er alt ist? Da sind so viele leere Seiten drin, sogar mit Datum. Von morgen an diktiere ich dir meine Rezepte, und du schreibst sie dort hinein.«

»Aber morgen will ich ans Meer, Nonna!«

»Ja, genau, und danach kommst du zu mir. Ich habe schon mit deiner Mutter gesprochen, diesen Sommer wohnst du bei mir, dann hast du es auch ein bisschen näher zum Strand.«

»Aber, Nonna …«

Doch sie sah mich so ernst an, als wolle sie mich mit ihrem Blick erschlagen. »Caterina, das ist kein Witz. Ich sage es dir im Guten, aber ich kann auch streng werden. Ich habe jahrelang viel für euch getan, jetzt bitte ich dich, etwas davon zurückzugeben.« Und dann fügte sie schnell hinzu, in der Hoffnung, mich zu überzeugen: »Du solltest dich geehrt fühlen, dass ich dich auserwählt habe und niemand anderen.«

Ich schwieg einen Moment, da ich tatsächlich nicht auf die Idee gekommen war, dass diese Bitte keine Pflicht, sondern eine Ehre sein könnte.

»Und warum ausgerechnet ich?«

»Weil du mir von allen am ähnlichsten bist. Und weil das vielleicht die letzten Worte sind, die ich hinterlasse.«

»Nonna, du machst mir Angst.«

»Ich höre die Stimmen. Sie kommen immer näher. Sie sprechen immer eindringlicher zu mir. Und sollte meine Stunde nahe sein, möchte ich, dass du meine Rezepte hast.«

»Welche Stimmen? Was sagen sie? Wovon redest du?«

»Sie rufen mich, flüstern meinen Namen. Und ich verjage sie. So, mit der Hand. Aber es hilft nichts. Es ist wie ein Summen. Du weißt, wie die Fliegen heute. So. Das muss man erst einmal aushalten. Und jetzt stell dir vor, sie könnten auch noch sprechen.«

Da gab ich meinen Widerstand auf und begann zu weinen.

Meine Großmutter drehte sich um und sagte: »Ich habe gleich ein Rezept mit Gemüse. Willst du es bitte aufschreiben?«

Ich gehorchte. Ich setzte mich hin und schrieb.

Die Vorahnungen meiner Großmutter habe ich immer ernst genommen.

Sie begann, mir das erste Rezept zu diktieren. Und verlor sich dabei in ihren Erinnerungen.

Falaoni lucani –
Gefüllte Teigtaschen aus Lukanien

ZUTATEN

Für den Teig:

1 kg Mehl, 1 gestrichener TL Salz, 100 g Schweineschmalz (alternativ Olivenöl), Wasser

Für die Kartoffel-Salami-Füllung:

1 kg gekochte Kartoffeln, 100 g Parmesan,
1 Bund Petersilie, 3 Eier (eins hart gekocht und zwei verschlagen), 100 g Salami, Öl, Salz

Für die Hackfleischfüllung:

500 g gemischtes Hackfleisch, 2 Eier, 50 g Parmesan,
1 Bund Petersilie, Öl, Salz (alles am Vortag vermischen und würzen)

Für zwei Gemüsefüllungen:

1 kg Mangold, 1 EL scharfes Paprikapulver
1 kg Zucchini, 150 g gekochter Schinken, 100 g Provola

Zubereitung

Mehl, Salz und Fett zu einem glatten Teig verkneten, kleine Kugeln abtrennen und zu Teigplatten ausrollen. Die Füllung darauf verteilen und zu schmalen Teigtaschen zusammenklappen, die etwa die Länge einer Hand haben. Mit der Gabel mehrmals einstechen. Mit dem verschlagenem Ei bestreichen und im Ofen bei 180 Grad zwanzig Minuten backen.

Für die Gemüsefüllungen den Mangold einige Stunden in Salzwasser einweichen, dann ausdrücken und mit Paprikapulver und Öl würzen. Dasselbe gilt für die dünn geschnittenen Zucchini, die statt mit Paprikapulver mit dem Schinken und dem milden Provolakäse vermengt werden.

2. TERESA

Die Puppe an der Wäscheleine

Domenico, den alle nur Don Mimì nannten, war zehn Jahre älter als ich. Als er mich zum ersten Mal ansprach, spielte ich noch mit meiner Stoffpuppe an einem Brunnen, der zum Grundstück seiner Familie in Torremozza gehörte, einem Örtchen am Meer kurz vor Policoro, das nach der Trockenlegung aufgeblüht war.

Wir wohnten schon eine ganze Weile hier, seit der Evakuierung aus den Sassi di Matera und einer kurzen Zwischenstation in den ärmlichen Hütten von Policoro.

Nach einem Jahr richtete Domenico zum ersten Mal das Wort an mich. Und es war eine ziemlich lustige Situation. Ich stand mit einem Bindfadenknäuel in der Hand da und versuchte, eine Wäscheleine zu spannen, um die Schürze meiner Stoffpuppe zum Trocknen aufzuhängen. Das eine Ende hatte ich bereits befestigt, wusste nun aber nicht weiter. Leise vor sich hin brummelnd kam Domenico heran und pinnte mühelos die Schnur mit einem Nägelchen an einen Baumstamm. Es war nicht schwer gewesen, und ich fand es nett von ihm.

»Wofür brauchst du die?«

Stimmt, wofür eigentlich? Wie sollte ich ihm gestehen, dass ich seine Zeit für eine Puppe gestohlen hatte, aus einer Laune heraus. Also blickte ich zu Boden und versteckte die Puppe hinter meinem Rücken. Er lächelte mich an und zeigte mir seine weißen, vollkommenen Zähne, wie ich noch nie welche gesehen hatte. Er begriff alles auf der Stelle, auch meine Verlegenheit. Um sie mir zu nehmen, tat er so, als hätte er die Puppe gar nicht gesehen.

»Du hast da was«, sagte er und zeigte mit dem Finger auf meine Lippen.

Ich streckte die Zunge heraus und ärgerte mich sofort über mich und meine schlechten Manieren. Mit dem Handrücken machte ich alles noch schlimmer und rannte schließlich davon. Meine Mutter hatte zu Mittag Falaoni lucani gemacht, die ich mir im Laufen in den Mund geschoben und mit denen ich mich bekleckert hatte, ohne es zu merken.

»Es gibt nichts Schlimmeres als ein unachtsames Schleckermäulchen«, hatte Mamma mir hinterhergerufen, bevor ich verschwunden war.

Dank Don Mimì wurde ich schlagartig älter. Ich setzte meine Puppe zwar gut sichtbar auf meine Kommode, nahm sie aber nie mehr zum Spielen mit nach draußen.

Bis zu diesem Moment hatte ich geglaubt, unsichtbar für ihn zu sein. Doch scheinbar nicht unsichtbar genug, um in ihm nicht die Neugierde und den Wunsch zu wecken herauszufinden, was aus mir in ein paar Jahren werden würde.

Dies war die erste Begegnung mit dem Mann, der einmal mein Ehemann werden sollte; im Garten seines Elternhauses, der mir riesig vorkam gemessen an dem, was ich gewohnt war. Doch nach den Grotten von Matera kam mir ohnehin jedes Haus wie der Palast eines Königs vor. Selbst die elenden Hütten in Policoro hatten mir gefallen, obwohl sie winzig waren. Ich dachte, ich würde mein Leben lang so wohnen, in einem Zimmer mit meinen Eltern: in diesen niedrigen Häuschen, am Fuße des Schlosses von Baron Berlingieri, über den immer alle redeten und vor dem ich ein wenig Angst hatte.

»Hat ihn denn schon mal jemand gesehen? Gibt es ihn überhaupt?«, fragte man sich.

Die einen beschrieben ihn als eine Art Weihnachtsmann, andere als ein dreiköpfiges Monster. Wieder jemand verglich ihn mit einem Kinohelden. Und noch andere sagten über ihn: »Ein großer Schürzenjäger und Freibeuter, das ist dieser Baron.«

Aber zu Gesicht bekam ich ihn nie.

Was ich an der Hütte so gar nicht ertrug, war das Geräusch, das die mit Maisblättern gefüllten Matratzen schon bei der kleinsten Bewegung machten, so dass ich davon aufwachte. Ich hatte einen leichten Schlaf und es klang, als prasselte der Regen auf die Matratze. Jede Nacht.

Doch manches war auch besser als in den Sassi. Endlich hatten wir ein Badezimmer und elektrisches Licht. Es gab eine Küche, die nicht in Tuffstein gehauen und rußgeschwärzt war. Endlich eine richtige Küche. Mit Herdplatten, einer Dunstabzugshaube und Schränken, in die man Pfannen und Töpfe einräumen konnte, damit sie nicht an wackeligen Nägeln an der Wand verstaubten.

Ein entfernter Cousin meiner Mutter war es gewesen, der meine Eltern nach der Räumung überredet hatte, nicht in den Wohnblöcken in Matera zu bleiben, sondern in ein Häuschen nach Policoro umzusiedeln. Und er war es auch, der eines Tages hereingestürmt kam mit dem Vorschlag, eine Arbeit auf dem Hof des Cavaliere

Terranova anzunehmen, Don Mimìs Vater. Wir würden ans Meer ziehen, für mich ein reines Gottesgeschenk.

»Dann hat es wenigstens einen Sinn, dass wir Matera verlassen haben, denn ich liebe das Meer!«, hatte ich meiner Puppe verraten.

Obwohl ich es noch nie gesehen hatte. Das Meer war mir einfach vertraut.

Mein drittes Leben sollte nun also in Torremozza stattfinden, in einem weißen Bauernhaus mit unverputzten Schmuckziegeln unweit der Ställe. Dort hatte man Unterkünfte für Gäste und die Dienerschaft eingerichtet. Der zentrale Platz war von einem Säulengang gesäumt, an dem sich Bouganvilleen entlangrankten. Doch das umliegende Terrain war sonnenverbrannt, verwildert und staubig und schrie geradezu danach, gezähmt zu werden, und genau dafür suchten die Gutsbesitzer nun einen Gärtner.

Im Rücken des Besitzes thronte wie zur Wache ein Turm aus dem sechzehnten Jahrhundert, der wie so viele in der Gegend zur Verteidigung des Königreiches entlang der Küste erbaut worden war. Seinetwegen hieß der Bezirk auch Torremozza, der abgeschlagene Turm.

Der Cavaliere stammte ursprünglich aus Sant'Arcangelo. Er war von der Regierung damit beauftragt worden, die Grundstücke des Amts für Bodenreform zu verteilen. Kraft seines Amtes erlangte er binnen kürzester Zeit Zutritt zu den Eliten des Dorfes und hielt sich auch lange dort. Er war ein drahtiger Mann mittleren Alters mit einem etwas plumpen Gang, der, wo er ging und stand, einen Hauch von Aftershave zurückließ. Und er war wie besessen von Hosenträgern. Er liebte sie. Niemand hatte ihn je ohne gesehen. Im Mund die Pfeife, eine Hand unter den rechten Hosenträger geklemmt, immer etwas gesetzt aufgrund seiner Stellung, und dazu der Geruch von Gewürznelken. Er redete nicht viel. Er kaute lieber Tabak. Und wenn er doch sprach, verstand man ihn nur anhand seiner Mimik.

Über siebenhundert Höfe waren bereits zugeteilt worden, und viele Familien aus der ganzen Provinz zogen hierher, um ein paar Hektar Land zu beackern. Unter den zugeteilten Bauernhäusern war auch das des Cavaliere. Das größte.

Anfangs zählte das Dorf kaum mehr als achthundert Einwohner, doch die Zahl verdoppelte sich mit jedem Jahr. Policoro wurde eine eigenständige Gemeinde und damit eine Baustelle. Durch die Trockenlegungen starb niemand mehr an Malaria, und wir würden nicht weit vom Meer entfernt wohnen.

Als Allererstes, noch bevor ich den Pappkarton mit meinen wenigen Habseligkeiten auspackte, erkundigte ich mich, wie man zu dieser großen blauen Fläche kam: Ich musste das ganze Grundstück überqueren, ein Gatter öffnen, das normalerweise mit einem einfachen Draht verschlossen war, und dann einem schmalen Pfad zwischen Agaven und Wildwuchs hindurch folgen. Nach etwa zwei Kilometern lag das Meer vor mir. Es war als hätte man einen Privatstrand, denn diese Seite des Dorfes war ziemlich ungepflegt und halbwegs abgelegen.

Das genügte mir, um mich wie eine Königin zu fühlen. Die Königin von Torremozza. Ich glaubte felsenfest daran, dass sich meine Geschichte irgendwann in die einer Königin verwandeln würde.

»Wo ein Wille ist, da ist auch ein Weg«, sagte meine Mutter Bernardina immer.

Papà bereute die Entscheidung am meisten. Er musste sein Talent für das Töpfern ruhen lassen und sich ganz diesem heruntergekommenen Garten widmen und außerdem zur Ernte auf den Feldern helfen. Mamma kümmerte sich um den Haushalt. Vor allem ums Kochen. Signora Damiana, die Gattin des Cavaliere Terranova, war untauglich am Herd, doch anstatt ihr Unvermögen zuzugeben, brüstete sie sich regelmäßig mit den von meiner Mutter zubereiteten Speisen.

Ich hatte ein eigenes Zimmer und, was noch besser war, eine Wollmatratze. Endlich konnte ich schlafen, ohne mich wie in einem Hagelsturm zu fühlen.

Ich war glücklich in Torremozza, auch weil es hier Don Mimì gab.

Jahre nach unserer ersten, peinlichen Begegnung wurde ich in den Salon seiner Eltern gerufen. Meine zukünftigen Schwiegereltern waren in Tränen aufgelöst.

»Was hab ich getan?«, fragte ich.

Monatelang hatte er ihrem Willen getrotzt. Er wollte mich heiraten, mit oder ohne ihren Segen, und berief sich sogar auf die Willensfreiheit, was sie zutiefst verwirrte. Er war gebildet, las viel und verteidigte sich unter Ausnutzung ihrer beschränkten intellektuellen und logischen Fähigkeiten mit Begriffen, deren Bedeutung sie nicht einmal kannten. Was hieß denn bitte schön »Liberum Arbitrium«?

Doch an diesem Punkt weinten sie bereits. Und ich auch, denn ich hatte Angst. Vor dem offiziellen Heiratsantrag, vor den erschrockenen Gesichtern meiner Eltern, die, sollte ich Nein sagen, schnurstracks auf der Straße sitzen würden, und vor den zukünftigen Schwiegereltern, die mir mit ihren Blicken alles Übel dieser Welt an den Hals wünschten. Ihr Leben lang würden sie sich für das rechtfertigen und schämen müssen, was wie eine Zwangsehe aussah. Auch der Himmel hatte sich dunkel verhüllt und weinte an diesem Nachmittag eines alltäglichen Tages.

»Aber ihr müsst mindestens ein Jahr warten, bevor ihr Kinder bekommt«, sagte meine Schwiegermutter und ließ mich nicht aus den Augen.

»Kinder?«, war das Einzige, was mir daraufhin einfiel.

»Tèn la facc' com' ar pret' lesc', jetzt guckt sie wie die Unschuld in Person«, kommentierte meine Schwiegermutter.

Und dann floh ich, zugegeben ein bisschen hysterisch. Ich verabschiedete mich recht unpassend mit »Auf Wiedersehen« und rannte unter Oliven- und Feigenbäumen in meinen Holzklotschen mit den vom vielen Tragen ganz ausgeleierten Riemen davon, so dass ich wiederholt stolperte und mir die Knie aufschürfte.

Es schickt sich nicht für ein junges Mädchen zu rennen wie ein Bursche, sagte Mamma immer zu mir. Doch ich rannte und rannte. Ich tat es, um mir die Gefühle auszutreiben, die sich nicht unterdrücken ließen. Um die Einsamkeit zu bekämpfen, um Antworten zu finden. Ich weinte zuerst vor Schreck und dann vor Glück. Und als ich schließlich das Meer erreichte, schrie ich: »Es lebe das Liberum Arbitrium!« Was ja so eine Art Liebesgott sein musste, denn Don Mimì hatte ich vom ersten Tag an geliebt.

Obwohl ich noch nie Radio gehört, nie einen Fotoroman gelesen oder ein Märchen erzählt bekommen hatte, schien mir dies die Urgeschichte zu sein. Die Geschichte der Geschichten.

Ich betrachtete ein letztes Mal meine Stoffpuppe, die ich in Sassi di Matera gebastelt und der ich geschworen hatte, niemals meine Heimat zu verlassen, um wie meine Freunde nach Turin oder Amerika auszuwandern. Die ich mit den Worten getröstet hatte, dass es uns am Meer besser gehen würde, als spräche ich mit einer Freundin.

Don Mimì streifte mir einen Granatring mit weißen Perlen, Brillanten und Gold über den Finger. Er tat es mit scheinbarer Gleichgültigkeit, doch seine schwieligen Hände zitterten, als er mir ins Gesicht sah.

»Er ist zu groß«, sagte er.

»Er ist perfekt. *Comm' nasc' se mètt'*«, erwiderte ich. Ja, man muss nehmen, was kommt. Das war mein Lebensmotto.

3. CATERINA

Der Duft der Frittata

Es war September. In Wahrheit beginnt das Jahr mit dem Ende des Sommers.

In diesem Monat habe ich Geburtstag. Genauer gesagt am 24.

Der Monat, in dem Mamma, Mary und ich immer die Sommer- gegen die Wintergarderobe tauschten. In dem Papà mich während der Traubenlese zu einem Rundgang durch die Weinberge mitnahm und wir beide beschwipst vom Most nach Hause kamen. In dem Feigenkirmes und Waldfest waren. In dem man wieder zunahm, weil man nicht mehr auf seine Bikinifigur achten musste.

Die Sonne strahlt weicher, die Natur ist gereinigt von den Gewitterregen Ende August. Die Blätter glänzen und glitzern lebendiger, als erlebten sie einen zweiten Frühling vor der Herbstruhe. Natur und Mensch bereiten sich auf den Winter vor.

Der September war schon immer mein Lieblingsmonat.

Doch dieser war anders. Es lag an mir, dass die üblichen Tagesabläufe, wie wir sie kannten, durchkreuzt wurden.

Denn ich verließ die Basilikata. Einen Tag, nachdem ich das Kochbuch meiner Großmutter beendet hatte.

Die Rezepte in dem Taschenkalender gesammelt hatte, verbunden mit den Erinnerungen, die ich für immer in meinem Innern bewahren würde. Ich ging zum Studium nach Rom und hinterließ in meinem Policoro einen freien Platz an der Essenstafel sowie reichlich Verwunderung bei meiner Familie.

Es war nicht leicht, ihnen meine Entscheidung verständlich zu machen. Zu erklären, warum ich ein so fernes Ziel gewählt hatte, warum dies keine Ablehnung meiner Heimat oder ihrer Menschen war. Anfangs hielten sie es schlicht für Verrat.

»Aber es ändert sich doch nichts. Ich werde oft zurückkommen«, wiederholte ich den Sommer über immer wieder. Während ich die Rezepte aufschrieb, die Nonna mir diktierte, während ich die Koffer packte, die ich vorausschicken würde, und während meine Eltern das Apartment auswählten, in dem ich mit zwei Mädchen aus dem Dorf wohnen sollte.

Deren Eltern sie zu meiner größten Schande fragten: »Seid ihr euch sicher, dass wir sie nicht lieber in einem Mädchenpensionat unterbringen sollten, ist die Stadt nicht zu gefährlich?«

Denn die anderen Eltern hatten diese feindselige Stadt schon besichtigt, dieses Rom, und sie waren begeistert. Doch die unsicheren Fragen meiner Eltern weckten auch in ihnen Zweifel. Und sie riefen in ein paar Pensionaten an, für die man aber glücklicherweise Empfehlungen brauchte, zumindest vom Dorfpfarrer, woraufhin Papà meinte: »Dann eben nicht.«

»Aber es ist doch gar keine richtige Empfehlung, eher eine Art Garantie über die ernsten Absichten der Mädchen«, hatte die Antwort gelautet.

Und noch dickköpfiger hatte er erwidert: »Was ist das für ein Haus, wo es von Pfaffen-Garantien nur so wimmelt?«

Er wusste, wenn er die Kirche und ihre Unzulänglichkeiten anprangerte, war ihm wenigstens einmal die Zustimmung des Großvaters als glühendem Kommunisten gewiss.

Nachdem ich der Lösung mit der Wohnung zugestimmt hatte, bekam ich ein ganzes Verhaltenseinmaleins vorgetragen, das ich auswendig lernen sollte. Keine Fremden einladen. Immer schön die Tür abschließen. Niemandem sagen, wo ich wohne. Sich am ersten Tag beim Gemüsehändler unten im Haus und bei der Portiersfrau vorstellen, ein paar Augen mehr können nicht schaden. Einkaufen auf dem Markt und nicht im Supermarkt. Nicht rauchen. Im Badezimmer immer den Wasserhahn aufdrehen, wenn du auf die Toilette gehst, damit die anderen nicht mitbekommen, was du tust und du stets als wohlerzogen giltst.

Dieser letzte Rat stammte von Mamma. Und er rührte mich. Denn sie selbst tut das tatsächlich. Aus Scham.

»Wir reden doch nicht von New York. Ich komme häufig nach Hause«, wiederholte ich. »Es ist ja nur fünf Stunden von Policoro entfernt!«

Doch ihr Misstrauen wuchs parallel zu meiner Aufregung.

Ich wollte mein Blickfeld erweitern. Wollte wissen, was es sonst noch gab. Außer meinen Gewohnheiten, meinen eingelaufenen Wegen, den von Kindesbeinen an bekannten Gesichtern der Leute, mit denen ich zu tun hatte. Immer denselben, seit Jahren. Ich wollte Fremden begegnen. Mich ganz neu zeigen. Wissen, wie ich auf jemanden wirkte, der meine Geschichte nicht kannte, meine Wurzeln. Fremden Blicken begegnen. Sie vielleicht sogar fürchten. Misstrauen spüren statt vorausgesetztem Vertrauen.

Menschen kennenlernen, die nicht wussten, zu wem ich gehörte. Die mich nur für das wahrnahmen, was sie von mir sahen. Nicht für das, was sie wussten.

Menschen, die keine Ahnung hatten, dass mein Vater ein ehrenwerter Mann war, meine Mutter eine Heilige. Die nichts von den Heldentaten meines Großvaters gehört hatten. Und nie von meiner Großmutter hypnotisiert worden waren.

Ich wollte wissen, welche Wirkung Caterina hatte. Ich, ja ich, nur ich allein. Ich wollte ein eigenes Zimmer haben. Niemandem Rechenschaft ablegen müssen über meine Schritte. Ich wollte frei sein, das war es. Was nicht hieß, dass ich mich in der Basilicata auch nur einen Tag unfrei gefühlt hätte.

Das alles würde ich erfahren, ich spürte es. Auch wenn ich erst wenige Tage in Rom war und noch niemanden getroffen hatte, der mich wirklich wahrgenommen hätte. Weder draußen noch in den Literatur- und Philosophievorlesungen, für die ich mich eingeschrieben hatte. Vielleicht um einmal Lehrerin zu werden, und ganz sicher weil mich die Fächer faszinierten.

Anfangs jedoch überkamen mich immer wieder das Heimweh und eine leichte Traurigkeit, denn wenn ich die Fenster meiner Wohnung an der Piazza Bologna öffnete und die Augen schloss, roch ich keine Düfte, die ich in neue Sinneserfahrungen umwandeln konnte oder die mich an zu Hause erinnerten.

Ich zwang mich, es immer wieder zu versuchen, denn jeder von uns hat seine *Madeleine,* irgendeine Kleinigkeit, die in ihm die schönsten Düfte und Geschmäcker von früher wachruft, die alten geliebten Traditionen.

Schon als Kind hatte ich die Angewohnheit entwickelt, wie besessen Listen zu schreiben. Ich weiß nicht, woher der Tick kommt, doch er grenzt schon fast an Aberglauben. Wenn ich keine Listen schreibe, fühle ich mich wie eine Spinne, die ihr Netz nicht zu Ende weben kann. Listen aller Art: über Filme, Bücher, Gerichte. Das ist mein Spleen. Dinge sortieren und in eine Rangordnung bringen. Und als wäre das nicht genug, sammle ich sie auch noch in einer Mappe mit Monets Seerosen darauf. Zu Hause lagen mehr als ein Dutzend solcher Mappen.

Also begann ich auch in Rom, Listen zu verfassen, wie zum Beispiel über die Dinge, die mir von zu Hause fehlen würden, und die, die mir nicht fehlen würden.

Meine Brüder werden mir fehlen. Typische Jungs. Also die meiste Zeit nicht anwesend. Massimo, der älteste, der hinter einer Frau herrennt, seiner Immer-und-ewig-Freundin, die jetzt ebenfalls studiert. Und Mimmo, der jüngste, der in die Grundschule geht und stets einen Ball am Fuß hat. Und für Juve schwärmt. Und für Videospiele.

Meine Schwester Mary wird mir fehlen mit ihren Eifersuchtsszenen, die sie ihrem Freund Nicola macht.

Das Meer wird mir fehlen, im Winter oder immer, wenn ich es gerade brauche. Das Maulen meines Vaters mit meinem Großvater. Meine Mutter, die schon frühmorgens unter Nonnas Aufsicht kocht.

Und Nonna wird mir fehlen, natürlich. Sie mehr als alle anderen, muss ich gestehen. Wir zwei, wie wir auf der Bank vor der Schlange sitzen und reden, während der Wind uns durchs Haar fährt. Wir zwei, wie wir schweigend kochen, der Duft ihrer Seifen, ihres Ragùs, das leise Rollen des Nudelholzes. Ihr Tuch, das sie mir reicht, wenn ich frierend mit nackten Armen bei ihr ankomme.

Der Duft der Frittata wird mir fehlen. Er ist meine *Madeleine*.

Und ganz unerwartet fand ich ihn in dem Liebsten, das ich mit nach Rom gebracht hatte: im Rezeptbuch der Nonna. Im ersten Rezept, das sie mir zusammen mit den Falaoni diktiert hatte. Diesen Duft, der den Seiten entstieg, hätte ich unter tausend Gerüchen wiedererkannt, den Duft des Omeletts. Wie oft hatte ich ihn aus der Küche gerochen, war er durch Ritzen, so eng wie Schießscharten und Mauern so dick wie Festungen, in mein Zimmer gekrochen.

Jeden Stein unserer glücklichen Behausung hatte mein Vater eigenhändig verbaut, einen auf den anderen. Denn er meint, Häuser seien Metaphern des Lebens. Wenn du wirklich glücklich sein willst im Leben, musst du es dir selbst Stück für Stuck zusammensetzen. Diese Theorie war ihm eine Art Festung, um die, die er liebte, zu schützen.

Und doch kämpft sich der Duft schnell seinen Weg durch den Tuffstein, schmiegt sich auf die Bettdecken wie ein Welpe, der dich wecken kommt. Er ist so zuverlässig wie der Kaffeeduft, von dem ein Großteil der italienischen Familien geweckt wird. Bei mir geht es sogar so weit, dass ich die beiden Düfte nie auseinanderhalten kann, den des Kaffees und den der süßen Duftmischung aus Zwiebeln, Eiern, Petersilie und Milch der Frittata. So dicht im Zusammenspiel mit den Kartoffeln und dem Geruch nach unbestellten, wilden Feldern.

Deswegen war meine erste Tat nach dem Aufwachen auch immer der Gang durch das gemeinsam mit meiner Schwester Mary bewohnte Zimmer zum Fenster, um es zu öffnen. Wie eine Maschine. Automatisch. Das war schon immer so. Egal ob durch die Eisstacheln des Winters oder das wankelmütige Feuer des lukanischen Sommers, ich öffne das Fenster und lüfte. Ich halte inne, lausche auf die Zeit, die vom hysterischen Zirpen der Grillen vorgegeben wird, schaue auf den Balkon meiner Kinderfreundin Margherita, um dann fügsam und hungrig in die Küche zu traben.

Die Fenster zur Via Benevento bleiben fast immer verschlossen. Denn durch sie fiele Sonne herein und Sonne bringt Staub und dann muss man putzen. Bei uns ist die Visitenkarte für jeglichen Sozialkontakt die Reinlichkeit. Je ordentlicher du bist, desto eifriger putzt du, und umso intakter ist dein Ruf. Du wirst berühmt, ein Star. Andernfalls haftet für den Rest deines Lebens der Spottname *vesciaur´* an dir wie das M an dem Mörder, der im Dialekt so viel bedeutet wie Schlampe, eine Frau, die sich nicht um das Haus kümmert.

Was nicht das Gleiche ist wie eine Gehörnte. Jeder hier weiß, dass eine Frau ihrem Mann früher oder später Hörner aufsetzt oder von ihm welche aufgesetzt bekommt, und ein bisschen Untreue hat noch niemanden umgebracht, doch je blitzblanker deine Wohnung, desto nachsichtiger deine Umgebung. Im gegenteiligen Fall wirst du ausgegrenzt. Und wenn das passiert, kommt das in einem kleinen Dorf mit großen Steinen dem Tod gleich.

Im Putzen ist Rosa unschlagbar. Sie wäre die ideale Testperson für Putzmittel. Die Werbeleute begreifen einfach nicht, dass sie eine echte Hausfrau brauchen, um glaubhaft zu sein. Denn die besten kaufen ihre Putzmittel für gewöhnlich nicht im Supermarkt. Nein. Sie greifen auf Hausmittel zurück oder erwerben Produkte für spezielle Problemfälle. Und zwar an der Haustür. Allzweckreiniger sind uninteressant.

Rosa ist das Referenzmodell, an dem man sich orientiert. Woanders sind das Frauen, die einen bestimmten Haarschnitt haben, ein bestimmtes Kleid, ein Schmuckstück oder einen Mann. Bei uns nicht. Hier ist sie diejenige, die von allen beneidet wird, und ihr herausragendes Talent ist das Putzen. Eine Kunst, die es zu vererben gilt. Sie ordnet sogar die Putzmittel im Schrank nach Größe und Verwendungszweck. Manisch, wenn man mich fragt. Für alle anderen die Rationalisierung des Raums. Eine Lektion, die selbst die versierteste Mamsell vor Neid erblassen ließe.

Ich weiß noch, wie sich Savina, eine junge Ehefrau, einmal Hilfe geholt hat, um die Swarovski-Kronleuchter zu Hause zu reinigen. Im Katalog hatten sie ihr so gut gefallen, dass sie nicht auf die Einwände jener gehört hatte, die ihr prophezeit hatten, jeden Glastropfen einzeln abstauben zu müssen, und das mindestens einmal im Monat. Mindestens! Sie hatte vor Kurzem ein Kind bekommen und schaffte nicht mehr alles, also wirklich alles allein. Also bat sie um Hilfe. Ein Offenbarungseid.

Damit der Kronleuchter nicht kaputtginge, falls sich versehentlich ein Teil lösen sollte, hatte sie darunter einen Regenschirm aufgespannt (was eindeutig Unglück bringt). Dort würde jedes Glasteilchen hineinfallen, ohne zu zerspringen. Außerdem hatte sie Tücher mit Wasser und Alkohol getränkt und im Halbkreis mehrere Eimer über den Fußboden verteilt. Da sie nicht besonders groß war, strengte es sie an, die Arme lange hochzuhalten, zudem neigte sie zu Schwindel, so dass sie lieber die Schwägerin gefragt hatte, ob ihre Putzfrau auf die Leiter steigen könne. »Ausgeliehen«, nur für diesen Anlass, wie beide sich versicherten. Und so stand unglücklicherweise die Putzhilfe auf der obersten Stufe und wischte, während Savina von unten die Nase hochreckte und Mahnungen aussprach, nicht zu sehr an den Kettchen zu ziehen.

Welche Schande für ihre Mutter, die ohne zu klingeln die Tür aufschloss und mit ihrem üblichen Freundinnen-Schwarm die Wohnung betrat. Was war ihre ganze Putzerziehung wert, wenn ihre Tochter sich ein Heer an Helferinnen rufen musste, um einen Kronleuchter zu reinigen? Man kann sich vorstellen, dass aus der einen »ausgeliehenen« Helferin von einem Mund zum nächsten immer mehr wurden. So waren es im Wohnzimmer der Nachbarinnen schon drei. »Nicht zwei? Bist du dir sicher? Vielleicht vier. Die sind wohl zu Geld gekommen, was?«

Als Rosa von dem Vorfall erfuhr, lauschte sie minutenlang stumm wie ein Orakel. Dann schüttelte sie den Kopf, in ihrer Hollywoodschaukel auf der Veranda sitzend und mit einer Schüssel Erbsenschoten im Schoß (denn Frauenhände stehen niemals still). Alle warteten gespannt auf ihr Urteil, doch sie wechselte das Thema und teilte Gruppen zur Saftproduktion ein. Sie bestimmte, wer das Obst schälen und zerkleinern sollte, für gewöhnlich die jüngeren Töchter, und wer den Saft umrühren und zuckern durfte, die Aufgabe der »erfahreneren«.

»Pfirsiche und Aprikosen«, dekretierte sie.

Doch im selben Moment, in dem sie mit der Arbeitsverteilung begann und die Frauen aufzählte, die dieses oder jenes machen durften, verhängte sie das Ende über Savinas guten Ruf, ohne jede Rücksicht darauf, dass sie gerade erst Mutter geworden war (weshalb ich zu Hause nur kleine Lampen haben werde, die nicht weiter auffallen). Und was noch schlimmer war, sie ließ mit ihrer Gleichgültigkeit die Schuld auf die Mutter der Unglücksräbin fallen. Sie war in diesem Jahr aus der Saft-Gruppe ausgeschlossen und wurde erst im darauffolgenden Jahr wieder zugelassen.

Auch wenn ich damals noch ein Kind war, erinnere ich mich an Rosa als junges Mädchen. Meine Mutter besuchte sie mit mir nur wenige Tage nach ihrer Hochzeit. Sie hielt mich an der Hand und redete eindringlich mit abgewandtem Gesicht auf meine Schwester ein. Ich spitzte die Ohren so gut es ging, doch vergeblich. Ich war noch zu klein für die Vertraulichkeiten meiner Mutter, die sich dafür mit der Ermahnung an mich wandte, mir vor der Haustür ordentlich die Schuhe abzustreifen. Wir hatten nur wenige Meter zurückgelegt, ich trug meine Kommunionsschuhe, die noch unbefleckt und innen wie außen mit Reinigungsmilch poliert waren; ich war stets auf dem Bürgersteig geblieben und sollte trotzdem fein säuberlich die Schuhsohle abputzen. Während ich das tat, starrte ich auf den Fußabtreter. Er schien auf magische Weise selbstreinigend zu sein, denn trotz der unzähligen Schuhe, die ihn doch schon passiert hatten, waren seine Kokosfasern immer noch cappuccinobraun und frei von Flecken oder Staub. Erst beim Hinausgehen begriff ich warum. Es war die Zweitmatte. Die erste lag draußen vor dem Haustor, diese gleich hinter dem fünfstufigen Treppenaufgang. Sie war also bloße Dekoration. Der wahre Schmutzfänger befand sich draußen: aus Synthetik und mit der schlichten Aufschrift »Welcome«.

Die Einweihung des Hauses mit den zwei Fußabtretern stand bevor. Rosa sollte die beiden oberen Stockwerke bewohnen. Ihre Mutter, die Witwe war, das Erdgeschoss. Ihr Mann war auf einer Baustelle ums Leben gekommen, als die Kinder noch klein waren, doch weil er schwarzgearbeitet hatte, hatte sie keinerlei Entschädigung erhalten. Der Prozess war mit den Jahren im Sande verlaufen und sie mit etwas Kleingeld abgefertigt worden. Da sie sich nicht einmal einen Anwalt leisten konnte, stimmte sie zu. Dann krempelte sie die Ärmel hoch, hatte manchmal zwei oder drei Arbeitsstellen gleichzeitig. Dieses Haus war die Mitgift, die sie ihrer ältesten Tochter mitgeben konnte.

Ich sah so viele Menschen vor dem Eingang stehen wie noch nie zuvor in meinem Leben, außer bei Beerdigungen, zu denen ich in einem so kleinen Dorf, wo jeder jeden kannte, unglücklicherweise sehr oft musste.

Wir drängten uns bis in das Schlafzimmer der Eheleute, in dem die Frischvermählten ihre erste gemeinsame Nacht verbringen würden. Der Bräutigam war natürlich nicht da. Ich sah nur ein Bett. Weiß und unbefleckt wie aus den Stickmusterzeitschriften, in denen sich meine Mutter Anregungen für unsere Aussteuer holte. Und ich fand alles ziemlich langweilig.

»Was müssen diese Weiber denn nur beim Anblick eines Bettes schnattern wie brünstige Gänse?«, fragte ich, wenn auch selbstverständlich nicht mit diesen Worten.

Ich fand es auch mehr als eigenartig, dass dieser intime Moment mit Tanten, neidvollen Cousinen, Freundinnen und Nachbarinnen geteilt werden sollte. Doch dann sah ich das Geld. Auf die Bettdecke geworfen wie in den Trevi-Brunnen. Weiterer Erklärungen bedurfte es nicht.

Sofort fragte ich meine Mutter: »Du sagst immer, Geld sei die schmutzigste Sache der Welt, und sie schmeißen es ausgerechnet auf das saubere Bett?«

Sie antwortete mit einem Schulterzucken, wie heute noch, wenn ihr keine erschöpfende Antwort einfallen will. Die Sauberkeit konnte also offenbar zugunsten einer noch wichtigeren Sache vernachlässigt werden.

Meine Mutter fragte mit gespieltem Interesse, wer denn am Donnerstagnachmittag das Bett gemacht habe. Mehr war nicht nötig. Sie begannen zu erzählen, während meine Schwester sich in die ersten pubertären Barthärchen lachte. Denn das Bett des Hochzeitpaares müssen zwei Jungfrauen bereiten. Für Rosas Ehebett hatte man unter anderem Carmela kommen lassen. Meine Schwester wusste, dass sie bei dem Draufgänger von Verlobten auf keinen Fall mehr Jungfrau sein konnte. Ich schauderte: Und wenn diese Lüge nun Unglück brachte?

Auf dem bestickten Bett lagen vermischt mit den Süßigkeiten mindestens fünf Millionen Lire.

An den Schränken aus lackiertem Eichenholz hingen ein paar Kleider. Sie waren »für den Montag«. Das läuft noch heute so: Die Braut zeigt, was sie am Tag nach der

Hochzeit anzieht. Aber wen interessierte schon, ob sie eine Schürze, ein Mieder oder ein Kostüm tragen würde? Gleichzeitig lugten aus den offenen Schachteln gut sichtbar Teile der Mitgift hervor. Und unter Seufzern, gegenseitigen Knüffen und Komplimenten wurde alles inspiziert bis auf das letzte Geschirrhandtuch. Und niemand fand irgendeinen Grund für Einwände. Alles war perfekt, ganz wie die Tradition es verlangte.

Rosa und ihre Mutter waren stolz auf das ganze Weiß und Elfenbein, das in mir einen leichten Ekel hervorrief, als katapultierte mich die ganze Unschuldsnummer direkt ins Paradies. Mein Kopf drehte sich. Dann sah ich auf dem Küchentisch das hübsch sortierte Gebäck, die Getränke und kleinen Pizzen. Da ich immer hungrig war, steuerte ich direkt darauf zu, doch meine Mutter riss mich zurück und sagte, das gehöre sich nicht. Man mache sich nicht vor den anderen über das Büfett her, denn sonst hieße es noch, bei uns gäbe es nicht genug zu Mittag. In diesem Moment dachte ich, dass mir heiraten zu anstrengend sei.

Und auch der Esel, der vor dem Haus angebunden war, musste dies denken. Er war festlich geschmückt. So hatte der Ärmste den ganzen Weg von der Schwiegermutter bis hierher zurücklegen müssen. Beladen mit einem Sack Mehl, einem Sack Korn und allen möglichen Gemüsearten aus der Gegend, getrocknetem Paprika und verschiedenen Würsten. Alles, was den Hunger der Frischvermählten stillen konnte, wenn ihnen zwischen zwei Phasen der Leidenschaft einfiel, etwas zu essen.

Doch dann fragte ich mich plötzlich, ob denn zwischen der Sauberkeit, der glatt gebügelten Bettwäsche und dem ganzen Weiß überhaupt noch Zeit für die Liebe war? Das war der Moment, in dem ich entschied, dass ich niemals heiraten würde. Oder wenigstens nicht so.

Ich weiß noch, wie ich einmal kurz vor meiner Abreise mit meiner Schwester auf diesen Tag zu sprechen kam, beim Frühstück in der Küche. Sie schien ihn vergessen zu haben, während er mir noch lebhaft in Erinnerung war. Genau wie jene Frühstücksszene, die sich ganz ähnlich wie an tausend anderen Vormittagen abspielte, mit frischer Milch, frischen Eiern von Zia Pina – so frisch, dass noch hartnäckige Flaumfedern daran klebten – und dem vertrauten Duft des Omeletts, der mich geweckt hatte.

»Nein, für mich keine Zabaione, Ma. Du weißt doch, dass ich mich davor ekle«, sagte ich flehend zu meiner Mutter, die mir eine Tasse voll davon hinhielt.

Seit Jahren, seit ich das Recht habe, selbst zu entscheiden, versuche ich ihr zu erklären, dass ich keine Zabaione mag. Seit ich gesehen habe, wie dem Huhn auf dem Hof der Hals umgedreht wurde. Es hatte uns die frischen Eier gelegt, aus denen Mamma immer ihre schaumige Zabaionecreme rührte. Die ich gierig verschlang. Glaube ich. Doch dann wurde es hinterrücks getötet, verraten von mir und ihr, indem man ihm den Hals umdrehte.

»Das ist pure Kraft«, erwiderte sie.

Gleichzeitig sagte meine Schwester, die gerade aus ihrer Trance zu erwachen schien: »Natürlich!«

Und meine Mutter, die dieses an mich gewandte »natürlich« missverstand, reichte ihr begeistert die Zabaione.

»Schön. Dann iss auch die deiner Schwester.«

So ist es immer bei mir zu Hause. Keiner folgt dem Faden der Unterhaltung. Wir überlagern uns.

»Ich habe nicht zu ihr ›natürlich‹ gesagt«, flüsterte Mary mir verschwörerisch zu, während sie sich trotzdem hungrig die geschlagenen Eigelbe einverleibte.

Unterbrochen wurde unser surrealer Dialog wie jeden Morgen durch das Auftauchen meiner Großmutter. Sie ging vor dem Großvater her, beladen mit Taschen, Tüten und verschiedenem Kleinkram. Der Nonno bahnte sich scheinbar angestrengt mit dem Stock seinen Weg, obwohl die gesamte Last wie immer meine Großmutter trug. Das ist seine Masche, die Aufmerksamkeit auf sich zu ziehen. Nonna schob sich die Klämmerchen ihres Dutts fester ins Haar, strich mit den Händen glättend über ihre Rocktaschen und beugte sich über die Herdplatten, während sie die kunststoffbeschichtete Schürze, die sie immer trug, an der Seite zuband. Sie gefällt ihr, weil darauf eine feine Dame in einer Apotheke zu sehen ist, umgeben von Heilkräutern, Gewürzen, Blechdöschen und einer kleinen neugierigen Katze auf einer Anrichte.

»Und leicht sauber zu halten ist sie auch«, im Gegensatz zu Stoffschürzen.

Mit zustimmendem Blick überprüfte sie die brutzelnde Frittata. Sie kennt sich aus. So wie Rosa die Putzkönigin des Dorfes ist, ist sie die Königin der Küche. Sie sagt, sie hätte dieses Können von ihrer Mutter Bernardina geerbt.

»Ich habe *pupon cruschi* mitgebracht«, sagte sie und deutete auf die Markttüte, auf der ein Bündel getrockneter kleiner Paprika lag.

Darunter sah ich die Blüten von bauchigen Kürbissen hervorlugen, die gewiss für mich bestimmt waren.

Sie weiß, wie sehr ich sie mag. Und während sie mit ihren Lippen meine Haare berührte und mich auf den Kopf küsste, bestätigte sie: »Die habe ich nur für dich gekauft.«

Meine schwarzen, dicken Haare habe ich von ihr geerbt.

Sie ging zum Arbeitstisch und begann, den Provola-Käse in kleine Stücke zu schneiden. Dann verschlug sie die Eigelbe, gab kaltes Mineralwasser und ein paar Esslöffel Mehl hinzu für den dünnflüssigen Teig. Denn so werden die gebackenen Kürbisblüten außen knusprig und bleiben innen weich, und der Provola zieht zwischen Fingern und Gaumen seine Fäden.

Der Großvater setzte sich in eine Ecke des Wohnzimmers und starrte ins Leere, um sich von dem Ortswechsel zu erholen. Dann wartete er auf Mimmo, meinen jüngsten Bruder, damit der ihm wie jeden Tag die Zeitung brachte und dafür eine Hundert-Lire-Münze einheimste. Obwohl nicht er die Zeitung bezahlte, sondern mein Vater, der als Pendler schon um sechs Uhr morgens das Haus verließ. Nachdem Mimmo dann die Münze in ein tönernes Sparschwein gesteckt hatte, schnitt er sein Brötchen auf und platzierte mit wissenschaftlicher Genauigkeit das Omelett darin. Und wehe, es hing über, dann wurde es mit dem Messer gekappt, um das Ganze in eine Serviette zu wickeln und im Rucksack zu verstauen.

Das Panino mit Frittata ist der Luxus der lukanischen Schüler. Und wenn es so gebacken wird wie bei mir zu Hause, ist es in der großen Pause sogar noch warm.

Dies ist der ewig gleiche Ablauf in vielen Familien. Nur dass diese hier meine ist. Unterhaltung inklusive.

Parmigiana alla marateota – Auberginenauflauf aus Maratea

Zutaten

500 g Auberginen
1 verschlagenes Ei
4 hart gekochte Eier
100 g lukanische Soppressata
(magere Räuchersalami mit Pfeffer)
1 Mozzarella
Tomatensoße
einige Blättchen Basilikum
Öl, Salz, Mehl nach Geschmack
Öl zum Frittieren

Zubereitung

Die Auberginen waschen und der Länge nach in Scheiben schneiden. Salzen und etwa eine Stunde Wasser ziehen lassen. Ausdrücken, in Mehl wenden, durch das verschlagene Ei ziehen und in erhitztem Öl ausbraten. Eine Quicheform mit einer Schicht Auberginen auslegen, darüber die in Scheiben geschnittenen Eier legen, dann die Salami- und die Mozzarellascheiben. Mit der Tomatensoße übergießen und im Ofen etwa 20 Minuten überbacken.

4. TERESA

Trasuta

Zu meiner Zeit nannte man die Verlobung *La trasuta,* den Eintritt, und sie fand in Form eines offiziellen Besuchs des zukünftigen Bräutigams im Hause der Braut statt. In meinem Fall aber war alles anders. Ich war weder jemandes *zita* gewesen, also seine Liebste, noch hatte bei mir, wie damals üblich, eine *mesciatar* als Maklerin zwischen den jungen Männern und den heiratsfähigen Mädchen fungiert. An mir hatte der Herr »ein Wunder gewirkt«, weil ich ohne Mühe und ohne Vermittlung den besten Mann abbekommen hatte.

Die Tradition der Trasuta mag manch einen an Sklaventum und Kerker erinnern. Doch das Konzept, die gesamte Familie in das Geschehen einzubinden, bietet gewisse Sicherheiten. Für alle. Für die Eltern des Mädchens, die so Zugriff auf den Mann bekommen und ihn in die Verantwortung nehmen können. Und für die Familienangehörigen des Mannes, die auf diese Art die zukünftige Frau kennenlernen und die manchmal sehr langwierigen Abläufe von Annäherung und Zurückweisung beschleunigen können.

Die Trasuta gibt es bis heute, glücklicherweise aber nicht mehr die Präsentation der Mitgift, wie sie zu meiner Zeit noch üblich war. Meine Mutter listete der zukünftigen Schwiegermutter alles auf: Unterröcke, Unterhosen, Kissenbezüge, Bettlaken, Decken, Trockentücher. Wir hatten nie einen Hehl daraus gemacht, dass wir nicht viel besaßen. Das war keine Überraschung und wurde mir nicht verübelt. Doch meine Mutter schämte sich sehr, als sie die Liste vorlas. Sie wusste, dass die Mitgift an den Tagen vor der Hochzeit öffentlich gemacht wurde. Also fügte sie in Abstimmung mit meiner zukünftigen Schwiegermutter, die dies nicht aus Rücksicht oder Großzügigkeit tat, sondern um böses Gerede zu vermeiden, noch zehn selbst gefertigte Handtücher, vier bestickte Tischdecken, zwei Kleider, einen Mantel und drei Hüte hinzu.

Unschöne Unterstellungen gab es trotzdem. Der Cousin, der uns von Matera nach Policoro gebracht hatte, berichtete uns, was man sich im Dorf hinter vorgehaltener Hand erzählte.

»Man sagt, du als Mutter hättest nicht die Kupplerin spielen dürfen. Hättest deine Tochter nicht zwingen dürfen, einen Mann der besseren Gesellschaft zu heiraten. Was soll ich darauf antworten?«

»Dass alles von ihm ausging«, erwiderte meine Mutter.

Doch er schien weiter in der Wunde stochern zu wollen. »Man sagt, die Tochter eines Dienstmädchens darf nicht den Sohn eines Cavaliere heiraten. Dass sie bestimmt schwanger ist oder Schlimmeres …«

»Was könnte denn noch schlimmer sein?«, fragte sie wütend.

»Dass sie eine Art Hexe ist, die ihn verzaubert hat, damit er sich in sie verliebt.«

An diesem Punkt wäre ich am liebsten explodiert wie ein überhitzter Kochtopf, doch meine Mutter bedeutete mir, ruhig zu bleiben. Sie klopfte zweimal auf ihre Schürze, wie um sie von Krümeln zu säubern – ich wusste, dass es reine Nervosität war –, und meinte dann ernst und gefasst: »Sag den Klatschmäulern, dass du mit eigenen Augen und Ohren die Liebesoden gehört hast, die Don Mimì meiner Tochter dargebracht hat. Oder besser noch: Du bringst sie unter einem Vorwand hierher. Und wir organisieren mit Don Mimì ein Ständchen. Die werden schon sehen, wie glücklich die beiden miteinander sind, wie sehr er sie liebt. Die zwei musste ich nun wirklich nicht verkuppeln.«

Und so geschah es. Wir inszenierten ein kleines Theaterstück. Wir ließen sie zusehen, wie wir im Garten bei Musik und Tanz saßen und Taralli aßen. Glücklich. Als Mimì die Leute durch das Törchen kommen sah, gab er dem Akkordeonspieler ein Zeichen, erhob sich und widmete mir folgende Zeilen: *»Si vèn' nat' amor' l'aggi' 'a fà chiandà la croce.«* Wenn eine andere Liebe kommt, schlage ich ihr das Kreuz ein.

»Aha, auch noch eifersüchtig, dieser Mimì. Das hätten wir nicht gedacht«, sagten die Bekannten meines Cousins laut.

»Die will doch eh keiner haben«, meinten sie, ohne mich überhaupt gesehen zu haben.

Doch dann drehte ich mich um, die Haare auf einer Seite zusammengebunden und mit gelben Feldblumen aus dem Garten geschmückt. Und ich lächelte. Da sagten sie nicht mehr, dass mich keiner wolle.

Wer mit uns in einem Raum war, konnte spüren, wie sehr wir uns liebten. Die Luft schien verflüssigt. Es gab keine Stühle mehr, keine Wände, kein Geschirr und keinen Fußboden. Alles schien zu schweben.

Doch als sie mit meinem Cousin nach Hause gingen, fragten sie sich gegenseitig trotzdem noch: »Hast du irgendwas gespürt? Nicht dass sie uns jetzt auch verhext hat.«

Und man erzählt sich, dass an diesem Abend alle heimgekehrten Männer ihre Frauen zur Liebe zwangen, um sich vor Unheil zu schützen. In allen umliegenden Straßen gingen sie miteinander ins Bett, wie nie zuvor. Und durch die Fenster ertönten in jener Nacht Stöhnen und Juchzen. Wärme und Leidenschaft.

Und am Ende stellten sie fest: »Selbst wenn sie eine Hexe sein sollte, wenn das das Ergebnis ist, wird Mimì ein glücklicher Mann sein. Lieber eine Hexe als frigide.«

5. CATERINA

Magie und Seifen

Als ich auf die Universität kam, entdeckte ich viele Unterschiede zwischen mir und den anderen Studenten. Zum Beispiel konnte ich kein Englisch. Englisch war für mich der blanke Horror. Auf dem Gymnasium hatte ich Französisch gelernt, aber nur zwei Jahre. Die Übersetzung für »Ich liebe dich« lautete bei mir »Ei lovju«, und ich schrieb es, wie ich es hörte.

Wie hatte ich all die Jahre nur glauben können, kein Englisch zu brauchen? Dass das süditalienische Mienenspiel ausreichen würde, um im Leben überall zurechtzukommen? Ich wusste so vieles nicht. Nicht einmal schminken konnte ich mich. Und die Studentinnen in Rom waren alle so gepflegt! Von der Existenz eines Concealers erfuhr ich erst aus der Werbung. Als ich dann einen in einer Parfümerie erstehen wollte, wurde ich nach meinem Hauttyp gefragt, welche Schattierung ich bevorzuge, orange, hell oder dunkel? Um nicht zugeben zu müssen, dass ich keinen blassen Schimmer hatte, behauptete ich, später noch einmal wiederkommen zu wollen. Es gab sogar Antifaltencremes und nicht nur das Rosenwasser, das Mamma und Nonna seit Jahren benutzten.

»Die Cremes sind sowieso alle Betrug und werden an Tieren getestet.« So lautete Nonna Teresas Verdikt, die nicht zuließ, dass etwas anderes als Rosenwasser über die Schwelle des Hauses kam.

Im Übrigen muss ich gestehen, dass die Haut meiner Mutter und meiner Großmutter perfekt war. Bei meiner hingegen konnte man ruhig etwas nachhelfen. Vielleicht lag es an der römischen Luft, dem Großstadtsmog. Ich kam mir blass vor. Verhärmt. Eine Katastrophe. Meine Mitbewohnerinnen gingen regelmäßig auf die Sonnenbank, um etwas Farbe zu bekommen. Zusammen mit ihren Freunden. Ich nicht. Ich hatte keine Lust, mich in diesen Zellen rösten zu lassen wie eine Languste.

Eines Tages warf ich wieder einmal einen Blick in den Spiegel, und mir stockte der Atem. Ich sah tatsächlich aus wie Nonna Teresa. Nur nicht so schön. Ohne ihren Charme.

Man erzählt sich, dass sie schon als Kind anziehend gewesen war. Etwas Magnetisierendes an sich hatte – etwas Magisches, wie wir später herausfanden –, weil sie anlockte, wen sie wollte. Mit dunklen Haaren und bernsteinfarbener Haut und im Vergleich zu den anderen Mädchen des Dorfes ungewöhnlich langen, schlanken Beinen, die allerdings stets mit blauen Flecken und Schrammen übersät waren wegen ihrer wilden Spiele. Sie war einfach unwiderstehlich. Sie hatte einen leichten Silberblick und musste deswegen eine Weile eine Binde über einem Auge tragen. Doch der Großvater sagte immer, es sei eine Schande, etwas kurieren zu wollen, das für manche vielleicht ein Makel war, für ihn aber eine Trumpfkarte der Verführung.

Ihr Charme, ihre Leichtigkeit und ihr Gottvertrauen waren es, die sie zur Königin in Mimìs und unserem Leben erkoren. Nonna war schon immer speziell gewesen, auch schon als schweigsames und einzelgängerisches Kind. Sie hatte Fantasiefreunde und wenn sie etwas erzählte, wussten wir oft nicht, was real und was erdichtet war.

Eines aber wussten wir genau. Dass sie im Kaffeesatz lesen konnte und in den Karten die Zukunft sah. Sie irrte sich nie. Einmal sagte sie zu mir: »Du bist mit einer Sprungfeder in deiner Heimat verankert.« Und zu Mary: »Du wirst in deinem Leben mehr Hörner sehen als bei einer Corrida in Sevilla.« Mary lachte darüber, als hielte sie das für einen Scherz. Ich lachte nicht, denn Nonnas Weissagungen glaubte ich blind.

Und da ich nun doch abgereist war, wollte ich herausfinden, wie man den Bann einer Sprungfeder brechen konnte.

In Wirklichkeit hatte meine Großmutter schon in den Grotten von Matera herausgefunden, dass sie eine andere Gabe hatte als in den Karten zu lesen: Sie hatte Vorahnungen und die seherischen Fähigkeiten eines Mediums. Sie sah nicht nur den Tod voraus, sondern auch Schmerz und Freude, und wusste bei manchen Krankheiten des Geistes, was zu tun war. Bei vielen, nur nicht bei sich selbst. Ihren Visionen, die sie nicht nur nachts hatte, ging ein heftiges Stechen im Bauch voraus und ein Kribbeln, das den ganzen Körper durchströmte und mit unbarmherzigem Schmerz den Kopf erreichte. Doch der Schmerz war nicht böse, und sie wusste das. Sie wusste, dass er eine Botschaft enthielt, die sie entziffern musste. Sie wusste, solange sie die Vorahnung nicht beachtete und keine Lösung fand, würde er nicht aufhören.

Deshalb konnte sie auch kein anderer Mensch sein, als der, der sie war. Sie musste der Wahrheit auf den

Grund gehen. Ich weiß nicht wie, woher und warum, aber sie war die Heilsbringerin der Wahrheit.

»Mamma, mein Kopf … mein Kopf … ich habe Angst«, hatte sie die ersten Male zu ihrer Mutter gesagt. Und zusammen hatten sie versucht herauszufinden, in welche Richtung sie gehen mussten und wie die Botschaften lauteten.

Nur dass ihre Mutter eine sehr einfache und zugleich pragmatische Frau war. Sie hatte sich nie eingestehen wollen, dass es sich um eine magische Fähigkeit handelte. Also probierte sie es mit Essigumschlägen für die Handgelenke, für die Stirn. Da die namenlose, unleugbare Gabe sie erschreckte, und aus Angst, sie könne mit Hexerei verwechselt werden, wollte sie der Tochter mithilfe der Nachbarinnen beibringen, die Karten zu legen, den Kaffeesatz zu deuten und den bösen Blick abzuwehren, alles Dinge, die wesentlich verbreiteter und gefragter waren als das, was Nonna vermochte.

»Antò«, sagte sie zu ihrem Ehemann, »niemand muss wissen, dass Teresa vorhersagen kann, wenn jemand abkratzt. Dass sie es spürt. Sonst denken die noch, sie bringt Unglück. Und auch nicht, dass sie zuerst etwas im Bauch spürt, was ihr dann den ganzen Tag Kopfschmerzen macht!«

Und so geschah es. Niemand erfuhr etwas. Viele Jahre blieb ihr Geheimnis verborgen. Trotzdem wandten sich zuerst die Verwandten, dann die Freunde meiner Eltern und schließlich meine Eltern selbst an Nonna, als würden sie auf unbeschreibliche Art von ihr angezogen. Nützlicher als eine Therapeutin und glaubwürdiger als eine Wahrsagerin blickte meine Nonna in die Abgründe der Seelen.

Und auf noch etwas anderes verstand sie sich wie niemand sonst. Auf Seife.

Das Ritual erfolgte einmal im Jahr. Sie wollte dabei keine Hilfe. In einem Kessel im Hof löste sie Holzasche in Olivenöl auf. Mit dem einen Teil, der Lauge, wusch sie die Wäsche; unter den anderen, aus dem sie Waschseife – auch zum Verschenken – machen wollte, mischte sie duftende Blüten, die sie häufig in dem Seifenstück beließ, so dass sie beim Händewaschen irgendwann in deinen Fingern lagen. Dazu benutzte sie immer nur Blüten aus dem eigenen Garten. Veilchen, Rosen, gelbe Blumen, blassrosa Löwenmäulchen. Die meine Lieblingsblumen sind, weil ich als Kind mit ihnen gesprochen und ihnen dabei die wulstigen Blüten auf- und zugedrückt habe, so dass sie wie Lippen aussahen. Diese Blüten fanden allerdings nur Verwendung, wenn Nonna ihre Seife im September machte.

»Als ich jung war, benutzten wir statt Öl Schweineschmalz. Nichts säubert so gründlich wie Schmalz«, sagte die Großmutter immer.

So hatten wir das Haus voll mit Seifen in jeder erdenklichen Form. Rund, eckig, pyramidenförmig. Wir und sämtliche Freunde, die an Weihnachten riesige Geschenkkörbe bekamen. Und monatelang lag trotz aufgerissener Fenster dieser Duft in unseren Zimmern. Gemischt mit dem Duft der Frittata, versteht sich.

Ich habe keine von Nonnas Gaben geerbt, auch wenn sie häufig verkündet, dass ich ihr am ähnlichsten bin. Wie sie mir auch immer wieder sagt, dass ich »eine natürliche Schönheit« besitze. Und wehe, man wagt einer Großmutter wie meiner zu widersprechen.

Frizzuli c' 'a m'llica – Handgemachte Maccheroni mit gerösteten Semmelbröseln

ZUTATEN

Für den Teig:

400 g Weizenmehl, Wasser, Salz

Für die Brösel :

200 g altbackenes Brot (wahlweise Semmelbrösel), Öl,
1 TL Paprikapulver aus Senise DOP

ZUBEREITUNG

Mehl, Wasser und Salz zu einem Nudelteig verkneten und daraus zehn Zentimeter lange, hohle Zylinder von einem Zentimeter Durchmesser formen. Dazu jede Nudel einzeln um eine passende Stricknadel legen und rollen. Dann die Nadel herausziehen und die Nudeln auf einem Geschirrtuch trocknen lassen. Danach Wasser zum Kochen bringen, salzen und die Frizzuli darin gar kochen.

In der Zwischenzeit das Brot grob zerkleinern. In einer Pfanne etwas Öl erhitzen. Wenn es heiß ist, die Brotkrümel oder Semmelbrösel hineingeben und mit einem Kochlöffel umrühren, bis das Brot das Öl aufgesogen hat und leicht gebräunt ist. Dann den Teelöffel Paprikapulver daruntermischen.

6. TERESA

Die Hochzeit

»Oh, ist das bitter.«

»Was ist bitter, Terè?«

»Das da …«

»Komm her, trink, das wird dich beruhigen.«

»Es ist erst fünf, Ma' … lass mich noch ein bisschen schlafen.«

Am Tag meiner Hochzeit gab mir meine Mutter in aller Herrgottsfrühe einen Tee zu trinken. Ich weiß nicht, woraus sie ihn gemacht hatte, aber das bittere Gebräu führte bei mir zur sofortigen Darmentleerung. Sollte ich in meiner ersten Nacht mit Don Mimì aus Angst Bauchkrämpfe bekommen, bliebe mir immerhin die Peinlichkeit erspart, ständig auf die Toilette rennen zu müssen.

Diese Erklärung gab sie mir allerdings nicht. Und das war auch nicht nötig. Ich begriff es in den endlosen Minuten, die ich in dem kleinen Bad verbrachte, das an das Schlafzimmer meiner Eltern grenzte.

»Es soll mich beruhigen, nicht umbringen!«, brüllte ich hinüber.

Zum Glück hatten wir eine Toilette im Haus und nicht draußen im Garten. Denn in den ersten Monaten meiner Ehe rannte ich während der famosen Koliken oft im Morgenmantel ins Haus meiner Eltern. Aus Scham, versteht sich! Ich schämte mich sogar vor meinem eigenem Vater.

Unter diesen Koliken hatte ich schon als Kind gelitten. Die konsultierten Ärzte verschrieben mir alles Mögliche, ohne Erfolg. Zeitweise verboten sie mir sogar bestimmte Nahrungsmittel: Frittiertes und Fett, Obst und Gemüse. Doch angesichts des mangelnden Erfolges beschloss ich, dieses Unwohlsein lieber in mein Leben einzubauen. Denn wenn ich Frittiertes, Fett, Obst und Gemüse aus der lukanischen Speisekarte und vor allem aus der Küche meiner Mutter streichen wollte, womit sollte ich dann noch meinen Hunger stillen?

Dann kam der ersehnte Tag und mein Vater hatte sich im Zwist mit der Welt von dem Besitz meiner zukünftigen Schwiegereltern entfernt. Als wären Don Mimì, die überraschende Verlobung und seine Entscheidung, für diese Familie zu arbeiten, kein Wunder und kein Schatz, auf den man stolz sein sollte, sondern eine feindliche Übernahme, gegen die man nichts ausrichten konnte. Er fühlte sich mit dem Rücken zur Wand.

»Was für ein Sturkopf dein Vater doch ist«, sagte meine Mutter noch schroffer als sonst.

Sie konnte mir nicht in die Augen schauen, ihr Blick war tränenverschleiert. Ich war ihre Erlöserin. Aus der Armut, aus der sozialen Ungerechtigkeit, die sie weder benennen noch beschreiben konnte. Meine Mutter war ein einfacher Mensch. Eine sanfte Frau, eine halbe Analphabetin, die stattdessen andere Talente pflegte wie zum Beispiel das Kochen, bei dem sie geübt die Zutaten vermischte, nach Gefühl. Alles war für sie Buße, Buße für ein Schicksal, das so viele von uns zu harter Arbeit und Gleichgültigkeit verurteilte. Meine Mutter hatte am eigenen Leib erfahren, was es heißt, kein fließendes Wasser zu haben, keine Fenster, keine Abwasserkanäle, und trotzdem hatte sie in dem feuchten Tuffstein der Sassi überlebt. Und sich nie darüber beklagt. Für sie war es das Leben, das einzige Leben. Oft wird man geboren, lebt und stirbt, ohne dass jemand es merkt. Und ohne eine Vorstellung davon, dass es auch anders sein könnte. Doch ich hatte die Chance, die Geschichte zu ändern. Ihre Geschichte. Und darauf war sie so stolz, dass sie davon erzählt hätte, wenn sie die Worte dafür gekannt hätte.

Während sie mein Brautkleid aus dem Koffer nahm, kommentierte sie das prächtige Wetter. »*Ariu chiaru non ha paura di troni.* Dort oben liebt dich jemand, Terè. Keine Ahnung wer und warum, aber der liebe Gott will es auch so.«

Der Himmel draußen schien mir tatsächlich wohlgesonnen. Und meine Mutter setzte ihr moralisches Vermächtnis fort: »*Fa' male d penza, fa' bbene e scorda, Terè,* bloß nicht zu viel nachdenken, auch mal vergessen können. Hör auf mich. Sei immer ein gutes Mädchen. *Dimmi a chi sì figgh' ca t'dicä a c'appartene.* Du gehörst zu uns. Sei immer ein gutes Mädchen.«

Sie redete über vieles, aber nur ganz kurz über die Liebe. »Die Ehe ist anstrengend, Terè. Von heute an ist sie deine Aufgabe. *Nun pierde temp' coi pensiere.* Nicht lange grübeln, handeln, putzen, dich durchsetzen. Und diese Sache da, versprich es mir, die hältst du geheim, solange du kannst, sonst erklären sie dich noch für irre.«

In den Jahren danach konnte ich meiner Mutter etwas beweisen, das ich weder in den Grotten noch hier in Torremozza gelernt hatte: dass die Ehe auch Liebe ist. Doch das Geheimnis, dass ich so etwas wie seherische Fähigkeiten hatte, ja, das behielt ich viele Jahre für mich.

Das Brautkleid hatte schon meine Mutter getragen. Meine Schwiegermutter dachte sich ein paar Veränderungen aus und ließ dafür eine Schneiderin aus Montalbano kommen, die fast einen Monat lang in unserem Haus wohnte. Sie fügte einige Zentimeter Spitze an den Ärmeln hinzu, um die Knöpfchen zu verdecken. Damit es schwerer herabhing, verstärkte sie den Saum mit einem Atlasband. Und verlängerte die Schleppe um ein paar Zentimeter, so dass sie die Absätze berührte, ohne schmutzig zu werden. Das Mieder blieb, wie es war und umschloss mich fest mit seinen weißen Atlasknöpfen, die meine Taille schlanker und meinen Busen üppiger erscheinen ließen, als er war. Und den wir sogar unter Einhaltung allen Anstandes noch ein wenig ausstopften. Wir legten zwei Polster hinein, woraufhin meine Mutter uns schrecklich blamierte, weil sie bei meinem Anblick zu der Schneiderin sagte: »Die Schulterpolster sind ja an der falschen Stelle!«

Und die ihr mit derselben Langmut, mit der sie selbst die Unterhosen geflickt und die halbe Aussteuer ausgebessert hatte, erklärte, man trage das jetzt so. Um den Busen zu formen, ohne ihn einzuengen.

Hinten am Rücken zählte ich zwölf Knöpfe, auch sie mit schneeweißer Spitze bezogen, auch sie nur Zierde.

Ich betrachtete mich in einem kleinen Spiegel im Zimmer meiner Eltern, mit dem weißen Brautstrauß, den mir meine Schwiegermutter geschenkt hatte. Ganz sah ich mich aber erst später auf dem offiziellen Hochzeitsfoto.

Der Blick meines Vaters, der mich anschaute, als sähe er mich zum ersten Mal, gab mir die deutlichste Antwort auf meine bange Frage, wie ich wohl aussah: ganz offensichtlich sehr gut.

Wir heirateten am 9. Mai 1956 in der Kirche Madonna del Ponte neben der Burg. Auch an diesem Tag erhob sich wie an fast allen anderen, die ich in Policoro verbrachte, mir zur Warnung ein ahnungsvoller Wind.

Ich war sechzehn Jahre alt. Und beileibe nicht schwanger. Nicht einmal geküsst hatte ich Mimì bisher. Das war meine schärfste Waffe, mit der ich mich gegen all jene verteidigte – und es gab ihrer reichlich –, die mich beleidigten, ich hätte den sozialen Aufstieg doch gar nicht verdient.

Als ich Teresa Terranova werden sollte, verspürte ich unvermittelt mein jahrelang sorgfältig bewahrtes Geheimnis, das mir Tritte in den Bauch versetzte. Ich hob den Blick und bat Gott, mir noch ein wenig Ruhe zu gönnen. Denn noch war der Zeitpunkt nicht gekommen, mich meinem Ehemann voll und ganz zu offenbaren, der diese meine Gabe vielleicht nicht verstanden hätte.

Die Vorahnung machte sich in der Nähe des Pfades bemerkbar, den ich als Abkürzung zum Meer benutzte, um vor der Trauung noch ein wenig allein zu sein. Irgendwann beruhigte sich der Schmerz, wurde stattdessen zu einem Streicheln und erfüllte so meine Bitte. Und auch die gesamte Zeremonie über ließ er mich in Ruhe.

Untergehakt und mit einem ganzen Schwarm Kinder und Verwandter im Gefolge kehrten Don Mimì und ich zu dem Bauernhaus zurück und schritten durch den mit weißen Tüchern und Bändern geschmückten Torbogen.

Und unsere Jagdfreunde kümmerten sich mit einigen Schüssen in die Luft darum, die bösen Geister zu vertreiben. Überall standen festlich gedeckte Tische, und Bratenduft lag in der Luft. Nie hätte ich gedacht, dass dieser Garten sich in einen Ort der Freude und des guten Essens verwandeln könnte, mit Klängen der Ziehharmonika und Liedern, deren Refrain ich auswendig kannte.

Ich biss in eine Scheibe Soppressata, die blutrot auf den weißen Tischdecken lag, dann in eine weitere … bis in der Tischdekoration ein Loch klaffte. Ich ließ die Wurstscheiben verschwinden, und meine Mutter brachte eilig die Reihe wieder in Ordnung. Ich aß weiter, bis mir der Mund wie Feuer brannte.

»Terè, beherrsch dich«, sagte meine Mutter zu mir.

Don Mimì lachte herzlich und sagte zu meiner Mutter: »Warum soll sie sich beherrschen? Ich mag es, wenn sie gerne isst«, und schob mir ein Stück Provola-Käse aus Kuhmilch in den Mund.

Ich schmeckte den Tabak vermischt mit der Milchsäure an seinen Fingern und bekam ein Gefühl, das ich noch nie zuvor verspürt hatte. Ich streckte das Kinn nach vorne, weil ich mehr wollte, und mir war bewusst, dass dies die Eröffnung eines erotischen Tanzes war. Es war der intimste Austausch, den ich je erlebt hatte. Und ich sah ihm in die Augen. Ohne Vorsicht, ohne Zurückhaltung. Ich staunte selbst, dass ich das konnte.

Und während alle um uns herum feierten, brach uns der Schweiß aus. Meine Brüste schwollen an, und ich hatte das Gefühl, keine Luft mehr zu bekommen in meinem engen Leibchen, das unter dem Kinn von einem Zierknopf verschlossen wurde. Mimì nahm meine

Hand und zog mich zwischen den tanzenden, redenden und rauchenden Gästen hindurch die Treppe hinauf.

»Mimì, das Foto. Es ist alles vorbereitet. Wo wollt Ihr hin?«

»Ich komme gleich, ich muss ihr ein Geschenk geben«, rief Don Mimì in die Menge hinein, in der so mancher genau wusste, um was für ein Geschenk es sich handelte, während andere sich nie und nimmer vorstellen konnten, dass unsere Hochzeitsnacht allen widrigen Umständen zum Trotz so beginnen sollte, so … so gegen jede Regel, so unkonventionell und schamlos. So leidenschaftlich.

Tausendmal hatte ich mir diesen Moment vorgestellt. Ich hatte gedacht, ich würde mich vorher zurechtmachen können, ein Nachthemd anziehen, mir die Haare kämmen, um dann seinen Annäherungen unter der Bettdecke zu gehorchen. Im Dunkeln. Stattdessen knallte das Licht auf meinen Körper und sämtliche Makel. Unter Mühen knöpfte er mein Kleid auf und küsste mich auf den von der Spitze befreiten Hals. Dann schob er wortlos meinen Rock aus Tüll und Spitze hoch, dann den Unterrock aus grober Baumwolle, und berührte mich ohne jedes Zögern. Ich spürte, wie sich seine schwieligen Finger in die Tiefen meiner Schenkel schoben und in die Ritzen meiner Scham. Als sie ihr Ziel fanden, entfuhr ihm ein Stöhnen.

Ich konnte ihn nicht umarmen, weil ich immer noch das Sträußchen aus Feldblumen in den Händen hielt.

»Wenn ich es schmutzig mache, habe ich kein Kleid mehr für unten«, flüsterte ich.

»Keine Sorge, ich dringe nicht ein.«

›Wie dumm von mir‹, dachte ich, ›um schmutzig zu werden, muss natürlich einiges mehr passieren.‹

Und Don Mimì fügte nach ein paar Sekunden hinzu: »… noch nicht.«

Er hatte etwa zehn Minuten gekeucht, und um die Wahrheit zu sagen, ich mit ihm. Ich wusste nicht, was ich tun sollte. Niemand hatte mir erklärt, wie man einen Mann glücklich macht. Ich hatte nur beobachtet, wie Tiere sich paarten. Das schon. Und meine Mutter hatte mit dem Kinn in ihre Richtung gedeutet und gesagt: »Mehr musst du nicht wissen.«

Dann verstummte Don Mimì und rückte ein Stück weg. Er wirkte wie tot.

»Mimì, geht es Euch gut?«, fragte ich.

»Dir, Teresa, nicht Euch. Oder siehst du noch andere Männer hier? Dir. Ich bin jetzt dein Mann. Du sollst mich duzen. Übrigens habe ich wirklich ein Geschenk für dich.«

Dabei küsste er mich auf ein Ohrläppchen. Dann legte er eine Haarspange neben mich auf das Bett, die er bei einer Geschäftsreise in Neapel gekauft hatte. Sie hatte die Form eines kleinen Pfaus, mit Federn aus Gold und Perlmutt und einem Kopf aus schwarzem Onyx. Außer der Spange nahm ich auch meinen eigenen Geruch an seinen Fingern wahr, kräftig und bitter. Und ich schämte mich.

An seinem zufriedenen Blick konnte ich ablesen, dass etwas Gutes oder Anregendes darin liegen musste, denn den ganzen Abend über beobachtete ich, wie er immer wieder an seinen Fingern roch und den Blick in die Ferne schweifen ließ. Als hätte auch er an diesem Duft seine Frau erkannt.

»Komm, Terè, wir gehen runter für das Foto. Und die Haarspange? Willst du sie nicht anlegen?«

Wir stiegen die Treppe hinab, wo die Gäste nun Frizzuli mit geröstetem Weißbrot verzehrten. Linker Hand, nicht weit von der Stelle, wo ich meinen Mann vor vielen Jahren kennengelernt hatte, hatte der Fotograf sein Stativ für das Gruppenfoto aufgebaut.

Ich stellte mich in dem angepassten Brautkleid meiner Mutter einen Schritt vor alle anderen, damit sie mir nicht etwa auf die Schleppe traten. Don Mimì wandte seinen stolzerfüllten Blick nicht vom Objektiv ab. Meine Mutter raunte mir zu, dass die Tanten meines Bräutigams wenig erfreut über meine Flucht nach oben gewesen seien, und suchte in ihrer gewohnten Schüchternheit ein paar Zentimeter hinter meinem Vater Deckung. Mein Vater wollte, dass sie den Mund hielt und war ganz fasziniert von dem Fotoapparat. Mein Schwiegervater, der wegen des Todes seiner Mutter eine Trauerbinde um den Arm trug, lächelte gutmütig zu allem, wie er es für den Rest seines Lebens tun würde. Meine Schwiegermutter, die sich die Haare wie die Callas frisiert hatte, beschwerte sich über das lange Stillstehen, als hätte sie Wichtigeres zu tun. Zwei junge Cousinen meines Mannes, die am liebsten ein Kleid wie ich angehabt hätten, beugten sich ein wenig zur Seite und sahen aus wie unterwürfige Mägde.

Da ich selbst nicht in die Kamera blicken wollte, sah ich die ganze Zeit Don Mimì an.

Und genau das Bild habe ich ausgewählt. Das Bild, auf dem ich das »Achtung, fertig, los!« überhöre und stur meinen Mann anstarre, während meine Mutter im tiefsten Matera-Dialekt auf mich einredet.

»Levate, levate sta gunella, che ormai sei mia moglie, quando vedo il letto pronto, a te il chianto a me la risa.« Dies waren die Verse, die ein paar Spielmänner im ersten Morgengrauen unter unserem Fenster sangen: »Leg deinen Rock ab, nun bist du meine Frau, beim Anblick des bereiteten Bettes, für dich die Tränen, für mich das Lachen«, als wir alle erschöpft ins Haus gegangen waren.

Doch so war es nie. Keine Tränen für mich und Freude nur für ihn. Ich sollte mich wohl ein bisschen schämen. Nie habe ich gelitten, wenn Don Mimì und ich uns liebten.

Wir wohnten weiterhin auf dem Familienanwesen, und meine Eltern durften sich endlich als Herren fühlen und nicht mehr als Bedienstete, was ihnen nicht leichtfiel. Sie hörten auf zu arbeiten, wenn auch nie ganz. Meine Mutter kochte weiterhin für meine Schwiegermutter. Sie schob ihr die fertigen, hübsch angerichteten Speisen durch die Durchreiche zu, an die sie vorher leise klopfte. Sie deckte die Teller mit von ihr bestickten Geschirrtüchern ab, die ihr ohne jeden Dank eilig zurückerstattet wurden. Genauso wie die geleerten Servierteller, schmutzig.

»Ich meine das nicht böse, aber sonst merkt die neue Köchin etwas«, erwiderte Mimìs Mutter entschuldigend.

Mein Vater sagte zu meiner Mutter: »Und du spielst noch immer die Küchenmagd für die Schwiegermutter deiner Tochter?«

»Denk doch nur, wir haben jahrelang mit Schweineschmalz gekocht und hier zum ersten Mal Olivenöl probiert. Sie lassen es uns an nichts fehlen. Da freue ich mich doch, wenn ich ihr helfen kann.« Meine Mutter trieb es sogar so weit, ihrer Mitschwiegermutter beim

Sonntagsessen Komplimente zu machen: »Damiana, keine kocht so gut wie du.«

Woraufhin diese vor allen Verwandten die Federn spreizte wie ein Pfau.

Ein einziges Mal kochte meine Mutter offiziell. Dafür hatte sie sich ein anderes Menü überlegt als sonst, damit keiner etwas merkte. Es war der Tag, an dem wir als Ehepaar zum ersten Mal offiziell ausgingen, und dafür bereitete die Mutter der Braut traditionell das Mittagsmahl.

Es gelang ihr so gut, dass meine Schwiegermutter am liebsten einen Schwächeanfall vorgetäuscht hätte, um die Gäste von dem köstlichen Mahl abzulenken. Beim ersten Bissen aber verwarf sie die Idee. Es war einfach zu köstlich, das wollte sie sich nicht entgehen lassen. Und ihr Ehemann, der vielleicht zum ersten Mal ihren Zwiespalt sah, wandte sich an den Mitschwiegervater, indem er feststellte, welches Glück es doch sei, so tüchtige Frauen zu haben mit so unterschiedlichen kulinarischen Fähigkeiten.

Wenn Mamma kochte, stand ich neben ihr und ließ mich von nichts und niemandem ablenken. Der erste Lehrer ist das Auge, der zweite der Gaumen und der dritte die Hand, auch wenn es spontan andersherum scheinen mag.

»Lass mich den Teig kneten, Mamma, dir tun doch die Handgelenke weh«, flehte ich sie an, als wir das Essen zu Don Mimìs Ehren bereiteten.

Wir wollten *Lagane* machen, eine etwas breitere Art der Bandnudeln. Lagane mit Kichererbsen und gemahlenem rotem Pfeffer. Und ermattet von den stechenden Schmerzen gab sie nach.

»Du musst zweihundert Gramm Mehl mit lauwarmem Wasser verkneten. Lauwarm, Terè. Dann holst du die eingeweichten Kichererbsen aus dem Topf und schälst sie.«

Aber ich war schon weiter. Ich hatte Öl in einen kleinen Topf gegeben. Den Rest – also die Nudeln garen, mit den Kichererbsen vermischen, den roten Pfeffer anbraten und untermengen –, musste sie tun. Aber in Ruhe, später. Es war erst sieben Uhr morgens, und sie war schon seit wer weiß wann auf den Beinen, um gefülltes Kaninchen zu machen. In eine Schüssel hatte sie die gehackte Leber und das Herz des Kaninchens gegeben, dazu Semmelbrösel, Öl und gehackte Petersilie, ein wenig Milch, ein Ei, Parmesan, Rosinen, Salz.

Ich kam rechtzeitig, um zu beobachten, wie sie mit chirurgischer Präzision den hinteren Teil des Kaninchens aufschnitt und es mit der Mischung füllte. Ich brach in Gelächter aus, in das sie einfiel.

»Pscht, lenk mich nicht ab. Eigentlich darfst du heute ja keinen Finger rühren, da du eine Ehefrau bist, aber ich erlaube dir, den Kuchen deiner Großmutter zuzubereiten.«

»Die brasilianische Torte von Nonna Carmeleluccia.«

»Ja.«

Der süße Nudelauflauf aus Tagliolini stammt ursprünglich aus Brasilien, denn meine Urgroßmutter hatte Verwandte, die nach Jequié im Bundesstaat Bahia ausgewandert waren. Deshalb duftete unsere Küche zu Hause auch immer nach Zimt. Die mit Butter, Ricotta, Eiermilch und Zucker vermischten dünnen Bandnudeln kamen mit Zimt bestäubt für eine Stunde in den Ofen. Um elf stand alles fix und fertig auf der bestickten Tischdecke. Nach dem Essen ruhten wir alle wie erschlagen ein wenig aus. Bis auf Papà, der vielleicht als Einziger einen echten Vorteil aus der ehelichen Verbindung zog, wenngleich er das nie zugegeben hätte: Seit unserer Hochzeit verbrachte er alle Tage seines verbleibenden Lebens – und es waren leider nicht mehr viele –, indem er Figuren aus Lehm formte wie damals in den Sassi di Matera.

Der Umzug aus meinem Mädchenzimmer in das meines Gatten war schnell erledigt. Ich hatte nur eine Koffertruhe, die ich am Griff hinter mir herschleppte und die den gesamten Weg über klapperte: von meiner Kammer bis zum Hauseingang, durch einen Tunnel aus Oleander und Ginster.

»Warum sitzt du hier auf der Truhe?«, fragte mich Domenico.

»Das ist meine Mitgift.«

Und er versuchte, uns beide die Treppe hinaufzutragen.

Unsere Unterkunft lag im oberen Stockwerk und war früher der Aufbewahrungsort für Werkzeug, Wechselkleider, Motten, allerlei Krimskrams und altes Spielzeug wie Kreisel, Kletteräffchen und Holzräder gewesen: für alles, was man im Haus nicht mehr haben wollte.

Ich verliebte mich sofort in dieses Zuhause. Ich konnte nicht begreifen, warum man die schönsten Ecken des Anwesens unbewohnt gelassen hatte. Von dort oben sah man auf der einen Seite das Meer und auf der anderen die Freiherrenburg von Policoro. Aus dieser Höhe konnte ich all meine Lieblingsorte überblicken. Die abgewetzte Schnur an dem Baumstamm, den Winkel, wo mein Vater in seinem Weidenstuhl arbeitete, das Kommen und Gehen meiner Mutter, die der »Signora« heimlich Mittag- und Abendessen brachte. Den Stumpf des abgeschlagenen Turms.

Und den Pfad, der zum Meer hinabführte.

7. CATERINA

Caterina und Christoph Kolumbus

Wie Christoph Kolumbus war ich auf der Suche nach neuen Welten. Nonna belächelte mich deswegen und machte sich über meinen Forscherdrang lustig.

»Die See bringt allen neue Hoffnung, so wie der Schlaf die Träume bringt«, antwortete ich mit den Worten eben jenes Kolumbus.

»Aber du hast keine drei Karavellen«, gab sie zurück.

Ein Forscher ist für mich nichts anderes als ein Träumer. Und nach Rom kam ich nicht nur aus Naivität, sondern weil ich mein Amerika finden wollte.

Ich entdeckte zum Beispiel, dass es in Italien nicht nur die italienische Küche gab. Unter meiner Wohnung war ein chinesisches Restaurant. Meine Mitbewohnerinnen wollten unbedingt einmal dort essen gehen.

»Aber wenn es da gekochte Katzen gibt?«, fragte ich skeptisch.

»Himmel, Caterì, sei nicht blöd. Was redest du da?« Und sie schoben mir eine unter Dampf gekochte Teigtasche mit Fleischfüllung in den Mund. Köstlich! Dann ein knuspriges Röllchen, über das man etwas süßsaure Soße gab. Dann verschlang ich ein gebratenes Hühnchen. Himmlisch! Als ich davon am Telefon erzählte, fiel meine Großmutter fast in Ohnmacht.

»Caterì, beim Chinesen? Woher willst du wissen, mit was für Fleisch die ihre Ravioli füllen?«

Das hatte ich also von ihr. Ich versprach ihr, einmal welche für sie zu kochen. Und sie sagte: »Wenn ich weiß, was drinnen ist, gerne. Und wie teuer ist das?«

»Total billig, Nonna.«

»Dann trau ihnen nicht über den Weg.«

Das Misstrauen gegenüber Neuem generell oder Zubereitungsarten, die die eigene Küche nicht kennt, ist von vitaler Bedeutung. Für Nonna, für Mamma, für die Tante. Wenn ich wäre wie sie, hätte ich mir mit eselsgleich gesenktem Kopf alles ausschließlich von Nonna beibringen lassen und Entdeckungen wie diese verpasst. Aber ich suchte weitere gastronomische Erlebnisse. Ich ging in ein indisches Restaurant. Zu scharf, aber lustig. Zum Libanesen, wo es mir einfach nicht gelingen wollte, mit den Händen zu essen. Zum Japaner, äußerst merkwürdig mit dieser grünen Paste, die nach Spülmittel schmeckte. Zum Mexikaner: perfekte Fajitas. Ich versuchte, sie zu Hause nachzukochen. Und dann kehrte ich zur italienischen Küche zurück. Ergebnis: in drei Monaten drei Kilo mehr, allesamt an Hüften und Bauch.

»Nonna, wusstest du, dass es ein Restaurant gibt, in dem man sich seine Pizza und Pasta selbst belegen und zusammenstellen kann?«

»Papà, weißt du eigentlich, dass die römische Straßenpizza die beste der Welt ist? Nein, nicht wie die lukanische *Puccia,* die hier ist viel dünner, knuspriger.«

»Mamma, in Rom gibt es eine Gasse, von der aus man die Kuppel des Petersdoms sieht, und wenn man näher heran geht, wird sie nicht größer sondern kleiner, erstaunlich, oder?«

»Mary, du hast keine Ahnung, was für tolle Geschäfte es hier gibt. Was soll ich dir mitbringen? Es gibt Strumpfhosen in allen Formen und Farben. Nicht nur schwarz und fleischfarben.«

Das erzählte ich bei unseren abendlichen Telefonaten, wenn ich von meinem Tag berichtete. Ich teilte mit ihnen meine kleinen Entdeckungen, ohne dass sie ahnten, worauf ich so sehr wartete. Die größte Entdeckung, nach der ich mich sehnte: die Liebe.

Bis ich in etwas hineinstolperte, das tatsächlich der Entdeckung eines neuen Kontinents gleichkam …

Ich stand in der Schlange zum Sekretariat der Universität La Sapienza. Um mich herum junge Männer, die Mitschriften austauschten, die Leistung des AS Rom diskutierten, Aufstellungen für ein geheimnisvolles Spiel namens Fantacalcio vornahmen. Ich stand außerhalb ihres Kreises. Allein. Ich wollte ein paar Angaben in meinem Studienbuch ändern lassen. Mein Geburtsdatum und -ort waren falsch eingetragen.

»Geboren in Policoro, ja. In Lukanien. Nein, nicht Lucca, Lukanien, in der Basilikata. Policoro gehört zur Provinz Matera«, sagte ich zu dem Angestellten hinter dem Schalter.

Als ich fertig war, ging ich mit meinem korrigierten Studienbuch auf den Ausgang zu, als ein Student mich am Arm festhielt. Er war groß wie ein Basketballer, und ich musste den Kopf in den Nacken legen, um ihn anzusehen.

»Entschuldige, musstest du gerade eine Gebühr für das Prüfungsprotokoll bezahlen?«

»Nein, ich war wegen etwas anderem hier. Ich habe noch gar keine Prüfung abgelegt.«

»Oh, Mist, sorry.«

Es war das erste Mal, dass mich jemand ansprach, den ich noch nie auch nur von Ferne gesehen hatte und von dem ich weder Brüder, Schwestern, Eltern noch wenigstens einen nahen Verwandten kannte. Er trug eine Ausgabe der *Repubblica* unter dem Arm und ich dachte, dass es wirklich schön war, einen jungen Mann zu sehen, der eine Tageszeitung mit sich herumtrug.

»Ich habe mitbekommen, dass du aus der Basilikata bist. Ganz schön weit weg, was?«

Bei diesen Worten war mir sofort klar, dass ich ihm helfen musste, die Basilikata genauer in Italien zu lokalisieren, da er offensichtlich nicht wusste, wo sie lag.

»Ja, aber mit dem Pullman brauche ich nur sechs Stunden, wenn die Autobahn bei Reggio Calabria frei ist. Das Problem sind die vielen Ortschaften bis zu meinem Ort, in denen der Bus überall anhält, um Leute ein- und aussteigen zu lassen.«

Doch seine Aufmerksamkeit erlahmte bereits. Was interessierten ihn geografische Details?

Aber irgendwie gefiel ich ihm wohl, auch wenn der erste Kontakt ein wenig verkrampft war, denn er fragte übergangslos: »Wollen wir einen Kaffee zusammen trinken?«

»Ja, gern«, gab ich zurück. Statt in eine Bar setzten wir uns auf die Stufen des Instituts, vor das Sekretariat. In einer merkwürdigen Mischung aus Schweigen und losen Sätzen unterhielten wir uns, als müssten wir uns mühsam beschnuppern, kennenlernen. Nach einer halben Stunde wusste ich, dass er an einem Theaterstück über Mafia und Terrorismus arbeitete. Und ich war heilfroh, dass er nicht meine Meinung dazu wissen wollte, denn wenn ich von einem nichts verstehe, dann von Tagespolitik.

Ich erzählte ihm, wo ich wohnte, was meine Mitbewohnerinnen machten. Ich gab ihm meine Telefonnummer. Und er mir seine.

Und während ich weiterredete, träumte ich davon, den Märchenprinzen getroffen zu haben.

Der mich schnellstmöglich wiedersehen wollte, denn er rief noch am selben Abend an.

Rossella kam in mein Zimmer gelaufen und sagte, da sei ein Anruf für mich. Und diesmal, fügte sie entzückt und fast gerührt hinzu, seien es weder meine Großeltern noch Mary noch mein Bruder noch meine Eltern. Sie zählte sie alle auf. Es sei ein Mann.

»Wer denn?«

»Ach, das habe ich nicht gefragt, das hat er mir nicht gesagt.«

»Und warum hast du aufgelegt?«

»Habe ich nicht, er ist noch dran!«

»Das sagst du mir jetzt erst?«

Ich rannte in den Flur und setzte mich auf den Stuhl, auf dem ich immer saß, wenn ich mit meinen Verwandten sprach. Es war Pietro – so hieß meine Bekanntschaft –, der mich einlud, mit ihm ins Kino zu gehen, in *Lolita,* am nächsten Abend auf der Piazza Barberini.

Mir hüpfte das Herz in der Brust. Nicht weil ich das erste Mal mit einem jungen Mann ausging, der sich sogar noch erboten hatte, mich zu Hause abzuholen. Nicht weil ich mit jemandem ausging, der so gut aussah wie Dylan Dog. Sondern weil ich in meinem Leben erst einmal im Kino gewesen war, als Kind in *Die Schöne und das Biest*. In Policoro gab es kein Kino mehr. An seiner Stelle stand nun ein Coop-Supermarkt.

Zwischen Kinobesuchen und unzähligen Fragen verstrich der erste Monat mit Pietro. Wir hatten bald eine echte Beziehung, zumindest kam es mir so vor. Er gefiel mir sehr, das schon, aber ich war mir am Anfang nicht sicher, ob er meine perfekte zweite Hälfte war, wie das bei meinen Großeltern der Fall war.

Vor der Abreise hatte meine Großmutter mir zur Vollendung unserer gemeinsamen Rezeptsammlung die Stricknadeln geschenkt, mit denen sie Frizzuli machte. Ihre eigenen.

»Das ist ein bisschen so, als würde eine Schneiderin dir ihre Nähnadel oder ihr Nadelkissen schenken«, sagte sie zu mir.

»Ein bisschen, wie wenn ein Mann dir die Frau seines Lebens abtritt«, fügte der Nonno hinzu und sah sie auf eine Art an, die sich nicht in Worte fassen lässt.

»Echt?«

Mit schamrotem Gesicht durchbrach Nonna den Zauber seiner Worte, indem sie ketzerisch sagte: »Immer der alte Spötter!«

Großvater liebte Nonna Teresa sehr. Doch ohne sentimental zu werden. Er vermittelte ihr dieses Gefühl durch seine ständige Anwesenheit. Er blieb immer in ihrer Nähe. Auch bei der Bürgermeisterwahl wollte er sie während der Veranstaltungen der Christdemokraten und später der Kommunisten immer an seiner Seite haben. Doch in der ihr eigenen diskreten Zurückhaltung hätte sie die Rolle der First Lady niemals ausfüllen können, geschweige denn wollen. Also fanden sie einen Kompromiss: sie begleitete ihn, hielt sich aber im Hintergrund. Im Gegenzug reichte es ihm zu wissen, wo sie saß. Bevor er in die Diskussion eingriff, musste er sie gesehen haben. Das nannte er sein Omen. Dabei wussten alle, dass in Wirklichkeit sie sein Leitstern war.

Einerseits litt meine Großmutter unter dieser Art von Versklavung, denn diese Zeit hätte sie gut für sich selbst, ihre Freundinnen, Töchter oder Enkelinnen nutzen können. Oder um sich seelenruhig ihre Lieblingstelenovela mit Grecia Colmenares anzuschauen. Andererseits schmeichelte es ihr. Kein anderer Mann, der so mächtig, reich und wichtig war wie Domenico Terranova, wollte seine Frau immer an seiner Seite wissen. Im Gegenteil, den meisten Männern ihrer Freundinnen war jede Ausrede recht, um in die Bar zu flüchten, in den Verein, unter die Röcke anderer Frauen. Entweder war er besonders abgefeimt oder besonders eifersüchtig oder einfach hoffnungslos und gegen jede Regel in sie verliebt.

Problematisch wurde das, als er die Schärpe des Bürgermeisters trug und jeden Tag ins Rathaus ging.

»Domenico, da kann ich nicht mitkommen.«

»Ganz ruhig, keine Sorge, dann gehe ich eben früh los und komme früh wieder, zum Mittagessen bin ich zurück.«

In Wahrheit war sie die Ruhe selbst. Dies war seine Art von Zärtlichkeit, ihr zu sagen, dass er sie vermissen würde. Und meine Großmutter war die einzige Person, der gegenüber er seine sanfte Seite zeigte, ohne ihr zu gestehen, dass er viel mehr darunter leiden würde, nicht in ihrer Nähe zu sein. Der gefürchtete Don Mimì.

Nonna wusste, wie sie ihn nehmen musste, und diese Unterwerfung, die oft eher einseitig als gegenseitig zu sein schien, adelte noch ihr Versprechen, ihm treu zu sein, ihn zu lieben und zu ehren. Niemals musste er den Tisch abdecken, nicht einmal ein Espressotässchen, nie bat sie ihn, ihr den Teller zu reichen, ihr einen Tee zu machen, wenn sie ihre Bauchkrämpfe hatte – Koliken hatte sie häufig – oder sonst etwas. Sie war alleine und ohne Geschwister in den Grotten von Matera aufgewachsen, hatte später im Dienst der Familie ihres zukünftigen Ehemannes gestanden, für sie würde dieser Mann immer ihr »Signore« sein, Don Mimì.

Ich wusste nicht, ob ich jemals eine solche Liebe würde empfinden können, doch mit diesem Ideal war ich aufgewachsen. Und um herauszufinden, ob Pietro dafür der Richtige sein könnte, gab es nur eine Methode: Ich musste eine meiner berühmten Listen schreiben.

Vor Jahren hatte ich einmal in einem Buch eine Tabelle der Dinge gelesen, die ein Paar verbindet oder trennt. Eine Liste der Unterschiede. Das Ergebnis war ernüchternd. Denn was uns trennte war mit Abstand viel mehr als das bisschen, das uns verband.

Er liest jeden Tag eine überregionale Tageszeitung. Bei mir zu Hause gab es immer nur das Lokalblatt.

Er war auf einer der angesehensten Schulen der Hauptstadt, wo er als Schülervertreter Veranstaltungen organisiert hatte, um die Menschen für das Phänomen der Mafia zu sensibilisieren. Ich hatte das klassische Gymnasium in der nächstgrößeren Ortschaft besucht, in dem es durchs Dach regnete: Meine Banknachbarin brachte sich winters eine Decke mit, um sich gegen die Kälte zu schützen.

Er trägt Moncler und eine Barbourjacke, die nach

Wachs riecht. Ich die Mäntel meiner Schwester oder meiner Cousinen.

Er hat ein Walkie-Talkie-großes Handy. Ich habe zum Telefonieren bis vor Kurzem Jetons in die Schlitze öffentlicher Fernsprechzellen geworfen.

Er geht sonntags in die Disko. Ich tue sonntags so, als würde ich in die Kirche gehen, um mich in Wirklichkeit draußen hinzusetzen und heimlich die *Tagebücher der Laura Palmer* zu lesen, während die Jungs ohne Sturzhelm auf ihren Mopeds herumkurven.

An Weihnachten speist er mit seinen Eltern und der Großmutter im Restaurant des Golfclubs. Ich feiere zu Hause mit meinen Verwandten: rund zwanzig Erwachsene und eine schier unüberschaubare Kinderschar.

Er war bei den Konzerten von U2 und Ligabue. Ich habe immer die Karaoke-Versionen der San-Remo-Hits mitgesungen, heimlich im Keller zu Hause zwischen den Einmachgläsern, Tomatensoßen und den getrockneten Paprika. Und auf Fiorello gewartet.

Er nimmt seinen Morgenkaffee in der Bar. Mein traditionelles Frühstück war ein Frittata-Brötchen.

Er verschwindet freitags nach dem Klingeln schnell zu McDonald's. Ich kannte McDonald's bis vor Kurzem gar nicht. Dafür koche ich Falaoni, Frizzuli, kann bügeln, Wäsche aufhängen und mit den Cousinen Gemüse einmachen. Wie Nonna immer zu mir gesagt hat: »Das musst du alles können, wenn du mal einen Mann kriegen willst.«

Er fuhr mit der Metro in die Schule oder ließ sich vom Fahrer seines Vaters chauffieren. Ich bin immer mit dem Rad zur Schule gefahren und musste oft genug anhalten vor einer Ziegenherde, die die Straße überquerte.

Er redet mit seinen Freunden und Verwandten über Politik wie ein Erwachsener, über seine Meinungen und Überzeugungen. Mich hat Politik nie interessiert.

Er informiert sich über das Tagesgeschehen, ich nicht.

Er hat mir von den Attentaten erzählt, die unser Land verändert haben, zum Beispiel die Ermordung des Richters Giovanni Falcone, seiner Frau Francesca und seiner Leibwächter 1992, dicht gefolgt von dem Mord an Richter Paolo Borsellino und seiner Eskorte. 1992 ging ich zur Schule, und niemand hatte mir etwas erzählt, bis er mir Strategien, Abläufe und Hintergründe dargelegt und die Begriffe Komplott und Ideal erklärt hat.

»Jeder hat eine Ideologie. Und du?«

Ich hielt Ideologie für eine Krankheit, also verneinte ich die Frage.

Und er erwiderte: »Das kann nicht sein. Du musst sie dir nur bewusst machen.«

Er gefiel mir, dieser Pietro, und wie! Und was tat ich, um mich für seine Lektionen am Vormittag in der Uni, mittags in der Essenspause, morgens an der Bahnhaltestelle, wo wir uns zum gemeinsamen Kaffee trafen, zu revanchieren? Tja, ich lud ihn zum Abendessen ein!

Als Pietro zum ersten Mal zum Essen kam, verbannte ich meine Mitbewohnerinnen aus der Wohnung. Ich kochte den ganzen Tag und telefonierte permanent mit Nonna, den Blick sorgenvoll auf die ratternden Gebühreneinheiten gerichtet. Ich sagte, ich hätte ein paar Unifreunde zu Besuch. Nicht weil ich sie anlügen wollte, sondern damit sie sich keine Sorgen machte. Die Wahrheit hätte ihr nur Angst gemacht, dass der »Unbekannte da im Norden« mich ihnen entfremdete, und sie wäre widerspenstig geworden. So aber nannte sie mir alle Zutaten und Mengenangaben für eine ganze Kompanie.

Ich machte Nudelauflauf und Wurst mit Kartoffeln. Als Beilage Salat, mit Öl, Essig und Orangen, zum Nachtisch ein Tiramisu. Doch Pietro hatte mir versehentlich eine grundlegende Information vorenthalten: Er war Vegetarier. Das Abendessen wurde zur Tragödie. Er aß nichts als Salat, vielleicht noch beschämter als ich.

»Aber Tiramisu isst du doch, obwohl da Eier drin sind?«

»Ja, ich bin ja kein Veganer.«

Da ich nicht wusste, was ein Veganer war, stellte ich mir einen primitiven Vorfahren vor, halb Affe halb Mensch, der nur an Wurzeln nagte. Wie konnte man heutzutage auf die Idee kommen, sich nur von Pflanzen zu ernähren?

Als Nonna am nächsten Morgen um sieben Uhr anrief, sagte ich, alle hätten meine Kochkünste sehr gelobt.

»Wie auch nicht«, erwiderte sie. »Der Lehrling übertrifft den Meister.«

Die Wahrheit kannten nur Margherita, meine seit jeher beste Freundin, die noch wilder mit Ausreden jonglierte als ich, und mein angeheirateter Cousin Totonno, der eigentlich Antonio heißt.

Mit Margherita war ich eng befreundet, schon seit der Grundschule. Wir waren immer zusammen. Sie war eine Art Model. Die fetttriefenden *Pettole* hätte sie niemals gegessen, aus Angst um ihre Figur. Weiß wie Marmor und so verführerisch wie die Christusstatue in Maratea. Eine fast göttliche Schönheit. Wie der Mond. Kalt. Unnahbar. Oder, wie Nonna sagte, ein Mannequin nach altem Vorbild, wie die Models aus den Zeitschriften der Siebzigerjahre, die auf der Kredenz vergilbten. Sie war so perfekt, dass jeder dachte: ›Die darf ich nicht mal anfassen.‹ Die Männer scheuten sich, ihr den Hof zu machen, denn ihre Art von Schönheit war irgendwie beunruhigend. So präsent. So unverhohlen.

In der Schule kaute sie an den Fingernägeln, bis keine mehr da waren, und rutschte auf ihrem Stuhl herum, weil der Tisch sie einengte. Sie stöhnte, bewegte sich unruhig und freute sich geradezu, an die Tafel gerufen zu werden, um sich ein wenig strecken zu können. Und sie schwankte wie ein Bambus im Wind.

Und die gemeine Maria Saponaro, eine frustrierte, weil immer noch ledige Lehrerin von kräftiger Statur, ohne je schwanger gewesen zu sein, ließ sie in der letzten Reihe schmoren, zusammengefaltet hinter ihrem Tisch wie ein Bonbonpapier.

Margherita hatte sich nur wegen mir für das humanistische Gymnasium entschieden. Eigentlich hatte sie Vermessungstechnik in Tursi lernen wollen. Vielleicht hätte sie daran mehr Spaß gehabt, denn dort wimmelte es nur so von Jungs. Stattdessen kam sie mit mir nach Nova Siri, wo nur Mädchen waren. Und machte sich dort allerhand Feinde. Angefangen bei den Wörterbüchern für Latein und Griechisch.

Sie litt immer unter Vorurteilen und blödem Gerede, und ich versuchte, sie davor zu beschützen. In einer Großstadt wäre sie Miss Gymnasium geworden, in den USA hätte sie die Cheerleader angeführt. Doch in unserem Provinz-Lyzeum in seinem komischen Gebäude, wo es im Winter hineinregnete und die Heizungen nicht funktionierten, war für so etwas keine Zeit. Sie passte nicht hierher. War wie eine andere Größenordnung. Wie aus einer anderen Welt.

Die Schuld lag dabei nicht nur bei meinen Mitschülern. Margherita machte wenige Anstrengungen, sympathisch zu wirken oder dazuzugehören. Ich glaube, sie suchte nur ein wenig Raum für sich in dieser unbequemen Welt, so eng wie die Bank, die sie zu sprengen drohte.

Ihre Mutter Anna stammte aus Potenza. Sie arbeitete seit dem »Abgang« ihres Mannes in einer Wäscherei. Das war ihre Formulierung: Abgang. Und wir haben nie erfahren, ob er gestorben oder abgehauen war, doch er hatte ihnen eine kleine Geldsumme hinterlassen, mit der sie und ihre Tochter überleben konnten. Die Signora hatte nicht viel Zeit für Margherita. Nicht etwa weil sie sie nicht liebte, sondern weil sie eine fleißige Arbeiterin war, die nachts, wie so viele, an ihrer Singer-Nähmaschine saß und nähte: die Karnevalskostüme sämtlicher Frauen von Policoro und für neunzig Prozent der Kinder. Ihr Stil war einzigartig. Erst einmal verstand sie es, die Farben so zu benennen, dass das Bild eine Gestalt bekam. Und wir machten gern ein Spiel daraus: Welche Farbe hat dieses T-Shirt? Und sie erwiderte von ihrem Bügelbrett aus: Fuchspelzrot. Und die Haare von dem Sportlehrer? Salz und Pfeffer. Der Nagellack der Kassiererin? Teefarben. Der Vorhang der Tante? Immergrün, zum Donnerwetter!

Dieselbe Fähigkeit bewies sie, wenn sie mit geschlossenen Augen alleine durch das Betasten eine Stoffart erkannte.

»Hm, das hier ist eine Okkiarbeit«, sagte sie zufrieden. »Eine Art Spitze.«

»Ach, das ist einfach, das ist Chinakrepp«, erwiderte sie und wühlte weiter zwischen den Stoffresten, die für uns seelenlos waren, in ihrer Vorstellung aber schon Struktur und Form aufwiesen.

»Das ist viel zu leicht. Das ist Molton. Gebt mir etwas, das ich noch nie in die Finger oder zu sehen bekommen habe!« Doch niemandem gelang es, sie zu überraschen.

Sie verstand, sich zu kleiden wie keine Zweite im Dorf. Sie trug mehrere Schichten übereinander, die an anderen wie Fetzen ausgesehen hätten, an ihr aber Eleganz ausstrahlten. Niemals betrat sie einen Laden, ohne dass ihre Haare aussahen wie für den Fotografen. Und an dem Haarlack und den Lockenwicklern lag es auch, dass sie alle zwei Tage Kopfschmerzen hatte, weil die Nachtruhe mit diesen cannellonigroßen Plastikröhren am Kopf gewiss nicht die erholsamste war. Und ihre Nägel! Immer glänzten sie frisch lackiert, sie schienen zwischen den anzunähenden Knöpfen geradezu zu blitzen: oben, unten, rechts, links, überall. Hypnotisch.

Anna war glücklich, dass ihre Tochter Margherita und ich befreundet waren. Ich glaube, sie vergötterte sie, hatte sich aber damit abgefunden, dass sie nicht besonders intelligent war. Was überhaupt nicht stimmte. Margherita hatte lediglich beschlossen, ihr Gehirn nicht sinnlos zu verschleißen, es nicht zu unnützen Zwecken einzusetzen. So lebte sie ganz in ihrer eigenen Welt, in einem Geisteszustand, wo die Demarkationslinien zwischen Gut und Böse, Richtig und Falsch, einfach und komplex so klar gezogen waren, dass man sich einfach zwischen sie setzen konnte, ohne sie beachten zu müssen. Nichts konnte ihr wirklich etwas anhaben.

Selbst als Stefano, ein Soldat aus Taranto, ihr ohne großes Vorgeplänkel die Jungfräulichkeit raubte, grämte sie sich nur für kurze Zeit.

»Das bringt mich um, vielleicht bin ich schwanger, ich werde mich nie mehr verlieben«, sagte sie mir in der ersten Woche, um in der nächsten hinzuzufügen: »Er wohnt in Taranto, da könnte ich sowieso niemals leben. Außerdem ist er viel zu klein für mich.«

So schützte Margherita sich vor dem Schmerz, und vielleicht wäre sie, die ohne Vater aufgewachsen war und immer beobachtet hatte, wie meiner sich um uns alle kümmerte, an diesem Mangel zerbrochen, hätte sie nicht kurzerhand beschlossen, sich von der schmerzenden Wehmut zu befreien und sie einfach abzuschütteln.

Fast alle Nachmittage ihres Lebens hatte sie bei uns verbracht. Für diese Art Teilzeitadoption war uns Signora Anna zutiefst dankbar. Mir machte es überhaupt nichts aus, im Gegenteil. Ich hatte eine Schwester mehr, das gefiel mir. Schwieriger war es allerdings für meine richtige Schwester Mary: Sie lehnte sie ab, weil sie wusste, dass ihre Schönheit sie selbst irgendwann in den Schatten stellen würde. Ich bin mir sicher, dass sie sie eigentlich mochte, doch es war immer dasselbe: »Sie nutzt dich aus. Sie ist total bekloppt. Sie wird dir die Verehrer ausspannen. Sie bringt nichts zu Ende. Sie hat kein Durchgangsvermögen«, zischelte sie.

»Durchhaltevermögen, sagt man.«

»Ja ja, dann eben Durchhalte. Sie hat mit Volleyball angefangen und es hingeschmissen. Englisch hingeschmissen. Gitarre hingeschmissen.«

Margherita brachte nur eine Sache zu Ende, und das mit vollem Erfolg. Besser als einen Schmetterball, besser als eine gute Note, besser als einen Konzertauftritt. Sie wurde die schönste Frau Italiens.

»Hör mal, Margherita, soll ich dich bei den Wahlen für Miss Italia anmelden?«, fragte Signora Anna sie eines Sonntagmorgens, als das ganze Dorf in der Kirche war, außer ihnen, die lieber abends um sieben die Messe besuchten, »weil die Gesänge dann schöner sind.«

»Wen willst du anmelden?«

»Dich. Wir sprechen deinen Namen und die Telefonnummer auf den Anrufbeantworter. Das Schlimmste, was passieren kann, ist, dass sie nicht zurückrufen.«

Damals war Margherita siebzehn Jahre alt, im Dezember würde sie volljährig. Und wie zu erwarten war, wurde sie zurückgerufen, von einem Regionalvertreter des Wettbewerbs. Also schlüpfte sie in ein Paar Schuhe mit Absätzen, die sie für die Hochzeit ihres Onkels gekauft hatte und um die wir sie alle beneideten – den guten Geschmack hatte sie von ihrer Mutter geerbt –, überstand die erste Runde, dann die zweite und reiste schließlich mit dem Titel Miss Mare Calabria nach Salsomaggiore zur Endausscheidung. Von dort schickte sie mir eine Postkarte mit den Unterschriften anderer Mädchen und schrieb, nur ich fehle ihr zum Glück.

»Schöne Grüße von Ginny, Fede und Terry.«

Ich weiß nicht mehr, ob sie tatsächlich geschrieben hatte, dass ich ihr fehlte, oder ob ich es mir nur so sehnlich wünschte. Immerhin weiß ich noch, dass ich ein bisschen getröstet war, dass sie in ihrem großen Moment an mich gedacht hatte.

»Die Karte hat sie doch nur geschickt, um dich neidisch zu machen«, unkte meine Schwester. Aber das war überhaupt nicht Margheritas Art.

Ich war einen Meter sechzig groß und um die Hüften ein wenig füllig wegen der vielen Milchprodukte, die meine Mutter uns mittags verabreichte, dafür hatte ich keinerlei Busen, da die Milch dort nicht anzusetzen schien. Bei meiner Schwester hingegen setzte sie nicht nur an, sondern ließ sie geradezu aufgehen wie einen Hefeteig. Sie hatte den größten Busen im ganzen Dorf.

Unsere Mutter stopfte uns den Mund mit Provola-Stückchen. Sozusagen eine Droge, denn mit den Käselutschern im Mund wird man wieder zum Kind. Nur dass man nicht an Kunststoff nuckelt, sondern an Käse. Salzig und weich. Der schnell aufgegessen ist. Und nach mehr verlangt. Und nach noch mehr.

Am Abend des Finales hatte das ganze Dorf sich auf dem Rathausplatz versammelt. Sie hatten eine riesige Leinwand aufgebaut wie bei den Übertragungen der Fußballweltmeisterschaft.

»Immerhin hat sie es ins Finale geschafft. Ich hab doch gesagt, dass sie die Schönste von allen ist.«

»Ich doch auch, erinnerst du dich?«

Nein. Ich konnte mich nicht erinnern an all die Komplimente. Doch nun blickte ich mich um und sah die T-Shirts mit Margheritas Konterfei und Fähnchen und Anstecker mit ihrem Namen. Um ehrlich zu sein, hatten sie all das nur organisiert, weil aus Rom Journalisten gekommen waren und verschiedene Interviews und Reportagen gemacht hatten, und meine Mitbürger gezwungen waren, sie zu unterstützen, um kein schlechtes Bild abzugeben. Also hatten sie sich in ihre besten Freunde verwandelt. Klassenkameraden, Lehrerinnen, Verwandte von wer weiß woher, die ein Stückchen von Margherita und ihrem Ruhm für sich beanspruchten.

Nur zu uns kam niemand. Dabei war ich die einzige wahre Freundin, die unsere »Miss« jemals gehabt hatte.

Nie werde ich das Gejohle und die anfeuernden Pfiffe bei jeder Einstellung von ihr vergessen.

»Da ist sie. Ganz die Mutter.«

»Was verstehst du schon davon? Oder hast du ihren Vater gekannt?«

Ich fand es so schrecklich, diesen Moment mit den anderen teilen zu müssen, dass ich nach Hause floh.

»Caterina, wo willst du hin?«, fragte mich Mario, der Neffe des Dorfpfarrers, und rannte hinter mir her. Er ging in unsere Klasse, guckte immer wie ein Bambi, wollte Journalist werden und war meiner Meinung nach seit jeher in Margherita verliebt. Und das sage ich nicht, weil er sie hofierte oder jemals Andeutungen gemacht hätte, sondern gerade, weil er nie etwas sagte.

»Nach Hause. Ich schaue dort weiter.«

»Kann ich mitkommen?«

»Meinetwegen.«

Wir rannten über die unbestellten Felder des Dorfes. Zu Hause schleuderte ich meine rosa Superga, die nach Gummi stanken, von den Füßen und setzte mich im Schneidersitz vor die Übertragung, wie ich und Margherita es immer taten, wenn wir *Non è la Rai* guckten. Allein hatte ich das Gefühl, sie mit größerer Ernsthaftigkeit unterstützen zu können. Mario würde mich dabei nicht stören, im Gegenteil.

»Du bist also echt in sie verliebt, stimmt's?«, fragte ich ihn.

»Nein, wie kommst du darauf?«

Mich interessierte nicht, was Mario wirklich fühlte. In diesem Moment gab es nur meine Freundin. Auf den

Bildeinstellungen konnte ich ihre Anspannung sehen. Wie schön sie war mit dem geschminkten Gesicht. Und wie verlegen, sie wusste überhaupt nicht, wohin mit ihren Händen.

»Und hier kommt Margherita, die Nummer 88, aus der Basilikata!«, verkündete Fabrizio Frizzi, der den Abend moderierte.

»Guten Abend«, sagte sie und kam dabei versehentlich ans Mikrofon.

»Margherita, wie alle hast auch du eine Minute Zeit, uns zu erklären, warum du die neue Miss Italia werden möchtest.«

Den folgenden Satz hatten wir stundenlang geübt. Ein bisschen aus Spaß, ein bisschen, damit sie sich nicht durch ihre Schüchternheit in Verlegenheit brachte. Und während sie antwortete, bewegte ich mit ihr die Lippen, denn ich kannte jedes Wort auswendig.

»Weil es noch nie eine Miss Italia aus Lukanien gegeben hat und ich mit meiner Schönheit für die Schönheit meiner Heimat werben möchte.« Das war der komplizierteste Satz, den man je von Margherita gehört hatte. Sie spulte ihn ab wie ein Papagei, ohne besonders überzeugt zu wirken.

In Wahrheit konnte sie es kaum erwarten, ihre Heimat hinter sich zu lassen, doch dieser Satz sollte jedermann beeindrucken – einschließlich der Sponsoren, die auf frischen Wind hofften –, und die Blicke und Mienen der Jury machten ihren Sieg zur Gewissheit. Und so wurde unter Konfettiregen und den Umarmungen wildfremder Menschen aus Margherita die neue Miss Italia, die erste und einzige Miss Italia aus Lukanien. Andere gibt es nicht. Auch nicht aus Molise, wie manchmal behauptet wird. Denn unser Dorf erschien auf den Titelseiten und wurde mindestens eine Saison lang in allen Talksendungen genannt.

Mario erhob sich mit düsterer Miene, denn er wusste, dass er nun keine Chance mehr hatte, ihr Herz zu erobern. Margheritas Leben würde nie mehr so sein wie früher, und auch ich fürchtete, dass wir uns verlieren würden. Doch es sollte anders kommen: Sie blieb der einzige Mensch, der mich wirklich verstand, sie und Totonno.

Totonno war mein Herzensfreund und als Sohn einer Tante meiner Mutter mit mir verwandt. Ihr vierter Sohn, um genau zu sein. Und da seinen Eltern die Mittel fehlten, ihn aufzuziehen, hatten sie ihn bei einer kinderlosen Cousine in Pflege gegeben. Er nannte nun zwei Frauen Mamma und empfand dies dankbar als Privileg. Totonno war schwul, wollte es aber nicht sagen, weil beide Mütter sich ewige Vorwürfe gemacht hätten, ihn durch ihr leichtfertiges Handeln irgendwie »angesteckt« zu haben, obgleich sie nur aus tiefster Liebe und Opferbereitschaft gehandelt hatten.

Nur ich kannte seinen Freund. Ich machte mir Sorgen, denn er war ein echtes Schlitzohr und wunderschön. Und ehrgeizig. Er schleppte ihn mit auf Partys, zu mondänen Zusammenkünften. Auch das war ein Grund, dass Totonno und ich uns nicht oft sahen, obwohl wir beide in Rom lebten. Sein Freund träumte davon, Schauspieler zu werden, mein Cousin hingegen wollte nur möglichst schnell sein Studium abschließen und Notar werden.

»Was bedeutet denn schwul?«, wurde ich von Nonna gefragt, als ich ihr Bohren nicht mehr aushielt und sein Geheimnis verriet. Das die Spatzen ohnehin schon von den Dächern pfiffen, so dass alle es kannten, ohne zu fragen.

»Schwul, Nonna, nennt man diejenigen, die sich in ihre Geschlechtsgenossen verlieben. Also eine Frau, die eine Frau liebt, oder ein Mann, der einen Mann liebt.«

»Oh, Jesses«, erwiderte sie. »Und wie gründen die eine Familie?«

»Nonna, ein schwules Paar ist immer ein Paar, ganz unabhängig davon, ob sie eine Familie wollen oder nicht.«

»Nein, Caterina, das ist mir zu neumodisch.«

»Aber einen Jesus, der vom Heiligen Geist gezeugt wird, findest du normal?«

Sie zuckte mit den Schultern und wandte sich dann ironisch an den Großvater: »Würde dir nicht auch mal ein Mann gefallen?«

»Aber Terè, *te sì impacciut'*, bist du komplett verrückt geworden?«, erwiderte er.

Und wir sprachen nie wieder darüber.

Peperoni cruschi – Getrocknete Paprika aus Senise

ZUTATEN
10 getrocknete Paprikaschoten aus Senise
kalt gepresstes Olivenöl
Salz

ZUBEREITUNG
Die besten Paprika findet man in Senise, wo sie wie eine Kette auf einen Baumwollfaden aufgereiht und zum Trocknen in die Sonne gehängt werden.

Die Paprikaschoten aufschneiden, Stiel und Kerne entfernen. Mit einem Tuch abreiben. Öl in eine Pfanne geben, erhitzen, und die Schoten für ein paar Sekunden eintauchen. Wenn sie leicht gebräunt sind, auf einem Teller anrichten, salzen und heiß servieren. Schön kross – eben *cruschi* – schmecken sie am besten.

8. TERESA

Magie

Ein paar Monate nach der Hochzeit, im Januar, dem kältesten und vielleicht auch einzigen kalten Monat des Jahres, hörten wir um ein Uhr nachts ein riesiges Getöse im Innenhof. Don Mimì packte sein Gewehr und sprang drei Stufen auf einmal nehmend die Treppe hinab. Dann zielte er mit der Waffe auf zwei gedrungene Schatten. Eine Laterne schwang auf Augenhöhe in Mimìs Richtung, und als er das Gesicht des Mannes erkannte, senkte er die Waffe.

»Sag es ihm, mach schon. *Accid' a tutt'e due,* sie sterben alle beide, wenn Ihr mir nicht helft.«

Die Frau schwieg. Sie war in ein Tuch gehüllt und wiegte unter leisem Summen und Schluchzen ein Bündel im Arm.

Ihr Mann schob sie nach vorn. »Los!«

Doch die Frau wiegte weiter wortlos ihr Bündel. Sie schien nicht bei Sinnen. Ich war in eine Decke gehüllt vor die Tür getreten, obwohl Don Mimì mir aufgetragen hatte, im Haus zu bleiben. Ich breitete die Arme aus, umfing mit meiner warmen Steppdecke die Frau und bat sie herein.

Da murmelte sie wie in Trance: »Es stirbt.«

Don Mimì kam wie eine Furie auf uns zugerannt, nachdem er mit dem Mann gesprochen hatte.

»Was ist denn das für eine Geschichte mit dem bösen Auge? Du bist eine *maciar* und sagst mir nichts davon? Sie behaupten, das Kind sei verhext, und nur du könntest ihnen helfen?«

»Beruhige dich, Mimì. Ich weiß es doch auch nicht. Und sieh mich nicht so an, Mimì. Ich bin keine Hexe, die Unglück bringt, keine *maciar.*«

»Und wenn es auf dich übergeht, auf uns?«

»Ich kann gegen den bösen Blick nichts ausrichten!«

»Was denn dann?«

Ich zuckte mit den Achseln, denn ich hatte die Fähigkeiten, die ich besaß, selbst nie benennen können. Ich bat die Frau sanft, mir das Kind zu zeigen, und Himmel, das Kleine schien wirklich mehr tot als lebendig. Es war blass, es weinte, und ein gelblicher Speichelfaden rann ihm aus dem Mundwinkel. Es hatte sich vor Kurzem übergeben.

»Und der Arzt?«, fragte Don Mimì.

»Nun sap' che fâ, der weiß auch keinen Rat. Es erbricht sich. Es schläft nicht, schreit nur. Es ist besessen!«, erwiderte die Frau und hielt mir das Bündel hin.

Alle versammelten sich im Wohnzimmer. Meine Schwiegereltern, meine Eltern.

»Bitte geht hinaus, lasst uns allein«, bat ich sie zuerst freundlich und dann schreiend, denn mit guten Manieren allein kommt eine Frau nicht weit.

»Alle sagen, es sei meine Schuld. Sie sagen, ich hätte ihm in der Schwangerschaft das Übel mitgegeben, das Böse.«

»Hast du dir Sorgen um das Kind gemacht?«

»Weil ich es nicht gespürt habe. Ich habe seine Tritte nicht gespürt. Etwas Dunkles hat mich erfasst, tief in mir drinnen. Ich habe immer nur geweint. Vielleicht bin ich ja die Besessene.«

»Warst du traurig? Wie heißt du?«

»Ich heiße Domenica, und ich war traurig. Aber ich weiß, woran es liegt. Eine *maciar* hat mir die Milch gestohlen. Ich hatte viel Milch. Sie hat sie gestohlen, und nun kann ich nicht mehr stillen, und es weint. Sie hat keine Kinder, und sie war eifersüchtig auf mich.«

»Wie denn gestohlen?«, fragte ich.

»Mit ihrem Blick.«

»Warst du bei einer Hebamme?« Sie antwortete nicht, war völlig verängstigt. »Darf ich?«, fragte ich.

Sie nickte, indem sie das Kinn zweimal kurz senkte. Dann ein drittes Mal, denn sie spürte, dass endlich etwas Gutes in ihr wuchs. Ein Funken Hoffnung.

Ich knöpfte ihr Nachthemd auf und zog ihre Brüste hervor. Sie sahen aus wie ausgepresste Zitronen. In diesen zwei weichen, leeren Feldflaschen konnte wahrhaftig keine Milch mehr sein. Ich nahm ihre Brustwarzen und zog sie ein wenig nach außen. Sie verzog schmerzhaft das Gesicht, doch ich lächelte ihr zu, und die Ärmste ließ alle Qual über sich ergehen. Ich rieb sie, massierte sie, und spürte unvermittelt meine bekannten Kopfschmerzen heraufziehen. Sie kamen immer als Ankündigung meiner Vorahnungen oder wenn ich etwas Heilendes tat wie in diesem Moment: Etwas Magisches würde geschehen.

Im nächsten Moment sprudelte so viel Milch hervor, dass fast eine Welle über unsere Füße schwappte. Das Kind riss den Mund auf, ließ das Weinen und presste sich an die Mutter, und auch die Mutter erwachte zu neuem Leben. Und an den Busen gedrängt trank das

Kind, trank so viel, dass sich ein paar Stunden später niemand mehr an seinen Todeskampf erinnerte.

Obwohl ich sie bat, niemandem zu erzählen, dass ich ihr geholfen hatte, und sie sich bestimmt bemüht hatte, ihr Geheimnis für sich zu bewahren, herrschte in unserem Haus bald darauf ein reges Treiben durch die zahllosen Hilfsanfragen in medizinischen Belangen, Herzensangelegenheiten und sogar sexuellen Dingen. Und Don Mimì wurde so wütend, dass er schließlich einen Stacheldrahtzaun um das Grundstück zog. Mit Klingel. Wir machten keinem mehr auf. Und ich durfte ohne ihn nicht hinaus.

So entdeckte Don Mimì mein Geheimnis, doch er bat mich nie um eine Erklärung.

Nur einmal sagte er zu mir: »Wenn du spüren solltest, dass ich bald sterbe oder dass einer meiner Liebsten stirbt, sag es mir nicht, auf keinen Fall.«

»Keine Sorge, Mimì, ich sterbe zuerst. Ich werde keine Gelegenheit haben, den Tod von irgendjemandem, den ich liebe, vorherzusehen. Und schon gar nicht, euch zu retten«, erwiderte ich. Doch er hatte das Haus schon verlassen.

Dann legte ich mir die Hand auf den Bauch und dachte: ›Trotzdem bleibt ein Risiko.‹ Denn ich wusste, dass diese Gabe auch Unheil bringen konnte.

So bereitete ich weiter die *gnemurielli* vor, die Rouladen aus Schafsdarm und -bries, die wir am Sonntag auf der Glut braten wollten. Ich weichte sie ein und hing sie nach sorgfältiger Reinigung zusammen mit den Paprika aus Senise auf. Wie sie so in den Fenstern baumelten, sahen die Paprikaschoten aus wie chinesische Glücksbringer. Und ein bisschen Glück brachten sie uns tatsächlich immer.

9. CATERINA

Pietro und der Schnee

Pietro habe ich es zu verdanken, dass ich zum ersten Mal im Leben Schnee sah. Für das Brückenwochenende nach Mariä Empfängnis Anfang Dezember lud er mich in sein Ferienhaus nach Madonna di Campiglio ein. Die Aussicht auf dieses Wochenende verursachte mir Panikattacken und Angstschübe, die ich freimütig mit meinen Mitbewohnerinnen teilte.

»Ich kann nicht Ski fahren und werde dastehen wie ein Volltrottel.«

Ich wusste nicht, was ich anziehen sollte, wie die Ausrüstung zu benutzen war, die ich in dem Sportgeschäft unter meiner Wohnung in der Auslage gesehen hatte, ob ich sie vor der Abreise besorgen musste oder sie vor Ort würde ausleihen können.

»Ich kann nicht Ski fahren, Pietro«, sagte ich zu ihm.

Er zögerte und erwiderte dann, ich solle ihm vertrauen, er sei ein toller Skilehrer. Und mir fiel nichts Besseres ein, als zu hoffen, die in meiner Vorstellung endlosen Stunden damit verbringen zu können, durch den Ort zu schlendern, heiße Schokolade zu trinken und Souvenirs für Nonna zu besorgen.

Ich erstand einen Skianzug in der Outdoor-Abteilung, der sich später als unzweckmäßig erwies: eine blaue Hose und einen dicken Pulli, die aber beide nicht wasserdicht waren. Natürlich kaufte ich auch Moon Boots. Zwischen den Thermoschichten fühlte ich mich wie ein Pinguin, und um diesen ästhetisch abschreckenden Kleidern etwas entgegenzusetzen, erstand ich im Kaufhaus Coin mein erstes Negligé. Auch wenn ich zugeben muss, dass es an der Schaufensterpuppe einen anderen Effekt erzielte als an mir. Es war aus Seide und perlgrau. Und kurz.

Ganz anders als die, die meine Mutter mit den Jahren angehäuft hatte, in durchsichtigen, verschlossenen Tüten mit der Aufschrift: »Fürs Krankenhaus«. Sie hatte diesen absurden Fimmel, die schönsten Dinge für Gelegenheiten aufzubewahren, die nie eintrafen. Krankenhaus, Verwandtenbesuche, Reisen. Denn Reisen hat sie im Leben herzlich wenige unternommen. Sie behauptete immer, dass sie doch alles direkt vor der Nase hatte: das Meer, die Berge, gutes Essen, ihre Familie, die Arbeit. Warum sollte sie woanders hinfahren, um weniger davon zu einem viel höheren Preis zu bekommen?

Wenn ich sie fragte: »Und falls du niemals ins Krankenhaus musst, was machst du dann mit den ganzen Seidenhemden und -jäckchen?«, antwortete sie: »Dann bekommt ihr, Mary und du, sie als Mitgift.«

Mit meinen Neuanschaffungen im Koffer wartete ich am Freitagmorgen vor dem Haus.

»Warum willst du dir denn im Schnee eine Erkältung holen?«, hatte meine Familie mich mehr oder weniger unisono gefragt, als ich ihnen mitgeteilt hatte, dass ich über das Brückenwochenende nicht nach Policoro kommen würde.

Ich hatte ihnen eine Ausrede aufgetischt, meine Studiengruppe von der Uni, natürlich ausschließlich Frauen, wolle an einer Hausarbeit arbeiten, alle zusammen in einer Berghütte eines der Mädchen. Und ja, die Eltern waren natürlich auch dabei.

»Ich weiß nicht, was sie von Beruf sind, vielleicht Ärzte. Ja, keine Sorge … Woher soll ich denn wissen, was die Eltern all meiner Kommilitonen beruflich machen? Wir sind hier schließlich nicht in Policoro!«

Zwischen wackligen Lügengebäuden und schlecht gepackten Taschen, fröhlich von unseren Träumen und Projekten plaudernd, die wir wahrscheinlich nie verwirklichen würden, kamen wir in die Berge. Ich verliebte mich sofort in das kleine Holzhaus mit den erfrorenen Blumen auf den Fensterbänken und den roten Vorhängen an den Fenstern, in das Ehebett aus verblichenem Ahornholz mit dem grauen Federbett, in das ich mich am liebsten sofort hineingelegt hätte.

Was ganz sicher schöner gewesen wäre als meine erste Annäherung an den Schnee. Und schöner als meine Angst vor unserem ersten Mal. Denn mit Pietro war es mein erstes richtiges Mal.

Mit Andrea, dem Philosophen, hatte ich es vor allem getan, um den Makel der Jungfräulichkeit loszuwerden – mehr oder weniger als Letzte in meinem Freundeskreis. Es ging schnell, tat weh und war auch das letzte Mal, dass wir uns sahen. Es geschah auf der Wiese am Museum, denn das Auto, das der Onkel ihm geliehen hatte, war mit Weinkisten vollgeladen. Für mich war es nur eine Initiation. Ich nahm es als Turnstunde.

Mit Pietro hatte ich es hinausgezögert, weil ich nicht zugeben wollte, dass ich kaum Erfahrung hatte. Ihm gegenüber hatte ich immer Minderwertigkeitskomplexe.

Es war ungefähr zu Anfang unseres zweiten Monats, als ich begriff, dass er es nicht mehr aushielt, nur über mein Nachthemd zu streicheln in der Hoffnung, dass ich es irgendwann ausziehen würde. Also nutzte ich eine Abwesenheit meiner Mitbewohnerinnen, stellte auf alle Regale Kerzen, wie ich es in Filmen gesehen hatte, und empfing ihn möglichst cool, um ihn nicht ahnen zu lassen, dass es für mich das erste echte Mal war.

»Hast du es schon einmal getan?«, fragte er, während er mich aufs Ohr küsste.

»So etwas in der Art«, antwortete ich.

»Was soll das heißen, so etwas in der Art?«

Das andere Mal galt nicht. Für mich galt es nur mit Liebe. Außerdem war es zu schnell gegangen, quasi unbemerkt.

Pietro zog Kondome aus der Manteltasche, zeigte mir die verschlossene Schachtel. Ich hatte Kondome noch nie von Nahem gesehen. Ich sagte ihm, er müsse sie nicht benutzen, ich hätte keine Krankheiten. Doch er meinte, es gäbe noch andere Gründe, also Kinder. Und da ich ahnte, dass ich nun besser nicht weiterredete, um die Atmosphäre nicht zu zerstören, drehte ich den Bilderrahmen mit meinen Großeltern und Geschwistern um, war endlich allein mit ihm, schloss die Augen und erwartete ihn ausgestreckt auf meinem Bett. Und so geschah es …

Genau wie ich es mir vorgestellt hatte. Romantisch. Danach gab es keinen Tag, an dem ich nicht hoffte, wir würden es wieder tun, und gleichzeitig Angst hatte, er könne schlecht von mir denken, weil ich sexbesessen war. Auch wenn ich mich damals nicht komplett meinen Fantasien und Vorstellungen überließ, dachte ich in Wirklichkeit oft daran. In den Bergen würden wir sicherlich viel Gelegenheit haben, Neues auszuprobieren, dachte ich.

Meine erste Begegnung mit dem Schnee war nicht gut. Ich berührte ihn mit den Händen und bekam ein bisschen Angst. Nicht weil ich ihn nicht mochte, überhaupt nicht, doch ich hatte Vorahnungen wie damals meine Großmutter, nur ohne jede Magie: ich sah Skiunfälle und Behandlungen und Streit und Probleme. Und Blamagen. Der Schnee war nicht mein Komplize wie das Meer. Das kam vielleicht daher, dass man Dingen, die man nicht kennt, immer misstraut.

»Wir leihen uns jetzt Skier, und ich gehe mit dir auf eine leichte Übungspiste«, sagte Pietro.

»Jetzt? Aber wir sind doch gerade erst angekommen! Wir könnten uns doch etwas auf der weichen Decke ausruhen. Komm schon …«

An meinen Verführungskünsten musste ich offenbar noch ein wenig arbeiten.

»Caterina, hast du eine Ahnung, was so ein Skipass kostet? Wir müssen die Zeit nutzen, außerdem warten die anderen auf uns.«

Die anderen. Eine neue Gefahr schob sich dunkel über mein Wochenende. Skierfahrene Mädchen in eng anliegenden Schneeanzügen tauchten am Horizont auf, mit Brettern, die exzentrische und selbstsicher aufgebrachte Zeichnungen schmückten. Sie sahen aus wie aus einem Werbespot. Ich hatte sie schon mehrmals gesehen, immer im Vorübergehen und ohne dass ich in ihnen den Wunsch nach einem Wiedersehen oder einer näheren Bekanntschaft geweckt hätte.

Pietro begrüßte sie und sagte, wir würden gleich nachkommen. Dann ging er mit mir Skier und Skischuhe ausleihen, für die ich ein Vermögen hinblätterte, letztlich das gesamte Budget, das mein Vater mir zu diesem Anlass geschickt hatte. Kalter Schweiß stand mir auf der Stirn, trotz der Hitze im Laden. ›Was mache ich die anderen zwei Tage ohne Geld?‹, fragte ich mich.

Die Schuhe waren bleischwer, ich konnte meine Knöchel nicht bewegen und wurde ganz nervös dadurch. ›Soll ich's ihm sagen oder nicht?‹, fragte ich mich. ›Ich sag's ihm nicht.‹

Im Sessellift weinte ich vor Kummer und Wut, ohne die Landschaft wahrzunehmen. Dabei war sie wahrscheinlich wunderschön, wie die Hütte, die Fensterbank, das Bett. Aber ich hatte echte Angst. Angst vor der Weite, vor der Höhe, vor dem Schnee, vor den Skiern, vor Pietros Freunden. Und er merkte nichts davon.

Als mein Vater zum ersten Mal mit mir ans Meer gegangen war, begriff er sofort, dass die Wellen mir Angst einjagten. Also hatte er mich einfach da sitzen lassen, mit dem Rücken zum Meer, den ganzen Tag lang. Den nächsten Tag auch. Und den übernächsten. Bis mich das Gelächter der anderen Kinder und das Wasser, mit dem sie mich manchmal nass spritzten, neugierig machten und ich mich umdrehte. Ich hatte meine Hand in seine geschoben, und zusammen waren wir baden gegangen. Hand in Hand, mit Engelsgeduld.

Doch Pietro war nicht mein Vater. Und er war mir nichts schuldig, keine Hilfe und keine Geduld. Das auf dieser dramatisch hohen Bergspitze zu verlangen, war ein Ding der Unmöglichkeit. Pietro war ungeduldig, er wollte Ski fahren. Er sagte mir, ich solle mich vorbeugen und die Spitzen der Skier zueinander stellen, doch ich war wie versteinert und hörte nichts von seinen Anweisungen.

»Los, Caterina. Die anderen fahren schon die dritte Runde! Jetzt versuch mal irgendwas, beweg dich!«

Wenn Pietro bei mir geblieben wäre, hätten seine Freunde etwas gemerkt, und er hätte sich für mich geschämt. Doch vor mir war der Abgrund, und um mich herum waren Funkensplitter, die einen wilden Slalom zwischen mir und dem Nichts fuhren. Und ich wollte das einfach nicht tun.

Ich zwang mich, an all die Gelegenheiten zu denken, wo Mut belohnt worden war. Daran, wie ich zum ersten Mal vor Publikum ein Gedicht vorgetragen hatte, wie meine Großmutter ganz allein meine Mutter auf die Welt gebracht und dort auf dem Feld beide vor dem sicheren Tod gerettet hatte, ich dachte an meinen Vater, der seinem Schwiegervater getrotzt hatte, wie niemand sonst es wagte, an meinen jüngeren Bruder, der von einer schweren Lungenentzündung genesen war, an die vielen Wettschwimmen, die ich gewonnen hatte, ohne jemals richtig schwimmen gelernt zu haben. Ich gab mir einen Ruck. Dann noch einen. Ich fiel hin, biss weinend die Zähne zusammen, alles vor Pietros immer besorgterem Blick. Und am Ende fuhr ich hinunter. Langsam, aber ich fuhr.

»Fahr schon mal vor. Wir sehen uns unten. Ich habe kapiert, wie es geht. Es sieht schwieriger aus, als es ist«, sagte ich zu ihm.

Aber ich hatte nichts kapiert, ich wollte ihn nur loswerden, er sollte verschwinden, der Egoist. Der mich nicht verstand und nie verstehen würde.

Und er fuhr. Weder half er mir, noch hatte er Geduld. Und während ich stürzte und die Leute auf der Piste über mich fluchten, weil ich ihnen den Weg versperrte, dachte ich, wenn ich diesen Mann halten wollte, musste vielleicht auch ich versuchen, ihn zu verstehen, etwas für ihn zu tun. Als Erstes schnallte ich mir dafür die Skier ab und schob mich wie auf einem Schlitten den Berg hinunter, um nach wahrscheinlich einer Stunde bei der Berghütte anzukommen, wo Pietro und seine Freunde einen Kaffee schlürften.

Und noch vor jeder Begrüßung fragte mich eine seiner Freundinnen: »Ganz schön mutig, nur im Pulli, der ist doch sicher nicht wasserabweisend? Bist du nicht nass geworden?«

›Doch. Ich bin pitschnass. Und ich friere. Und darüber bin ich heilfroh‹, dachte ich.

Sie hatte lange braune Haare, runde braungrüne Augen, die sich perfekt in ihre weichen Gesichtszüge mit den fülligen Lippen fügten. Wenn sie lachte, kamen ihre kleinen Zähne zum Vorschein, die sich in der Mitte übereinanderschoben. Insgesamt eine überirdische Schönheit.

›Vielleicht werde ich krank‹, dachte ich hoffnungsvoll.

Die anderen Mädchen küssten mich auf die Wange, mal einmal, mal dreimal. Sie hatten modische Strähnchen und waren selbst zu dieser Jahreszeit gebräunt. Ich erlaubte mir beim Friseur Gianni&Marisa in Policoro höchstens eine helle Strähne, weil meine Mutter fand, man müsse natürlich aussehen.

In der Nacht erwachte ich tatsächlich mit Fieber, wahrscheinlich durch den nassen Pulli und das leichte Nachthemd. Ich war erleichtert und irgendwie glücklich. Am nächsten Tag würde ich nicht Ski fahren können. Pietro verabschiedete sich am Morgen um acht mit einem Kuss auf meine Stirn, sagte, ich solle mich gut zudecken, und machte sich auf den Weg zur Piste.

Wenn ich mit Fieber zu Hause blieb, musste ich kein Geld mehr ausgeben und konnte ein bisschen lernen, um mein schlechtes Gewissen wegen all der Lügen meinen Eltern gegenüber zu beruhigen. Die anderen kamen abends nach einem kurzen Aperitif zurück, und ich servierte ihnen ein mehr als ordentliches Abendessen aus den Dingen, die ich in der Vorratskammer gefunden hatte. Pietros Mutter verbrachte wohl nicht viel Zeit am Herd, schien aber dennoch vorausschauend zu sein, denn es gab reichlich Konserven mit langer Haltbarkeit. Es gab nicht die krossen Paprika der Nonna, sondern nur eingelegte Paprika aus dem Glas. Pietro probierte sie nicht einmal. Er schien außer Fleisch noch so einiges nicht zu mögen. Deshalb war er auch so dünn.

Keiner außer mir aß Paprika. Welche Schmach.

Nach dem Essen spielten die Jungs mit der Playstation, während die Mädchen danebensaßen und mit ihren Schreien Interesse heuchelten, ansonsten aber über Leute, Orte und Dinge redeten, die mir unbekannt waren und in die sie mich auch nicht einweihten.

Ich spülte gerade die Teller, als ich Pietro verspätet rufen hörte: »He, hier gibt es doch eine Spülmaschine!«

»Wo denn?«, fragte ich.

»Im Schrank, damit man sie nicht sieht.«

Im Auto auf der Rückfahrt nach Rom war Pietro schweigsam. Ich wusste, dass ich ihn enttäuscht hatte. Aber immerhin würde er mich vielleicht nicht mehr zu weiteren Unternehmungen dieser Art einladen.

Doch dann fing er plötzlich mit Silvester an: »Wann wolltest du über die Feiertage in die Basilikata fahren?«

»Pietro, ich werde nicht mit dir Silvester feiern.«

»Was redest du da? Hast du deine Eltern nicht gefragt?«

»Wir verbringen die Feiertage immer zusammen.«

»Mal abgesehen davon, dass du mich gar nicht gefragt hast, ob ich mitkommen möchte … Was schlicht ein Akt der Höflichkeit gewesen wäre. Silvester feiern alle als Paar. Was soll ich denn machen? Paolo kommt aus Lugano, ich wollte ihn dir vorstellen. Er ist immerhin mein bester Freund.«

»Tut mir leid, Pietro …«

Die Diskussion war im Auto noch nicht zu Ende. Pietro schien mich mit allen Mitteln überzeugen zu wollen und setzte sein Bohren auch zu Hause fort, während im Hintergrund das Telefon läutete.

»Wer zum Teufel ruft denn da dauernd an?«, stieß er hervor.

»Meine Eltern wahrscheinlich.«

»Haben die Radar oder woher wissen die, dass du gerade nach Hause gekommen bist?«

»Offensichtlich haben sie die Zeit ausgerechnet, die Kilometer. Ich hatte ihnen vor der Abfahrt Bescheid gegeben. Sie sind dann ruhiger, wenn …«

»Ja, schon gut. Das interessiert mich nicht. Für mich ist das paranoid.«

»Sag so was nicht, Pietro. Sie sind halt weit weg … Du weißt doch, warum ich nicht mit dir Ski fahren gehen kann. Bei uns zu Hause ist das nun mal so.«

»Bei uns zu Hause, bei uns zu Hause … immer denkst du an zu Hause! Wann erlauben sie dir denn mal, erwachsen zu werden, unabhängig?«

Ich war überrascht über seinen Tonfall, den ich so noch nicht kannte. Aber wenn Pietro glaubte, in diesem Wortduell gewinnen zu können, irrte er sich gewaltig.

»Zwing mich nicht, mich zwischen dir und ihnen zu entscheiden. Das ist nicht fair. Außerdem kann ich gar nicht Ski fahren, du hast doch selbst gesehen, in welche Not du mich gebracht hast.«

»Ich habe dich in Not gebracht? Wir leben in den Neunzigern, wie kann es denn sein, dass man heutzutage nie mit seinen Kindern Ski gefahren ist?«

»Das ist unser Problem, nicht deins!«

»Mir gefällt diese unterwürfige Haltung nicht, weißt du? Wir sind zwanzig, verdammt … Und wenn wir nicht miteinander in Urlaub fahren können, wann amüsieren wir uns denn dann? Soll ich etwa der einzige im Freundeskreis sein, der ohne seine Freundin nach Madonna di Campiglio fährt? Außerdem gibt es nichts Lustigeres als Skifahren … du machst einen Skikurs, dann wirst du sehen, wie viel Spaß das macht … Ich will das ja auch für dich.«

Vielleicht stimmte das, und er wollte es auch für mich. Und vielleicht hatte er recht. Was für eine Zwanzigjährige war ich denn, die noch niemals im Leben Schnee gesehen hatte, nicht Ski fahren konnte, so vieles nicht konnte? Dass ich kochen konnte, schien ja keinen zu interessieren. Im Gegenteil, in den Bergen hatten sie mich angeschaut, als käme ich von der Rückseite des Mondes. Bestimmt hatte jemand auch einen entsprechenden Kommentar abgegeben, daran war ich schon gewöhnt. Es war uninteressant, dass ich nähen, sticken und bügeln konnte. Diese Sachen waren nicht mehr modern, moderne Frauen brauchten sie nicht.

Zum ersten Mal empfand ich so etwas wie tiefe Wut gegenüber meinen Eltern. Was hatten sie mir beigebracht? Ich konnte nicht einmal Englisch, während Pietro zweisprachig aufgewachsen war dank seiner Mutter, die zwanzig Jahre in England gelebt hatte. Er konnte die Liedtexte auswendig, ging zu Konzerten, ich stand neben ihm und bewegte nur die Lippen, *nanananana* oder *lalalalala.* Ich lächelte und log. Denn wenn er entdeckt hätte, dass ich nur Französisch gelernt hatte, und auch das nur zwei Jahre, weil die Lehrerin ständig schwanger gewesen war und eine Vertretung die nächste abgelöst hatte, hätte er gnadenlos das Schlimmste von mir gedacht.

Pietro hatte zugegebenermaßen recht, doch ich konnte mein Leben nicht innerhalb von drei Monaten komplett umkrempeln.

»Pietro, ich muss … muss sie irgendwie darauf vorbereiten …«

»Du bist ein Dummkopf … Frag sie einfach nach Silvester, versprich es mir.«

Pietro stand vom Bett auf, nahm den Telefonhörer und reichte ihn mir. »Los, beweis mir, dass du mich liebst. Ruf sie an und frag.«

Ich schüttelte stur den Kopf. »Ich habe versprochen, dass ich es tue, aber ich tue es auf meine Art. Wenn ich meinem Vater und meiner Mutter in die Augen schaue. Ich kann meinen Großeltern nicht diesen Schlag versetzen und dabei alle unsere Regeln brechen. Ich bin die einzige Enkelin, die weggegangen ist.«

»Dann liebst du mich nicht.«

»Damit hat das nichts zu tun«, gab ich zurück.

»Hat es doch. Das sind Rituale eines Dritte-Welt-Landes! Bevor ich dich getroffen habe, kannte ich bestimmte

Dinge gar nicht oder nur aus Schwarz-Weiß-Filmen. Wir gehen auf das Jahr 2000 zu. *Zweitausend!* Wach auf!« Pietro sprang wütend auf, als könne er seine Anspannung nicht mehr zurückhalten.

Er packte seine Jacke und ging zur Tür.

Ich folgte ihm mit einem Geschenk in der Hand. »Wenn du das so sagst, ist das Erpressung! Hier ist dein Geschenk, wir wollten sie uns doch heute geben! In wenigen Tagen fahre ich in die Basilikata, das sollte unser Vor-Weihnachtsabend werden!«

»Der Quatsch war deine Idee, nicht meine.« Pietro war schon fast aus der Tür und meinte, ich könne ihm mein Geschenk ja an Silvester geben, wenn mir so viel daran liege.

Baccalà alla lucana – Stockfisch aus Lukanien

ZUTATEN
400 g Stockfisch
in Essig eingelegte Paprika nach Belieben
Öl
Salz und Pfeffer

ZUBEREITUNG
Den Stockfisch einweichen, dann in kochendem Wasser erhitzen. Abgießen, die Gräten entfernen und in Stücke teilen. Die Paprika leicht anbraten, dann den Baccalà hinzugeben. Salzen, pfeffern und weitere 20 bis 25 Minuten köcheln lassen.

10. TERESA

Die Geburt

Gott schickt uns keine Prüfung, die unsere Kräfte übersteigt. Er kennt unsere Grenzen. Und überschreitet diese Linie nie. Er weiß, womit wir umgehen können, welchen Schmerz, welchen Verlust und welche Mühe wir ertragen können. Und welche Freude. Und er weiß es besser als wir, die wir manchmal sagen »Ich kann nicht mehr« oder »Ich sterbe.«

Darum war ich mir sicher, dass ich auf diesem Ginsterfeld überleben würde, zwischen dem Wildwuchs aus Ähren und Unkraut, im neunten Monat schwanger und ganz allein mein Kind gebärend. Meine Angst war nicht, dass ich meine Tochter nicht alleine auf die Welt bringen könnte, sondern dass wir von irgendeinem wilden Tier angefallen würden, das vom Geruch des Blutes angelockt wurde. Ich und Gott, wir kannten meine Grenzen. Doch die Instinkte eines Tieres konnte ich nicht kontrollieren.

Als sie mich fanden, am Sonntagmorgen, lag ich scheinbar leblos in einer Blutlache. Meine Tochter hing noch an der Nabelschnur und ihr Wimmern hatte die Leute herbeigerufen, damit sie uns retteten. Sie erzählten, dass sie kahl gewesen war und ihre Augen wie Halbmonde ausgesehen hatten, den Bogen nach oben. Wenn ihr Mund, eine kleine rote Kirsche, sich zum Trinken oder Weinen öffnete, vibrierte er wie die Saite einer Violine. Sie war groß und hatte einen dunklen Teint. Und sie wog bei ihrer Geburt vier Kilo.

Ich sah sie erst nach so vielen Tagen wieder, dass ich mich nicht an sie als Neugeborene erinnern konnte. Mir kam es vor, als zeigten sie mir ein fremdes Kind, das schon älter war. Nicht mein Kind. Ich fühlte keinerlei Zugehörigkeit. Als sei der Mutterinstinkt zusammen mit dem Blut abgewaschen worden. Man brachte sie mir ans Bett, eingewickelt in honigfarbene Tücher und mit einem Mützchen auf dem Kopf, das ich wie die übrige Babyausstattung in den endlosen Monaten des Wartens gehäkelt hatte. Ich durfte sie nicht anfassen, so schwach war sie.

»Mamma, gib sie mir. Leg sie mir ein bisschen an die Brust. Wer stillt sie?«

Ich verstand die Antworten nicht. Schwach, erschöpft und auf der Schwelle zwischen Leben und Tod, ungewiss, ob meine Kraft ausreichen würde. Ich war ein Risiko eingegangen, weil ich vielleicht zum ersten Mal im Leben nicht auf meine Vorahnungen gehört hatte. Einige Nächte zuvor hatte ich von Blut, Wehgeschrei und Sturmwellen geträumt und mich nicht ängstigen lassen wollen. Ich dachte, eine Schwangerschaft brächte nur schöne, gute Dinge hervor. Und mit meiner Gabe glaubte ich, vor der Gefahr gewappnet zu sein. Also hatte ich mich zu einem Strandspaziergang aufgemacht. Ich brauchte Sauerstoff, weil meine Tochter so viel Energie aufsaugte. Ich drohte zu ersticken. Ich wurde behandelt, als sei ich krank, dem Herd durfte ich mich nicht einmal mehr nähern, da ich mich wegen der Gerüche häufig übergab.

An jenem Tag gab es Baccalà, mein Lieblingsgericht, und ich musste mich fernhalten. Ich spürte Hunger. Und Ekel.

Ich lief den Pfad aus meiner Vorahnung entlang, den ich auch während der Hochzeit gelaufen war und wo ich den scharfen Stich im Bauch verspürt hatte, als wollte mich jemand auf ein tragisches, unvermeidliches Ereignis hinweisen.

Es war ein Mädchen, das hatte ich immer gewusst, schon bevor sie auf die Welt kam. Nicht nur weil ich vor allem auf der linken Seite Stiche verspürte oder wegen des ständigen Ekels oder weil ich anfangs ihre Tritte nicht gefühlt hatte, wie man es von Mädchen-Schwangerschaften behauptet. Ich wusste es einfach.

Bis ans Meer kam ich nicht. Heftige Krämpfe überfielen mich, und ich glaubte, mir unversehens in die Hose gemacht zu haben. Dabei war die Fruchtblase geplatzt. Ich versuchte zu schreien, doch ich war kleiner als die Ähren, kauerte mich unter den heftigen, regelmäßigen Stichen immer tiefer in mich zusammen. Ich schaffte es nicht bis zur Straße, wurde von den störrischen Kornstielen gepiekst, die wir aus der schlichten Überzeugung heraus niemals abmähten, dass die Natur, sich selbst überlassen, uns Dankbarkeit und Schutz erweisen würde. Ich war die Einzige, die diese Abkürzung benutzte, schon seit Kindertagen, nicht einmal Mimì kannte sie. Denn zusammen nahmen wir immer die Straße, auch wenn das der längere Weg war.

›Früher oder später finden sie mich schon‹, dachte ich und atmete tief durch, wie ich es gelernt hatte. Ich ging in die Hocke, fühlte ein Reißen, ein brutales Reißen, das mich spaltete, und hielt die Position nicht länger aus.

Ich zog mich aus und legte meine Kleider als Schutz vor Infektionen auf den Boden. Und nachdem ich einen Schrei gehört hatte, glaubte ich zum ersten Mal gestorben zu sein.

Ohne irgendeine Erinnerung schlug ich die Augen auf. Im hellen Neonlicht sah ich Mimìs dunkles, entrüstetes Antlitz. Ich lag auf dem Rücken, konnte mich nicht rühren und hatte starke Schmerzen. Ich versuchte, einen Arm zu bewegen, doch ein Schlauch war an ihm befestigt. Also berührte ich meinen Bauch, doch der war leer. Kaum hatte ich begriffen, dass ich mich in einem Krankenhaus befand, fragte ich mit dünner Stimme: »Mimì, was ist passiert? Was ist mit dem Kind?«

Don Mimì war so wütend auf mich, dass er am liebsten das ganze Krankenhaus kurz und klein geschlagen hätte. Wäre ich nicht so stur gewesen, hätte er uns jetzt bei sich zu Hause und könnte für uns sorgen, so aber war ich nicht da, und das Baby durfte er nur ein paar Minuten am Tag sehen. Vor allem aber wusste er, dass er uns beide hätte verlieren können und dass er nun kein zweites Mal Vater werden würde. Jedenfalls nicht mit mir. Dies raunte meine Mutter mir mit kaum hörbarer, tröstender Stimme zu und klappte, damit ich nicht verzweifelte, gleich meine Bettdecke hoch, packte meinen Arm mit einer Kraft, die nur Mütter aufbringen, und setzte mich in den Rollstuhl. Dann schob sie mich aus dem Zimmer, hielt die Infusion fest und stützte gleichzeitig, das Kinn über mich gebeugt, meinen Kopf.

»Signora, wo wollen Sie denn hin?«, fragte ein Pfleger.

»Ich bin die Schwiegermutter des Sohns vom Cavaliere«, erwiderte sie. »Und die Schwiegertochter des Cavaliere, die beinahe gestorben wäre und gerade erfahren hat, dass sie keine Kinder mehr bekommen kann, will ihre Tochter sehen. Zum Teufel noch mal!«, fügte sie hinzu, als sie die Säuglingsstation erreichte.

Dort stand eine großherzige Krankenschwester, die meiner Mutter recht gab und mir das Kind in die Arme legte. Ich konnte es nicht umarmen, es fühlte sich an, als hätte man mir die Hände amputiert, so taub waren sie. Doch die Kleine riss ihre zwei Monde auf, schlug die Augenlider auf und nieder, als hätte sie mich erkannt und hieße mich in ihrer Welt willkommen. Sie spürte die Zugehörigkeit, bevor ich sie spürte.

»Jetzt musst du ihr einen Namen geben«, sagte meine Mutter und wischte mir die Tränen ab, die meinen Blick auf dieses Wunder verschleierten.

Ich betrachtete ihre Augen. Ich wusste, dass die Farbe sich noch ändern würde, doch dieses Grau zog mich in einen Strudel der Gefühle, in dessen Tiefe die Farbe schlummerte, die keine Spielart unserer Farben war. Seit jenem Tag erholte ich mich langsam von dem schlimmen Übel, das mich gefangen hielt, von der Traurigkeit, die mich nach der Geburt erfasst hatte, eine unbekannte Traurigkeit, für die ich keinen Namen und keine Erklärung hatte und die mich immer einmal wieder heimzusuchen drohte. Ich würde ein Gegenmittel gegen die Traurigkeit finden. Das Kind sollte mein Heilmittel sein, wann immer ich von ihr bedroht wurde.

Meine Tochter rettete mich zweimal, indem sie Hilfe holte und mich liebte. Sie allein, indem sie sich um mich kümmerte, wenn ich glaubte, niemanden zu brauchen. Und zu ihrem Glück ohne jede Magie. Da ich sie nicht stillte, würde dieser Fluch nicht durch die Milch auf sie übergehen. Denn alles, so sagt man, wird so übertragen: Freude, Kraft, Schmerz, Angst. Durch die Mutter.

Tatsächlich hatte ich nie verstanden, warum Mamma Bernardina nicht auch meine Gabe besaß. Vielleicht hatte sie mir etwas anderes mitgegeben, vielleicht hatte allein die Luft der Grotten mir die magischen Fähigkeiten eingehaucht. Doch um sicherzugehen, wollte ich sie nicht aus eigener Kraft nähren, dieses kleine Wesen, das ich gerade auf die Welt gebracht hatte. Ich war froh, dass sie nicht meine Fähigkeit geerbt hatte, Leben und Tod so profund zu kennen, dass ich sie manchmal nicht auseinanderzuhalten vermochte und nicht glaubte, mich davor beschützen zu müssen, ebenso verletzlich und menschlich zu sein wie andere. Und so weit gegangen war, Gott und seine Gewissheiten herauszufordern.

»Sie heißt Domenica«, sagte ich. »Denn sie ist am Tag des Herrn geboren.«

Und weil sie mich immer an die Frau erinnern wird, der ich besser helfen konnte als mir selbst, in jener Nacht, als sie mit ihrem halb toten Sohn auf dem Arm vor meiner Tür stand.

11. CATERINA

Caterinas Weihnachtsfest

Als ich von Rom nach Hause fuhr, hatte ich zwei Probleme: Erstens konnte ich meinen Eltern nicht sagen, dass ich mit einem Jungen zusammen war. Zweitens würde Pietro es mir niemals verzeihen, wenn ich nicht den Mut dazu aufbrachte. Doch es ging nicht, es war einfach stärker als ich.

Sie würden denken, dass es zu weit war, dass es mich von ihnen wegtreiben würde. »Du kennst ihn doch überhaupt nicht gut genug, um ihm zu vertrauen. Wer sind seine Eltern? Gib uns ihre Telefonnummer, ihre Adresse, ihre Namen.« Das würden sie sagen.

Vielleicht würden sie mich in tiefe Verlegenheit stürzen, indem sie seiner Familie Frohe Weihnachten wünschten, als seien wir bereits verlobt, besser gesagt, verwoben in dem dichten Netz aus den Formalitäten der Eheanbahnung. Dann würden sie alles auflisten, was gegen die Verbindung sprach, und damit die ganze Sache eventuell derart beschleunigen, dass Umzug und Betrug schon vorprogrammiert waren.

Nein, nein. Das alles würde ich nicht mitmachen. Im Reisebus fand ich keine Ruhe, allein bei dem Gedanken daran, dass ich über die gesamten Weihnachtstage diese Wahrheit für mich behalten musste. Doch ich wusste, dass es anders nicht ging. Und als sie mich am Bahnhof abholten, das Auto bis oben hin voll mit Weihnachtsschmuck, Tischläufern und Geschenktüten, durchströmte mich ein Gefühl tiefen Friedens.

Meine Familie vermittelt das Gefühl von Frieden. Jeder sollte so eine Familie haben. Ein Zuhause, das sich während der Feiertage in ein einziges riesiges Geschenk verwandelt. Wir schmücken sogar die drei Bäume vor dem Haus. Ihre Wurzeln haben mit den Jahren den Bürgersteig gesprengt und sind wie eine Sprungfeder, über die wir ins Haus hüpfen. Und dann bist du drinnen. Warmes Licht, im Fernseher eine Messe oder eine Kochshow im ersten Programm. Auf dem Herd immer etwas am Köcheln. Der Kamin knistert, selbst wenn draußen achtzehn Grad herrschen. Es ist Weihnachten, und zu Weihnachten gehören ein Feuer, Ascheregen und seit Wochen angehäufte Zeitungen, die die duftenden Flammen am Leben erhalten. Der Kühlschrank geht auf und zu, und der Dichtungsgummi ächzt unter der starken Beanspruchung. Und man hört es genau, das Geräusch des Öffnens. Wie auch Mammas Absätze, denn sie trägt die eleganten Schuhe mit den klemmenden Verschlüssen. Du siehst sie unter dem Tisch. Nie höher als vier Zentimeter. Breit, bequem, beruhigend. Wie sie eben sein sollten, die Absätze einer Mutter.

»Da bin ich«, sagte ich.

Und die Fenster beschlugen, die Münder öffneten und schlossen sich, ich begriff nicht, woher die ganzen Wörter kamen, immer dieselben, von allen gleichzeitig.

»Willkommen, mein Schatz«, rief meine Mutter und umarmte mich.

»Hast du das Bild am Eingang gesehen, das Mimmo für dich gemalt hat?«

»Hast du gesehen, wie schön der Weihnachtsbaum dieses Jahr ist? Das Thema war blau, also ist er blau, der Baum. Hast du gesehen? Hast du gesehen?«

Ja, ich sehe euch. Und ihr seid wunderschön, unverändert. Und ich beneide euch, dass ihr glücklich seid, beständig, Jahr für Jahr dieselben. Die Schritte, die Fliesen, die rauchverhangenen Fenster, die Stimme des Priesters aus dem Fernseher, die verschiedenen Eieruhren, die klingeln, wenn wieder etwas gar ist.

»Die Tombola, Mimmo. Hast du das Tombolaspiel gefunden?«

Meine Mutter lief rufend durchs Haus, als hätte sie ein Megafon in der Hand. Dabei waren es noch zwei Tage bis Heiligabend. Doch es sollte alles bereit sein.

»Massimo, um fünf musst du mich auf meinem Geschenkerundgang begleiten.«

Meine Brüder hassen uns an Weihnachten, zumindest ein bisschen. Mimmo muss die Spiele sortieren, ist für die Unterhaltung verantwortlich und für die Geschenke unter dem Baum. Er rennt von einer Ecke des Zimmers in die andere, die Haare liegen wie ein Helm um seinen Kopf, luftig wie von Lockenwicklern geformt. Und wehe, man fasst sie an. Er will sie so, auch wenn er wie ein Troll aussieht, mit einem riesigen Schopf auf einem kleinen Körper. Wir trösten ihn, indem wir sagen, er wird später so kräftig werden wie Massimo.

»Da sind ja meine Brüder: Big Jim und der Troll«, sagte ich, als ich sie umarmte.

Sie drückten mich beide auf ihre ironisch beschützende Art. Und sie schikanierten mich nicht, nannten mich einfach Cate. Sie hatten schon immer nur Mary im Visier gehabt, die Nachtragende.

Mamma riss uns ungeduldig auseinander. »Los geht's, Massimo, ich muss die Geschenke verteilen.«

So ging der Weihnachtsmann mit Massimo zu den Nachbarn, Verwandten und Freunden, die am Heiligen Abend nicht zu uns kamen. Vor allem aber galten die »Präsente« den Händlern, die meiner Mutter übers Jahr so manchen Gefallen erwiesen, indem sie ihr die frischesten Produkte oder manches Frühobst zurücklegten.

Mein Vater wiederum versuchte seit Jahren, mit uns in Urlaub zu fahren, und das Ergebnis war immer das Gleiche. Mit dem Reiseprospekt kam er zuerst zu uns Kindern, damit wir ihn bei Mamma unterstützten. Dieses Jahr war Lappland an der Reihe, doch mittlerweile glaubten wir nicht mehr an den Weihnachtsmann. Und Mamma guckte nur auf die Gesamtkosten der Reise, um ihm unsere mangelnden finanziellen Mittel vorzuhalten: »Deine Firma kriselt, und du willst über tausend Euro pro Person ausgeben, damit wir alle erfrieren? Und wie soll das gehen? Wir müssten bis Bari, das sind fast zwei Stunden. Dann parken, Check-in, fliegen, landen, Gepäckband … also nein. Heilige Jungfrau! Sollen wir eine Weltreise machen?«

Der Großvater gewann seine eigene Schlacht gegen meinen Vater, jedes Jahr. Denn wenn er um etwas bat, wurde es ihm immer stante pede erfüllt. Seit der Hochzeit meiner Eltern, so wurde mir immer erzählt, fochten Papà und Nonno einen Wettkampf miteinander aus, manchmal aus Gründen, die sie nicht wie gestandene Männer, sondern wie kleine Jungs aussehen ließen, die sich um das Siegertreppchen prügelten. Ich weiß bis heute nicht warum, vielleicht weil sie so verschieden sind. Manchmal schimmerte durch, dass alles auf einem alten Groll beruhte, den mein Vater gegen meinen Großvater hegte. Eine Sache zwischen Männern, zwischen Rudelführern. Offenbar hatte der Großvater ihm damals verboten, seinen Wunschberuf zu ergreifen und ihn zu einem Beamtendasein verdammt. Und Papà war wohl davon überzeugt, dass er das nur getan hatte, um selbst der unangefochtene Potentat der Familie zu bleiben, auf den man stolz sein konnte. Die Wahrheit würden wir nie erfahren. Auch weil niemand zu fragen wagte. Nonno genoss es jedenfalls immer, wenn er mit seinen Reiseplänen scheiterte. Während mein Vater ausschließlich das Ziel verfolgte, wenigstens für die Zeit der Ferien einmal den »Despoten« loszuwerden, der unglücklicherweise sein Schwiegervater war. Und da keiner auf seinen Vorschlag einging, zog er sich in den Stunden vor dem Weihnachtsessen mal aus diesem, mal aus jenem Grund zurück. Er war beleidigt, dann verrauchte sein Ärger. Immer. Ganz unrecht hatte er ja nicht. Die übermächtige Präsenz meines Großvaters hatte es ihm sein Leben lang verwehrt, eigenständige Entscheidungen zu treffen. Immer geschah alles in Abstimmung. Welche Freunde man einlud, welche Geschenke man kaufte, was man aß, selbst welchen Beruf oder welche Uni man sich aussuchte.

Als wir um die Mittagszeit alle damit beschäftigt waren, Aufgaben zu erledigen oder zu verteilen, eröffnete uns meine Schwester, sie wolle ihre zukünftigen Schwiegereltern zum Weihnachtsessen einladen. Und damit vor den Augen der Welt, also vor Verwandten und Nachbarn, offiziell verkünden, dass die zwei Familien nun eine waren und die Verlobung guthießen. Mary war aufrichtig in Nicola verliebt, den Zollbeamten mit einer Schwäche für Musikbars.

Obwohl ich nicht weiß, wie er dieses Hobby pflegen konnte, da sie ihm jeden einzelnen Abend, den Gott ihnen schenkte, eine Eifersuchtsszene mit inquisitionswürdigen Verhören lieferte.

»Nicola, sag mir die Wahrheit. Wer war da? Wo hat sie gesessen? Mit wem hast du geredet? Welche Lieder solltest du singen, und welche wurden dir gewidmet, oder hast du etwa selbst eins für eine Frau gesungen? Um wie viel Uhr warst du zu Hause? Warum geht ein Zollbeamter in eine Karaokebar? Du arbeitest den ganzen Tag, und abends? Wo bleibt die Zeit für uns? Wie, wir sehen uns doch jeden Tag? … aber doch nur ein paar Stunden!« Sie war extrem eifersüchtig, und niemand sollte je herausfinden, ob Nicola sie manchmal wirklich betrog. Trotzdem hatten sie beschlossen, sich offiziell zu verloben.

»Es ist der richtige Zeitpunkt, Mà.«

»Der richtige Zeitpunkt, da hast du recht«, bekräftigte meine Mutter mit dem Segen meiner Großmutter.

»Ich rufe seine Mutter persönlich an. Am besten sofort, dann können wir die Gästeliste abschließen.«

»Spät genug«, sagte Nonna. »Nicht dass es wie eine verspätete Einladung wirkt. Wir brauchen eine höfliche Formulierung, sonst wird die Einladung zur Beleidigung.«

»Überlass das ruhig mir«, erwiderte meine Mutter mit einer knappen Handbewegung. Sie ist gut darin, ihr Handeln so darzustellen, als könne sie Wunder bewirken. Sie nahm das schnurlose Telefon aus ihrer Schürzentasche, das so groß war wie das der Gegensprechanlage. Sie klemmte es sich zwischen Schulter und Gesicht, während sie kräftig auf die Hühnerflügel einschlug.

»Cumà Rosa, wie geht es? Hier ist Mimma Padula, die Mutter von Mary.« Stille. Sie ließ die Hände sinken. Und wir verharrten alle in andächtigem Schweigen. »Ich weiß nicht, ob meine Tochter Mary euch schon etwas angedeutet hat …«

Woraufhin Mary wütend zu gestikulieren begann und mit den Füßen auf den Boden stampfte: »Jetzt schiebt sie mir die Schuld in die Schuhe? Ist das ihr toller Einfall?«

»Ach, Mary hat nichts gesagt? Wie, sie hat dir nichts von unserer Einladung erzählt? Zum Henker, diese Kinder … jedenfalls wollten wir euch für Heiligabend zum Essen einladen, da wir nun schon so lange miteinander verbunden sind. Alle … ach, ihr habt schon was vor? Hm, Himmel noch mal, wie viele seid ihr denn? Ach was, das macht doch nichts, sieben mehr oder weniger. Bring sie alle mit.«

Meine Großmutter raufte sich die Haare, denn mit so vielen Gästen passten wir nicht in unser Haus, und sie ahnte schon, dass es eine Planänderung geben würde. Dass wir nämlich allesamt in das Haus von ihr und Großvater umziehen würden. Sie wohnten mittlerweile alleine dort, und aus der ehemaligen Wohnung seiner Eltern war ein großer Esssaal geworden, genau passend für diese Art von Festivitäten.

Besorgt lauschten wir, wie das Telefonat mit Nicolas Mutter ausging. Im Falle einer Ablehnung dachte

Mary, wären alle sauer auf sie, weil sie nicht rechtzeitig Bescheid gegeben hatte. Im Falle einer Zusage befürchtete Nonna, dass ihr Haus auf den Kopf gestellt würde, obwohl sie geschworen hatte, dies nie mehr zuzulassen. Wie auch immer es ausging, dachte meine Mutter, sie würde in beiden Fällen den Unwillen meines Vaters und die Nervosität meines Großvaters ertragen müssen. So waren wir alle in unsere Gedanken verstrickt.

Endlich legte meine Mutter auf.

»Und?«, fragten wir im Chor.

»Tja, Mà, du musst es machen. Sie kommen.«

Mary sprang wie ein gerettetes Zicklein über unseren Hof. Meine Mutter telefonierte alle Gäste ab, um die neue Adresse durchzugeben. Und ich ging in mein Zimmer und packte, denn nun zogen wir alle zu den Großeltern, um dort die Vorbereitungen in noch größerer Eile fortzusetzen.

»Nur schade, dass du dort kein Netz hast, was wirst du nur ohne das ständige Piepen tun?«, grinste Mary unverschämt.

»Warum? Wer schreibt dir denn?«, schrie Nonna zu mir herüber, um die Klopfgeräusche meiner Mutter zu übertönen, die wieder auf ihre Hühnerflügel einschlug. Es war nicht leicht, ihr die Funktionsweise eines Handys zu erklären und vor allem, warum ich auch eins hatte haben wollen. Ich hatte erklärt, dass ich es für die Uni brauchte, und wohlweislich verschwiegen, dass ich mich damit an Pietros moderne Welt anzupassen versuchte. Massimo und Mimmo hielten neidisch inne, und ich wurde rot wie früher als kleines Kind.

»Niemand Bestimmtes, nur die Kommilitonen von der Uni.«

»Aha, die Kommilitonen oder der Kommilitone?«, hakte Nonna nach.

»Der … der …«, antwortete Mary für mich.

»Unsinn, welcher Kommilitone denn«, meinte ich. Und ging eine Reihe imaginärer SMS durch.

»Schau, Caterina, eine ungefragte Rechtfertigung ist wie ein Schuldeingeständnis«, sagte meine Mutter feierlich zu mir.

»Aber Mamma, Nonna hat mir eine Frage gestellt, und die habe ich beantwortet. Und außerdem, was ist denn schon dabei, selbst wenn es nun *der* statt *die* wäre?«

Die drei Frauen vor mir brachen in lautes Gelächter aus, als trauten sie mir einen »emanzipierten« oder »fremden Freund«, wie Nonno das kannte, wenn ich kleine Anekdoten über meine Kommilitonen erzählte, gar nicht zu. Und wie bestellt kam im selben Moment eine SMS von Pietro: »Und, was sagen deine Eltern zu mir?«

Tja, was sagten sie?

»Wenig, aber nur Gutes. Im Moment sind alle noch mit dem Essen und dem Ortswechsel für Heiligabend beschäftigt«, lautete meine Antwort.

Darauf folgte Schweigen. Pietro interessierte sich nicht die Bohne für Weihnachtsessen und Christmetten. Genau deshalb hatte ich das geschrieben, um ihn abzulenken und mir noch ein bisschen Ruhe vor seinen bohrenden Fragen zu Silvester und dem Rest zu verschaffen. Seine Eltern, hatte er mir erzählt, würden im Golfclub seines Vaters essen oder wahlweise im Tennisclub, je nachdem, wo seine Anwaltskollegen sich trafen. Und in die Messe gingen sie ohnehin nicht.

Um mein schlechtes Gewissen zu beruhigen, kehrte ich in die Küche zurück, wo ich die Speisenfolge für das Menü aufschreiben wollte, in Schönschrift. Es würde neun Gänge geben, obwohl auch ein paar Gäste aus dem Nachbardorf Rotondella geladen waren, wo elf Gänge vorgeschrieben waren. Doch in Policoro reichen als Glücksbringer neun, den Wein mitgerechnet.

Als ich bei den *piccilatiedd'* angekommen war, sah ich auf und fragte: »Mà, machst du die?«

Sie schlägt den armen Teig am besten, so dass er gut aufgeht. Aber dann kamen ihr die beiden Nachbarinnen zu Hilfe, ihre besten Freundinnen, Tonia und Stefania, sowie Zia Anna, die Schwester meines Vaters, die einen Juwelierladen besaß.

Nonna korrigierte mich: »In Matera heißt das *f'ccilatidd'*, und die ist typisch für Mariä Empfängnis, ich weiß gar nicht, warum die heute hier sind.«

»Weil das in Policoro so üblich ist und weil sie lecker schmeckt«, beendete meine Mutter die Diskussion. In Wahrheit liebt sie nämlich die Teamarbeit, im Kreis ihrer Freundinnen, die schreien und lachen und sich endlich das erzählen, was im Laufe des Jahres verschwiegen wurde oder wofür keine Zeit war.

Sie stellten sich im Kreis auf und kneteten abwechselnd die fünf Kilo Teig, damit die Handgelenke nicht schlapp machten. Dann war die Reihe an mir, und ich steckte von oben die Mandeln hinein, bevor die süßen Teilchen in den Ofen kamen. Wichtig ist, dass die Spitze schön vom Teig bedeckt ist.

»Morgen müssen wir noch mal einen Mutterteig ansetzen, er reicht sonst nicht«, sagte Nonna, als ihr Mann zur Tür hereinschaute.

»Ich habe Paprika bestellt, sind zwei Kilo genug?«, fragte er.

»Nein, das ist nicht genug«, erwiderte Nonna vorwurfsvoll. »Ich muss welche braten, in Essig einlegen und frittieren.«

Großvater bat Massimo, noch einmal herzukommen, um den Einkaufszettel zu ergänzen, und im Gegenzug teilte Nonna ihm gleich mit, dass wir in ihr Haus ziehen würden. Der Nonno brummelte nur unwillig: »Na dann«, was so viel hieß wie »Ihr habt doch nicht mehr alle Tassen im Schrank«. Doch dann fiel ihm wahrscheinlich ein, wie nervös mein Vater auf diese Ankündigung reagieren würde, und er nickte zufrieden. Ihre Beziehung war ein ewiges Duell, das keinen endgültigen Sieger zuließ.

»Die erste *Cialledda* bekommst du«, rief ihm Nonna hinterher, die wusste, wie gern er Cialledda mit Zwiebeln aß.

Den Baccalà würde sie zubereiten. Das war gar nicht anders denkbar. Während Mary und ich die Aufgabe hatten, die *Zèppele* mit Kartoffeln zu machen, die *Struòfole* mit Honig, die *Pettole* in Traubenmost. Trockenfrüchte, Mandeln, Walnüsse und getrocknete Feigen würden die Gäste mitbringen, wie auch die Geschenke, die dann bei der Tombola verteilt würden, vorausgesetzt, dass Mimmo das Spiel noch rechtzeitig fand, da er sich nicht erinnern konnte, wo er es im Vorjahr verstaut hatte.

»Und die *Strascinari cu lu 'ntruppo?«,* fragte ich und leckte mir die Lippen.

»Caterì, die gibt es morgen zum Mittagessen bei der Zia. Dann sind wir auch viel weniger. Nur wir zehn.«

»O nein, dieses Jahr kommt auch Totonno mit Margherita und ihrer Mutter.«

»Ach, unser Sternchen gibt sich die Ehre?«

»Jedenfalls wären wir dann dreizehn. Das geht nicht. Holt noch jemanden dazu, notfalls einen Teddybären, sonst setze ich mich nicht an den Tisch«, sagte Nonna.

So kam der Tag des Heiligen Abends, und am Morgen konnte die Zubereitung der *Piccilatiedd'* beginnen, im Haus der Großeltern, in dem wir Frauen uns mittlerweile häuslich eingerichtet hatten. Mary und mich brachte Nonna im Schlafzimmer der Großeltern unter. Meine Mutter hingegen schlief dort, wo sie immer geschlafen hatte, in ihrem Kinderzimmer. Das hatte sie stets für sich alleine. Selbst Papà hatte nie dort genächtigt, sondern lieber mit seinen Söhnen in unserem Haus, weil er behauptete, Weihnachten erinnere ihn immer an den Moment, als er alles falsch gemacht hatte.

Mamma konnte also wieder ganz Tochter sein. Ehrlich gesagt, war sie auch nie wirklich erwachsen geworden. Nonna sagte immer, dass sie Flausen im Kopf hatte wie ein kleines Mädchen. Was ihre eigene Schuld war, da die beiden ihre Tochter, die ja das einzige Kind geblieben war, nach Strich und Faden verwöhnt hatten.

»Wenn das hier mein letztes Weihnachtsfest sein sollte, will ich, dass es ganz besonders wird«, sagte Nonna und bürdete uns damit neben einem mulmigen Gefühl eine große Verantwortung auf.

Sie bezog eigenhändig die Betten, obwohl sie danach kaum mehr gerade gehen konnte, während das Hausmädchen unten den Gästen die Tür aufmachte. Es begann eine Prozession von Körben und Frauen, die ihre Haare zusammengebunden hatten, damit nichts in den Teig geriet. Zia Anna kam, von Kopf bis Fuß mit Schmuck behangen. Ich habe ihr schon oft gesagt, dass man nicht mit so vielen Ringen in der Küche steht, denn wenn mal ein

Diamant ins Essen fällt und nicht mehr zu finden ist … aber nein. Sie musste die Neuerwerbungen ihres Ladens präsentieren. Die Geschäftsfrau hat eben niemals Feierabend und befindet sich immer auf Kundenwerbung.

Dann fuhren Tonia und Stefania vor, Mammas Freundinnen, die sich schon beim Aussteigen aus dem Auto ankeiften. »Ich hatte doch gesagt, du sollst sie nicht besuchen, am Ende kommst du selbst noch in Verruf«, sagte Tonia. Ich konnte mir vorstellen, dass es um die Frau des Assessore ging.

Nonna eilte die Treppe hinab, obwohl wir sie gewarnt hatten, langsam zu machen. Doch das Thema interessierte sie. »Ist sie von der Fahne gegangen?«, fragte sie.

»Ach, guten Tag, Signora Teresa. Es scheint so. Sie ist jetzt eine Linke … aber im Sinne ihres Männergeschmacks. Sie hat jetzt andere Präferenzen, andere Vorlieben … du verstehst schon.«

»Hat sie sich das Ratsmitglied geschnappt?«, fragte Mamma.

»Noch besser … einen von weiter oben. Den Abgeordneten hat sie erobert, als Liebhaber. Den, der nur ganz knapp gewählt wurde. Ja, ja … genau den.«

»Woher weißt du das?«, fragten wir alle und schauten von unserer Arbeit auf. Denn wenn das stimmte, handelte es sich um einen handfesten Skandal.

»Von Comare Sisina. Sie hat es mir erzählt, als sie mir geholfen hat, den Wäscheberg von meinem Sohn Paolo zu bügeln, der auf Urlaub vom Wehrdienst hier ist. Übrigens, wisst ihr schon, dass er jetzt mit einer aus Apulien geht?«

»Bitte, Tonia, lenk nicht ab. Weiß es denn ihr Ehemann?«

»Ach was! Deshalb sage ich das ja zu Stefania. Wenn hier jeder jeden deckt, gibt es ein Unglück. Am Ende heißt es noch, du hättest einen Geliebten, und dann kommt niemand mehr zu dir, um sich die Haare machen zu lassen.«

»Aber sie ist doch eine Kundin. Ich kann ihr doch nicht den Zutritt verwehren.«

»Tja, wenn du ihr sagst, du seist voll, wenn sie einen Termin machen will, dann geht sie irgendwann woanders hin«, schlug Nonna vor.

»Ich finde das ungerecht. Jemanden so zu verurteilen, als stände er vor Gericht. Wer von euch ohne Fehl ist, der werfe den ersten Stein«, sagte ich, woraufhin alle verstummten.

Sie glaubten doch wohl nicht wirklich, dass die Stimme des Volkes die Stimme Gottes ist, so überheblich waren nicht einmal sie.

»Apropos erster Stein, Caterina«, wandte sich Tonia mir zu. »Ich habe gehört, dass Margherita über Weihnachten kommt. Warum? Ist vielleicht etwas dran an der Geschichte?«

»An welcher Geschichte?«

Nonna und ich werden immer rot, wenn wir lügen oder in Verlegenheit geraten. Als sie sah, dass ich krebsrot geworden war, kam sie verschwörerisch näher.

»Die sollten ihr den Titel wieder aberkennen, der Margherita, die von der Gemeinde. Sie ist ein Nichts. Für wie blöd hält sie uns, ihr zu glauben, dass sie an Weihnachten nach Hause kommt, weil sie uns so vermisst, wie Signora Anna aus der Wäscherei behauptet. Dumm geboren bleibt eben dumm. Sie ist gescheitert«, sagte Stefania.

»In Wahrheit hat sie nichts geschafft, außer Miss Italia zu werden.«

»Was redet ihr denn da? Ihr seid doch nur neidisch wie immer«, mischte ich mich ein und sah meine Großmutter an.

»Caterì, ist das der richtige Ton?«, maßregelte mich sogleich meine Mutter. »Du weißt, wie gern ich Margherita habe. Aber im Dorf reden sie nun mal so, nicht wir. Wir dachten halt, sie wird berühmt.«

»Sie hätte doch mal Giulia zum Vorsprechen mitnehmen können, aber nein, immer hatte sie eine Ausrede. Sie hat keinem geholfen«, meinte Stefania in Bezug auf ihre Tochter, die Schauspielerin werden wollte.

»Kapiert ihr denn nicht, dass es in der Stadt anders läuft als hier, wo wir unsere Netzwerke haben. Da wacht man nicht morgens auf und kennt irgendjemanden, der berühmt ist und einen unterstützen und weiterempfehlen könnte«, setzte ich hinzu.

Endlich klatschte Nonna in die Hände und meinte, es sei schon spät, wir müssten jetzt mit dem Teig anfangen. Doch ich wurde den Gedanken an Margherita und das Gerede über sie nicht mehr los. Denn seit dem wunderbaren Tag ihres Sieges war nichts so gelaufen, wie sie es sich vorgestellt hatte.

Die bittere Wahrheit war tatsächlich die, dass Margherita es nicht geschafft hatte. Und an diesem Weihnachtsfest musste sie allen verkünden, dass sie wieder ins Dorf zurückkehren würde. Nach ihrem Miss-Sieg hatte sie ein paarmal die Titelseiten geschmückt, einen einjährigen Sponsorenvertrag abgearbeitet und einen kleinen Auftritt in einem Einteiler der Rai gehabt, in der Rolle einer Taubstummen. Dann war sie auf Anraten ihres Agenten nach Mailand gezogen, der ihr empfohlen hatte, sich ganz der Mode zu widmen. Das Filmgeschäft wäre nichts für sie. Sie hatte einen kurzen Flirt mit einem Schauspieler gehabt und war deshalb im Sommer im Badeort Forte dei Marmi von Paparazzi verfolgt worden.

»Ich liebe ihn so sehr. Wir sind so glücklich. Du wirst ihn bald kennenlernen«, hatte sie zu mir gesagt, eine Woche bevor er sie wegen einer Schauspielerin verließ, mit der er seinen letzten Film gedreht hatte.

»Am Ende war alles ein großer Bluff. Ich habe ihn nicht wirklich geliebt«, schrieb sie mir per SMS, als ich mich erkundigte, wie es ihr ging.

»Mario lässt dich grüßen«, schrieb ich. Doch darauf antwortete sie nicht.

Dann hatte sie einen verheirateten Unternehmer aus der Brianza kennen gelernt, der sie mit Geschenken überhäufte und ihr ewige Liebe schwor, wie aus dem Handbuch »Fremdgehen leicht gemacht«.

»Er und seine Frau haben eine Krise. Er bleibt nur wegen der Kinder bei ihr. Er hat gesagt, ich müsse Geduld haben. Unsere Liebe ist reine Magie«, sagte sie.

Signora Anna wusste, dass Margherita nicht viele weitere Gelegenheiten bekommen würde, auch nicht in der Liebe. Sie kannte ihre Schwächen, und wir wussten beide, dass sie in der Filmwelt keine große Zukunft hatte. Ich aber hoffte, sie würde jemanden in ihrem Alter kennenlernen, jung, fröhlich, frei. Einen wie Mario zum Beispiel, der vielleicht, wenn er erst einmal Journalist war, ihre Aufmerksamkeit auf sich lenken könnte. Die Schulzeitung, die er machte, war jedenfalls klasse.

Aus Sorge hatte ihre Mutter begonnen, sie schlecht zu beraten. Sie bestand darauf, den Unternehmer kennenzulernen und lud ihn zum Essen ein, um ihn mit ihren Kochkünsten zu becircen. Da sie aber nicht besonders gut kochen konnte, hatte sie sich Unterstützung bei dem Feinkostladen *Antichi sapori Pietroni* geholt, dessen Adresse sie in den Gelben Seiten fand. Sie kaufte Ricotta, Podolica-Käse, Taralli und sogar einen Magenbitter.

»Margherì, er ist der Richtige. Dieses Leuchten in seinen Augen – er wird seine Frau verlassen. Vielleicht zieht er zu uns in die Basilikata und investiert hier. Solche brillanten Köpfe brauchen wir. Er ist ein Ehrenmann, das würde ich nicht sagen, wenn es nicht so wäre. Glaubst du, ich merke nicht, wenn ein Mann lügt? Der Mann ist völlig verrückt nach dir. Seine Frau? Die Kinder? Zählen alle nicht. Es gibt ständig Paare, die zusammenkommen oder sich trennen.«

Anna, die schon lange keinen Mann mehr gehabt hatte, neigte dazu, sich in die Liebschaften ihrer Tochter zu verlieben. Auf sie projizierte sie ihre Sehnsüchte und Erwartungen. Denn obwohl man ihr viele Affären nachsagte, hatte sie nie eine gehabt.

Ich hatte ihr geraten, Margherita nicht zu viel Hoffnung zu machen. Doch sie hatte mir nur vorgeworfen, alles schlechtzureden und gegen das Glück ihrer Tochter anzurudern.

»Caterina, hast du denn einen Verlobten, dass du hier so päpstlich daherredest?« Damit brachte sie mich endgültig zum Schweigen. Denn ich ging mit Pietro, war mir aber immer noch nicht im Klaren darüber, ob er und ich dieselbe Sprache sprachen.

Der Unternehmer aus der Brianza entschied sich natürlich nicht für Margherita. Nach ein paar Monaten wurde er wankelmütig. Er hielt sie mit immer seltener werdenden SMS bei der Stange, bis er eines Tages ganz verschwand.

»Ruf seine Frau an«, sagte Anna zu Margherita.

»Mà, warum soll ich sie anrufen. Sie weiß doch eh alles. Das ist so peinlich. Ich war so dumm. Wir waren beide dumm, du auch, Mà.«

»Aber nein, er war ein Ehrenmann. Denk doch nur an seine Briefe, seine Worte. Außerdem wollte er mich kennenlernen ...«

»Mà, wir sind hier nicht zu Hause in unserem Dorf. Schluss aus, ich hätte auf Caterina hören sollen, nicht auf dich. Hier im Norden ist es ganz normal, Mutter, Vater oder Freunde kennenzulernen. Das ist kein Heiratsversprechen. Schluss jetzt, Mà.«

»Margherì ...«

»Mà, du mit deinem Spleen, etwas aus mir machen zu wollen, das ich nicht bin! Aus! Schluss damit! Ich habe kein Talent. Ich werde nie etwas Großes zustande bringen. Weißt du überhaupt, was ich will? Hä? Hast du mich das jemals gefragt? Ich will Kosmetikerin werden. So wie du Modedesignerin werden wolltest.«

»Modedesignerin?«

»Vielleicht weißt du es ja selbst nicht ... was du im Kopf hast. Mà, lass uns nach Hause zurückkehren. Ich habe Geld zurückgelegt. Du machst die Wäscherei zu. Wir eröffnen irgendwas eigenes. Oder du ruhst dich endlich einmal aus. Bleibst zu Hause. Unternimmst eine Reise. Ich sorge für dich.«

Margherita hatte innerhalb von sechs Monaten neun Kilo zugenommen. Niemand rief an und bot ihr einen Job an. Was für ein Albtraum musste dieses Weihnachtsfest auch für sie sein.

Taralli pugliesi –
Süße Taralli aus Apulien

ZUTATEN
2 kg Hartweizenmehl
200 g Zucker oder 300 g Honig
40 g Hefe
10 Eier
Wasser, Salz und Olivenöl

ZUBEREITUNG
Mehl, Wasser, Hefe und Salz zu einem normalen Brotteig verkneten. Mindestens eine Stunde ruhen lassen, bis er gut aufgegangen ist, dann Eier, Zucker oder Mehl und so viel Öl hinzugeben, dass eine weiche Masse entsteht.

Den Teig gut durchkneten und auf der bemehlten Arbeitsfläche zu dünnen länglichen Zylindern in der Dicke eines Bleistifts rollen. Die Würste zu einem Kreis von etwa fünf Zentimetern Durchmesser zusammenlegen und die Enden aufeinanderdrücken.

Die Taralli auf ein mit Backpapier ausgelegtes Backblech setzen und an einem lauwarmen Ort drei Stunden gehen lassen. Nun gibt es zwei Backarten: entweder zwanzig Minuten im Ofen bei 180 Grad auf einem mit Öl gefetteten Blech. Oder die Taralli vorher in siedendes Wasser geben, sobald sie an die Oberfläche steigen abschöpfen und auf einem Küchentuch abtropfen lassen. Dann auf einem gefetteten Backblech 15 Minuten im Ofen bei 180 Grad goldgelb backen.

12. TERESA

Der Betrug

Die Wahrheit ist – auch wenn es nicht nur eine Wahrheit gibt und ich sie nicht dafür halte –, dass Mimmo mich tatsächlich betrogen hat. Nur ein einziges Mal. Und so darunter litt, dass ich das Bedürfnis verspürte, ihn zu trösten, so sehr lasteten die Schuldgefühle auf ihm.

Ich glaube ja, dass Männer einfach gewisse Instinkte haben und es ihnen nicht guttut, diese nicht auszuleben. Die körperliche Monogamie halte ich für eine Art Kastration. Denn eine Frau, die zum Beispiel schwanger ist oder gerade ein Kind geboren hat, kann nicht immer alle physischen Bedürfnisse ihres Mannes befriedigen. Es mag sein, dass für viele Leute unbedingte Treue gleichbedeutend mit Liebe ist, doch für mich ist Liebe etwas Größeres, Umfassenderes. Liebe heißt auch verzeihen, verstehen, beruhigen. Wenn eine Frau nicht will, dass ihr Mann seiner Mutter nachweint, muss sie selbst ein bisschen zur Mutter werden und ihm blinde Nachsicht, bedingungslose Liebe und natürliche Vergebung schenken. Und wenn ein Mann ein Mann ist, wenn er es ihr an nichts fehlen und sie spüren lässt, dass sie sein Grund zu leben ist, kann das, was er mit seinem Fortpflanzungsorgan macht, doch nicht wichtiger sein als das, was sein lebensentscheidendes Organ sagt, sein Herz.

Für uns Frauen ist das anders. Wir haben andere körperliche Bedürfnisse und befriedigen unsere Liebe auch in der Fürsorge, im Austragen und Stillen und auf tausend andere Arten mit tausend anderen Menschen. Wir sind Freundinnen in einer umfassenden Art. Wir sind verantwortungsvolle und unterwürfige Mütter und Töchter. Wir sind Ehefrauen. Wir lieben unser Zuhause. Wir kümmern uns um viel zu viele Sachen gleichzeitig, um einer einzigen treu zu sein. Außerdem hatte ich unter dem namenlosen Übel gelitten, unter dieser Traurigkeit, für die ich keine Erklärung hatte, und tat es zu der fraglichen Zeit vielleicht noch immer. Wenn sie Besitz von dir ergreift, verblasst für den Moment alles andere. Und da ich keine Medizin dagegen kannte, kein Zauber mir half, wie sollte sich ein Mann wie Don Mimì da fühlen, der nicht wusste, wie er mir helfen konnte? Er als Hausherr und für mich verantwortlich?

Außerdem schämte ich mich, es zuzugeben. Eine Mutter sollte immer dankbar und glücklich sein. Perfekt dem Ideal entsprechen, im Einklang mit der Welt. Sie sollte die Seifenblase sein, die niemals platzt. Der Schrei, der nicht auf das Trommelfell trifft. Der Schmerz, der nicht weint. Das Lachen, das niemanden stört. Niemals exzessiv. Niemals ordinär. Leidenschaft, die nicht blind macht. Kurz gesagt die Linse, durch die man auf die Welt blickt und die Kurzsichtigkeit der anderen ausgleicht. Wem sollte ich also erzählen, dass dieses Übel, das mich nach der Geburt heimgesucht hatte und weder auf Magie noch auf dem bösen Blick beruhte, den man hätte abwehren können (was ich durchaus versucht habe), dass diese Traurigkeit jederzeit zurückkehren konnte?

Vielleicht war ich schon während der Schwangerschaft daran erkrankt. Als Mimì mich zu einem neapolitanischen Arzt brachte, der ein moderner Mann war und offenbar auch im Ausland studiert hatte, fragte ich ihn vorsichtig, was dieses Gefühl sein könnte, das so sehr der Traurigkeit ähnelte.

Und er gab zurück: »Warum sind Sie traurig? Eine Mutter, die ein Kind erwartet, sollte jeden Moment vor Freude sprühen.« Und er musterte mich mit inquisitorischem Blick.

Davon wurde ich so nervös, dass ich schnell einlenkte: »Nein, nein, ich meinte nur, dass ich schlecht schlafe.«

Ich log, ich schämte mich, ich fürchtete, er könnte Mimì davon erzählen, der mich dann für unwürdig und unfähig halten würde, seine Kinder zu bekommen oder gar seine Frau zu sein. Und davor hatte ich Angst, mehr als vor einem Betrug.

Ansonsten verlief die Schwangerschaft ruhig, auch wenn Mimì aus Furcht, dem Kind zu schaden, mich ganze neun Monate nicht anrührte. Er machte sich wirklich Sorgen. Er sagte, er sei zu groß und zu schwer. Dass er sich nicht wohlfühlen würde bei der Vorstellung, dass das kleine Wesen dort drinnen mitbekam, was Mamma und Papà machten. Und ich widersprach nicht.

Natürlich fehlte mir seine körperliche Nähe sehr, doch das Kind in mir schien alle Liebe aufzusaugen und mir doppelt und dreifach zurückzugeben. Außerdem fiel ich allzu oft in mein schwarzes Loch, um daran zu denken, mit Mimì Freude zu empfinden.

Nach Domenicas Geburt ging es mir zwei Monate gut, ich war erfüllt von Liebe und Schmerz, doch nach weiteren zwei Wochen kehrte der innere Druck zurück.

Und genau in diesen Tagen sah ich, wie Mimì aus Tatarellas Haus kam. Jeder im Dorf wusste, was Tatarella mit traurigen Männern tat. Sein Gesicht war verhärmt, allzu viel Freude schien er zwischen den Schenkeln der Unglücksräbin nicht gefunden zu haben, auf mich wirkte er vielmehr so, als wolle er gleich vor Wut und Schmerz explodieren. Ich sah, wie er sich verstohlen umschaute und dann um die Ecke verschwand. Ich näherte mich der Haustür, ohne zu wissen warum. Und als sie aufging und ich in Tatarellas erschrockenes Gesicht sah und sie mit gesenktem Blick sagte: »Entschuldigt, Donna Teresa, ich muss vorbei«, hatte ich keinen Zweifel mehr.

Mir genügte es damals, dass Mimì mich nicht mit einer Frau betrogen hatte, die ihn mir wegnehmen wollte. Und dass er ohne mich nicht glücklich war. Als er nach Hause kam, empfing ich ihn daher mit einem Lächeln, wie um zu sagen: »Ich verzeihe dir.«

Er lehnte sich an meine Schulter und brach in Tränen aus, wie ich es nie zuvor gesehen hatte und auch nie wieder sehen sollte. Er zeigte mir seine Verletzlichkeit, und das war seine Buße. Seiner Frau zu zeigen, dass er nicht perfekt war. Ich streichelte seinen Kopf, sein Haar mit der einen oder anderen grauen Strähne, küsste ihn.

Er sagte zu mir: »Wie kann ich dir helfen?«

Und ich: »Mir geht es gut, Mimì. Ich glaube nicht, dass man davon nicht geheilt werden kann. Ich glaube, dass alle Frauen das irgendwie haben, wir wissen es nur nicht.«

»Soll ich dich zu einem Spezialisten bringen, nach Neapel? Oder in den Norden? Wenn wir niemandem davon erzählen, hält dich auch niemand für verrückt.«

»Ach … was sollen mir andere Männer schon groß sagen? Was verstehen die denn davon?!«

Das drohte mir also: dass man mich für verrückt hielt. Nein, nein und nochmals nein. Niemals würde ich zusehen, wie man mir eine Geistesstörung andichtete. Wenn sie dann noch von den Vorahnungen erfuhren, würden sie mich sofort als Hexe auf den Scheiterhaufen werfen. Niemals hätten sie die zwei Sachen auseinanderhalten können. Also bemühte ich mich, normal zu erscheinen. Wir aßen Gemüsesuppe vom selben Teller, dazu Taralli.

»Deine Taralli sind köstlich, Terè.«

Ich aß, obwohl ich keinen Hunger hatte, keinen Schlaf und keinen Frieden fand. Und ich tat es gern, denn ich liebte Mimì, mein Haus, die Ruhe der Familie, die niemand stören konnte, weder schwarze Löcher noch zehn oder tausend Tatarellas.

Domenica lag mit ihrem rosenbestickten Baumwollmützchen brabbelnd in der Wiege und sah uns zu. Wir waren eine glückliche Familie. Das war es, was ich mir immer wieder sagte, um das Duell gegen die Traurigkeit zu gewinnen.

13. CATERINA

Die Liebe ist eine süße Lüge

Nach Dreikönig, und damit früher als geplant, schaffte ich es, nach Rom zurückzukehren mit der Ausrede, dass ich am Tag danach eine Englischprüfung ablegen musste und noch lernen wollte. Da meine mangelnden Sprachkenntnisse kein Geheimnis waren, hatte niemand etwas einzuwenden.

»Tja, wenn sie sich schon für ein Studium entschieden hat, soll sie es wenigstens gut machen, *che la fasse bon*«, sagte mein Vater, ohne Widerspruch zu ernten. Denn einen Dummkopf im Haus wollte niemand.

Zu Weihnachten hatte ich traditionsgemäß Briefumschläge mit Geld bekommen. Als Pietro mich fragte, was es mit den Umschlägen auf sich hatte, musste ich ihm einen kleinen Vortrag über die Nützlichkeit von Geldgeschenken halten, die einem bei Geburtstagen, Hochzeiten oder Taufen das Leben retten konnten. Manch einer finanzierte sich so die gesamte Feier.

»Dann legt der Gast also immer drauf?«, fragte Pietro.

»Nein, denn er bekommt dieselbe Summe, und oft noch mehr, bei der nächsten Feier von dem Beschenkten oder einem nahen Angehörigen zurück«, erklärte ich.

Er selbst hatte ein Portemonnaie geschenkt bekommen, eine Dauerkarte fürs Fußballstadion bei den Spielen des AS Rom und neue Skischuhe. Alles Sachen, die man bei uns zu Hause noch nie gesehen hatte.

Wir hatten Silvester nicht zusammen gefeiert. Wir hatten darüber gestritten und zwei Tage lang nicht miteinander gesprochen, doch als er mich am Bahnhof Tiburtina abholen kam und ich ihn dort in seiner Daunenjacke stehen sah, dachte ich sofort: »Zum Teufel mit der Entfernung, den vielen Kilometern, mit Weihnachten und Silvester. Nie mehr ohne Pietro!« Und ja, ich zitterte vor Glück.

»Schwöre mir, dass dies das letzte Weihnachtsfest war, das wir nicht zusammen verbracht haben«, sagte er, als ich aus dem Reisebus stieg.

»Ich schwöre«, antwortete ich und warf mich in seine Arme.

Als er mich umarmte, umschlang er meinen ganzen Körper, so dass ich fast nicht mehr zu sehen war.

»Ich habe dir Taralli von Nonna Teresa mitgebracht«, sagte ich. Und anders als sonst reagierte er nicht gereizt, sondern erwiderte: »Die muss ich probieren, ich habe Hunger.«

Von dem Tag an waren wir unzertrennlich. Wir saßen zum Lernen Händchen haltend in der Bibliothek, wie Teenager. Ohne mir ganz sicher zu sein, ob Teenager das taten, denn ich selbst hatte in dem Alter keinen richtigen Freund gehabt. Doch so stellte ich es mir vor, wenn die Welt verschwand und es nur noch einen selbst und ihn gab. Nur noch die Liebe.

Abends schauten wir uns bei mir einen Film an, wozu ich den Tisch in meinem Schlafzimmer deckte, weil ich meinen Mitbewohnerinnen nicht auf die Nerven gehen wollte. Pietro hasste es, wenn ich beim Fernsehen Lärm machte. Aber ich hasste es, schmutziges Geschirr herumstehen zu sehen. Am Wochenende pilgerte er ins Stadion und kam danach zu mir. Wir gingen zusammen ein Eis essen oder ins Kino. Meistens wollte er den Film aussuchen, doch mir machte das nichts aus. Es gab Schlimmeres! Wenn ich zum Beispiel mit der Nonna Grecia Colmenares gucken musste. Oder mit Mamma die Fernsehmesse. Oder Marys Endlostelefonate und ihre hysterischen Eifersuchtsanfälle mit anhören musste.

Ich hielt mich für autorisiert, mich offiziell als seine Verlobte zu fühlen. Doch so verliebt Pietro auch war, konnte er offen gesagt viele meiner Ideen, Seins- und Verhaltensweisen nicht richtig nachvollziehen.

Zum Beispiel als ich mich bei seinen Freunden mit den Worten vorstellte: »Sehr erfreut, ich heiße Caterina und bin Pietros Verlobte.« Worauf er mir sofort ins Ohr flüsterte: »Musst du unbedingt Verlobte sagen? Verlobte sind welche, die bald heiraten wollen.«

Oder wenn ich ihn im Zimmer warten ließ und am Telefon mit meinen Großeltern eine halbe Stunde lang über sterbenslangweilige Dinge quatschte, wie er fand. Wenn er mit mir in den Supermarkt musste, obwohl seiner Meinung nach junge Leute, die nicht mehr am elterlichen Esstisch saßen, sich einfach zwischendurch etwas »reinschoben«, statt stundenlang am Herd zu stehen. Wenn er mit mir über das Tagesgeschehen sprechen oder einen Film im Original sehen wollte und ich vor Schreck versteinerte, als stände ich wieder auf den blöden Skiern. Wenn ich meine Listen schrieb, wie diese hier, die mit »wie« beginnt.

»Was gefällt dir eigentlich an mir?«, fragte ich ihn

hin und wieder und machte mir dabei manchmal sogar heimlich Notizen.

»Mir gefällt, dass du so altmodisch bist.«

»Wie, altmodisch?«

»Na ja, ich mag, dass es dich null interessiert, mit der Mode zu gehen, mit der Zeit, mit dem, was man so denkt und tut. Ich mag, dass du mit der Begeisterung eines Kindes über Dinge reden kannst. Ich mag den Singsang, mit dem du in Erinnerungen schwelgst. Du bist so beruhigend, ehrlich, rein … Und was gefällt dir an mir?«

An Pietro gefiel mir, dass er mir Sachen beibringen konnte, von denen ich bisher nichts gewusst hatte. Er zeigte mir die Welt, zwang mich, in sie einzutauchen, meine Gewissheiten und Traditionen infrage zu stellen. Und auch wenn es mich häufig überforderte, mich anzupassen und zu verändern, und ich davon ganz nervös wurde, sah ich darin doch meine große Chance, die Dinge zu verstehen.

Ich wusste, dass die Welt nicht auf Policoro und meine Heimat beschränkt war, auf die Dinge, die ich kannte und die mir Sicherheit gaben, doch ich war mir unsicher, ob der Rest der Welt zu mir passte und mich zu einem besseren Menschen gemacht hätte.

Denn wenn du weißt, wo du Schutz, Schönheit, gutes Essen, Liebe und Vorurteilsfreiheit hast, warum sollst du dann in der Fremde die Auseinandersetzung suchen? Ist das Leben nicht ohnehin komplex genug? Das fragte ich auch Totonno, die wenigen Male, die wir uns sahen.

An Pietros Geburtstag fuhren ich und Totonno zu Pietro nach Hause, wo ich zum ersten Mal seine Eltern treffen sollte. Wir hatten nichts mit ihnen abgesprochen, doch da es sein Geburtstag war, würden wir uns automatisch über den Weg laufen. Wir waren in jeder Hinsicht ein Paar. Wir waren immer zusammen, wir telefonierten dreimal am Tag, wir lernten zusammen, aßen zusammen. Kurz, wir lebten in einer Symbiose.

»Hat er dir auch schon einen Ring geschenkt?«, zog mich Totonno auf, als ich ihm von unserer Beziehung erzählte, denn er wusste, dass er damit einen wunden Punkt bei mir traf.

»Noch nicht«, sagte ich. »Vielleicht macht man das hier nicht so.«

»Sich verloben, meinst du, Caterì? Jetzt spiel mal nicht die Mary, die auf ihr Ringlein wartet. Das musst du hinter dir lassen, vergiss den schönen Schein. Denn sonst bist du außerhalb deiner Familie nicht anders als die, vor denen du geflohen bist.«

»Ich bin nicht geflohen«, erwiderte ich nachdenklich.

Doch aus der Ferne siehst du viele Dinge klarer. Auch Traditionen.

Wir brauchten über eine Stunde von der Piazza Bologna bis ins EUR-Viertel, und das Fest hatte schon begonnen. Pietro empfing uns freundlich, aber etwas zu flüchtig, obwohl ich ihm doch Totonno vorstellen wollte, das erste Familienmitglied, das er kennenlernte.

Seine Eltern gingen vorbei. Sie sahen wunderschön und elegant aus. Seine Mutter hatte eine Art indischen Sari an, in Weiß. Und sein Vater trug selbst in der Wohnung einen Schlips. Sie bemerkten meinen Blick und gaben mir mit den Worten die Hand: »Ah, du bist also die berühmte Caterina. Seit du für ihn kochst, hat Pietro ja sogar ein paar Kilo zugenommen. Endlich!«

Ich lächelte, und damit endete unser erstes Gespräch.

»Toll, seine Eltern!«, zog Totonno mich auf. Denn er wusste, dass ich enttäuscht war, weil ich mir irgendetwas Offizielleres vorgestellt hatte. Natürlich nicht wie bei Mary und Nicola, aber eine Umarmung, ein Küsschen rechts und links, was weiß ich? Ein bisschen mehr Herzlichkeit.

Fast den ganzen Abend saßen wir auf dem Sofa, während nebenan Marta, Pietros Ex-Schulkameradin (und meiner Meinung nach auch sonst seine Ex), die Alleinunterhalterin spielte. Ich habe ihn nie danach gefragt, weil ich nicht so übergriffig wie Mary sein wollte. Marta sang und tanzte locker zu jedem Rhythmus, zu jedem Lied. Und sie bot mir etwas zu trinken an, dabei wäre das doch meine Aufgabe gewesen, als so eine Art zukünftige Hausherrin.

Als die anderen über Reisen sprachen, machte ich mich ganz klein und verfluchte den Großvater und uns Kinder, dass wir Papà an Weihnachten immer ausgelacht hatten. Fast alle hier hatten Eltern, die Anwälte oder Ärzte waren und in Urlaub fuhren, wann es ihnen passte. Und wir, die wir uns die vorgeschriebenen Ferien mit dem Großteil Italiens teilten (nämlich in den Sommermonaten und an Weihnachten), hatten verhindert, dass Papà mit uns verreiste. Nirgendwohin, nicht einmal auf den nächstgelegenen Gebirgszug des Pollino, als der Ärmste uns begeistert von einem gerade erst eröffneten, brandneuen Chalet erzählt hatte.

Ich hätte mich in die Unterhaltung einmischen, irgendetwas berichten können, doch ich schwieg. Und das geschah mir recht, ich verdiente es nicht anders, da mir die Neugier gefehlt hatte, die Welt zu entdecken. Doch Pietro überraschte mich. Seit dem Skiwochenende wusste er besser, wie ich zu nehmen war, wie er mir helfen konnte, wenn ich mich schämte. Er bekam mich immer zu fassen, wenn ich abzurutschen drohte, wenn ich irgendetwas nicht wusste und vor Scham über meine Grenzen versteinerte. Dann war er da, beruhigend. Er relativierte mein Unwissen, überspielte es, verzieh es.

So kam er zu mir und sagte: »Ich weiß, total langweilig meine Freunde, dieses Aufzählen, was sie alles haben und können. Aber keine Sorge. Deine Listen finde ich viel spannender. Die Sachen, die du in deinem Innern bewahrst. Das nennt man nämlich Qualitäten.«

»Wie romantisch! Du klingst ja wie ein reicher Kommunist«, kommentierte Totonno. Und an mich gewandt: »Das würde deinem Großvater gefallen.« Und dann lachten wir alle drei.

Pietro mochte Totonno. Immerhin einen.

Fichi fritti – Frittierte Feigen

Zutaten
Feigen
Weizenmehl Typ 00
Wasser
Olivenöl

Zubereitung
Wasser und Mehl zu einem dünnflüssigen Teig verrühren. Nacheinander die Feigen darin eintauchen und in siedendem Öl frittieren. Wenn die Teighülle goldgelb ist und Blasen wirft, herausnehmen und auf einem Krepptuch das überschüssige Fett abtropfen lassen.

14. TERESA

Ahnungsvolle Träume

Eines Tages hatte ich einen Traum. Ich wurde von den bebenden Klängen eines Akkordeons geweckt. Der Mazurka folgend, sprang ich aus dem Bett. Seit Jahren war ich nicht mehr so beweglich gewesen, beweglich wie früher, als ich am Meer entlanggelaufen war, nicht mit der Anmut eines Sportlers, aber doch mit ausholenden, freien Schritten, selbst nach der Hochzeit noch.

Ich trug ein Nachthemd, das mir sehr weit vorkam. Mir war kalt, und ich ahnte, dass es windig war. Ich wollte nicht, dass es im Luftzug bis zu den Haaren hochgebläht wurde. Ich fasste an meine Haare und merkte, dass sie nur geflochten waren. Hatte ich tatsächlich am Abend zuvor vergessen, das Haarnetz aufzuziehen?

Meine Hände baumelten irgendwo in den groben Leinenärmeln. Der Stoff war rau, das Hemd konnte nicht von mir sein. Warum waren nur plötzlich die Ärmel so lang?

Ich trat aus der Tür, um zu schauen, woher das Ständchen kam, und entdeckte den Musiker, der ein Bein auf die Holzbank gestützt hatte, auf der die Bauern sonst ihr Korn abstellten. Den Takt schlug er zu einer Art magnetischem Wecker. Wir waren alle auf der Straße, liefen barfuß über die schimmernden Kiesel.

Meine Mutter stand in der Küche und kochte *'u pscuott'*, das erste Gericht, das ich von ihr gelernt hatte: Spaghetti aus einem süßen Teig mit Feigensirup. Als ich hinter ihr vorbeiging, drehte sie leicht den Kopf, nicht überrascht von meiner Anwesenheit. Ohne einen Ton von mir zu geben, fragte ich, ob sie wüsste, warum alle auf der Straße waren, aus welchem Grund sie so glücklich waren. Doch sie wiegte sich nur im Rhythmus der Musik und sah keine Notwendigkeit, mir zu antworten. Ich dachte, dass ich sie noch nie hatte tanzen sehen oder mich vielleicht nur nicht daran erinnern konnte. Ihre zerzausten Haare sahen aus wie Strohhalme, die man zu einem Ballen gerauft hatte, der jeden Moment auseinanderfallen konnte. Als ich sie so tanzen sah, musste ich an einen Aufstand der Ähren denken.

Mein Vater saß neben ihr. In stummer Kontemplation streichelte er einen Klumpen Ton. ›Wahrscheinlich stellt er sich gerade vor, was er aus dem Material in seinen Händen formen könnte, um endlich Anerkennung zu finden‹, dachte ich. ›Wer ihm den Ton wohl mitgebracht hat?‹

Ich rieb mir mit den herabhängenden Ärmeln des Nachthemdes die Augen.

›Alle sind größer als ich. Niemals werde ich auch nur an die Schultern von jemandem heranreichen. Warum nur? Und warum bin ich überhaupt hier?‹, fragte ich mich.

Ich war wieder ein Kind.

Ich sah mich um und atmete den Duft des Tuffsteins ein. Ich trat an die Wände, berührte sie. Strich an den Mauern entlang. Ich fühlte, wie ich schwebte. Die Stimmen waren nun nicht mehr in meinem Kopf, sondern neben mir. Endlich sprachen sie ganz real. Sie waren keine Einbildung mehr.

»Wir wären so weit …«

»Teresì, *tras'*, komm rein, das Essen ist fertig. Wasch dir die Hände.«

15. CATERINA

Nonna, mach mich zu Wind

Eines Tages, jäh und unerwartet, verstarb meine Großmutter nach einem schweren Schlaganfall.

Im Krankenhaus versuchte man gar nicht erst, sie zu reanimieren. Keine Chance, sie noch einmal ins Leben zurückzuholen und sich zu verabschieden oder Dinge zu sagen wie: »Hab keine Angst, Nonna. Wir sind bei dir.« Oder auch nur in ihren offenen oder aufgerissenen Augen ihren Blick zu suchen und sie ein letztes Mal zu beruhigen. Nein. Nach einem Tag Kopfschmerzen nahm der Höchste ihre Seele zu sich.

Und ich war nicht bei ihr. Nie werde ich mich an ihre letzten Worte erinnern können, denn ich war nicht bei ihr.

Ich habe nicht ihre Hand gehalten, meiner Mutter geholfen, sie anzuziehen und schön zu machen. Ich wusste, was sie tragen wollte. Ihr Lieblingskleid, das blaue mit den kleinen weißen Blättchen, die von Weitem wie Schneeflocken aussahen. Sie hatte immer darauf beharrt, dass es fallende Blätter waren, denn Schnee hatte sie nie im Leben gesehen. Sie hatte das Kleid nur selten getragen, weil es aus Seide war und eine Heidenarbeit, es zu bügeln.

Ich hatte sie enttäuscht. Sie im Stich gelassen. Ich wusste nicht, was sie am Vorabend gekocht hatte.

Ich griff nach unserem Rezeptbuch, warf irgendwelche Kleider in den Koffer und ließ mich im Auto nach Hause fahren. Mein Bruder war nach Rom gekommen, war die ganze Nacht durchgefahren. Als ich ihn an der Gegensprechanlage hörte, wusste ich, dass etwas Schlimmes passiert sein musste.

»Caterina, es tut mir so leid. Wir müssen sofort zurück«, sagte er nur. Als er dann meinen Schock sah und meinen fragenden Blick, fügte er hinzu: »Nonna …«

Da wusste ich Bescheid.

Ich konnte die Tränen nicht zurückhalten, die Wut darüber, nicht dabei gewesen zu sein, in ihrem wichtigsten Moment, unverzeihlich. Jetzt schon spürte ich, wie sehr sie mir fehlte, es kribbelte mir auf der Haut, so wie ihr Duft sich auf unsere Kleider gelegt hatte, in die Haare, auf den Hals, wenn sie uns geküsst hatte.

Ich informierte niemanden. Ich zog die Tür hinter mir zu, voll Hass auf die Welt, auf diese Wohnung, auf die Uni, vielleicht auch ein wenig auf Pietro.

Ich hatte ein glückliches Zuhause verlassen. Nun kam ich zurück an einen kalten, dunklen, stummen Ort.

Es war Ostern. Nonna war gestorben, bevor sie heimlich die großen Geschenkeier, die sie bekommen sollte, hatte plündern können, indem sie sie wie jedes Jahr unten auftrennte und sich ein paar Schokoladeneier stibitzte und mir die Überraschung ließ und mich so zu ihrer Komplizin bei diesem kleinen Diebstahl machte; anschließend verschloss sie die Folie sorgfältig wieder, so dass das Ganze am Ende fast noch schöner aussah als vorher.

Und obwohl sie uns aufgetragen hatte, auch ohne sie alle Feste weiterzufeiern, wünschten wir uns nach der

Beerdigung nicht einmal Frohe Ostern. Die Eier blieben unangetastet auf der Kommode stehen, niemand machte sie auf, niemand nahm sie mit.

Mein Großvater hatte sie gefunden, in ihrem schimmernden Seidennachthemd. Er hatte gespürt, dass sie nicht mehr neben ihm im Bett lag und wollte ihr einen Morgenmantel bringen. Es war kalt in dem riesigen Bauernhaus, vor allem seit die beiden hier alleine wohnten. Wie oft hatte er vorgeschlagen, eine Wohnung im Dorf zu suchen, doch sie hatte nichts davon wissen wollen.

»Hier gehe ich nicht weg. Hier will ich sterben. Und ich möchte im Garten begraben werden. Da hinten«, sagte sie dann und zeigte auf ein eingezäuntes Stück Erde, wo sie eine Marienfigur und eine Bank aufgestellt hatte, inmitten von Wildblumen, Lavendel und Rosen.

Sie hatte sich einen kleinen Altar gewünscht, an der Stelle, wo alles angefangen hatte, wo die Liebe zu Großvater geboren worden war, dort wollte sie begraben werden. Da jedoch in Italien niemand im eigenen Garten begraben werden darf, auch wenn es der letzte Wille des Verstorbenen ist, ließ Nonna sich versprechen, dass wir der Madonna wenigstens ein paar Dinge von ihr bringen würden.

»Kein Problem. Ich werde ihr dein Gebiss bringen«, scherzte der Großvater. »Dann muss ich mir dein unverständliches Gebrummel nicht mehr anhören, auch nicht als Tote.«

Sie lag mit dem Oberkörper auf dem Küchentisch. »Terè, schläfst du?«

Nonna antwortete nicht, ihre friedvolle Miene erinnerte an eine Schlafende. Das Erste, was Don Mimì tat, war, sich über sie zu beugen, um diesen Duft von Hals und Kopf in seinem Gedächtnis zu speichern, diesen letzten Hauch von Lavendel, den er sich für den Rest seines Leben bewahren wollte.

Die ersten Leute, die an diesem windigen Märzmittwoch auf den Anruf des Großvaters kamen, schwörten, sie hätten Akkordeonklänge vom Meer heraufziehen hören.

Seife, Kräuter und Akkordeonspiel würde es in Großvaters Haus nicht mehr geben, da waren wir uns alle sicher. Seit Monaten hatte Nonna ihn auf dieses gramvolle Ereignis vorbereitet, indem sie ihm von ihren Schmerzen und ihren verschiedenen Leiden erzählt hatte, doch er hatte nicht auf sie hören wollen. Vielleicht glaubte er ihr nicht, oder er verließ sich am Ende zu sehr auf ihre magischen Fähigkeiten. Der Großvater hat sich nie mit Nonnas Vorahnungen angefreundet. Er war ja schon zu rational und logisch, um an ein Jenseits zu glauben, von Hexenkünsten gar nicht erst zu reden.

»Was soll ich denn jetzt von ihr vergraben?«, war die einzige Frage, die er meiner Mutter stellte.

Und sie drückte ihm ein Stück Seife, ein Morgenjäckchen, einen Kochlöffel und ein ungerahmtes Hochzeitsfoto in die Hand.

»Hier, Papà, das sind ein paar von Mamas Sachen.«

Auf dem Hochzeitsfoto blickte Teresa ihn an und nicht in die Kamera wie alle anderen. Jetzt tat es ihm leid, diesem Bild auf der Anrichte all die Jahre keine Beachtung geschenkt zu haben.

»Nein, das vergrabe ich nicht.«

»Ich habe noch einen Abzug, den kannst du dir ans Bett stellen. Dann wird sie dich auf ewig so ansehen.«

Niemand von uns redete im Haus. Wenn es unbedingt sein musste, flüsterten wir.

Wir waren überwältigt vom Schmerz, doch irgendetwas ließ uns die Trauer über ihren Verlust, den wir jeden Tag deutlicher spürten, leichter ertragen: das Gefühl, dass die Großmutter uns im Weggehen gegen die Wehmut gewappnet hatte, indem wir uns ihr immer noch nahe fühlten. Doch der Großvater ließ uns diesen tröstlichen Gedanken nicht aussprechen; wir konnten ihm diese Wahrheit nicht sagen, gebeugt wie er war in seinem schwarzwollenen Anzug, der es ihm noch schwerer machte.

Die Menschen um mich herum, deren Gesichter und Worte ich nicht voneinander unterscheiden konnte, trugen alle Schwarz. Sie waberten hin und her zwischen uns und Nonnas Zimmer, wo zur Totenwache der Rosenkranz gebetet wurde.

Ich ließ meinen Großvater und meinen Vater nicht aus den Augen, aus Sorge, dass mit dem Tod der einflussreichsten Frau der Familie ihre uralten Ressentiments nun nicht länger in Schach gehalten würden.

Mir fiel auf, dass meine Familie, der es wahrlich nie an außergewöhnlichen Männern gefehlt hatte, seit Generationen von der mütterlichen Linie beherrscht wurde. Die Männer waren kein existentieller Bestandteil, sondern gruppierten sich um sie herum.

Die Frauen waren die Grundpfeiler der Familie, formten die Schicksale und gaben die Richtung vor, welche die einander ablösenden Generationen einschlugen. Keine Entscheidung meines Urgroßvaters, Großvaters, Vaters oder meiner Brüder hatte die Macht gehabt, über unser Leben zu bestimmen, nicht so, wie es die Beschlüsse der Frauen hatten. Die Entscheidungen der Männer meiner Familie mögen ihre eigenen Leben gezeichnet haben, in Arbeit, Politik und Schule. Doch die Geschichte meines Lebens beruht auf der Entschlossenheit, der Magie, der Liebe und der Beharrlichkeit, mit der sich Nonna um ihre Männer gekümmert hat.

Und nun würde die Unordnung, die der Verlust des Leitwolfs mit sich brachte, unsere Richtung ändern. Für immer. Es sei denn, jemand steuerte gegen.

Mach mich zu Wind, Nonna. Diese Worte entnahm ich einem Gedicht von Salvatore Quasimodo, das ich in der Kirche vorlas.

Lass mich, oh Herr, dass ich nicht höre,
versunkene Jahre schweigend mich entblößen,
dass alle Pein in freien Fluss sich wandelt:
der kürzere Bogen
des Lebens verbleibt mir.

Mach mich zu Wind, der selig weht,
zu Gerstensamen oder Aussatz,
der sich in vollem Werden zeigt.

Und sei es leicht, dich zu lieben
als Pflanze, die ihrem Licht entgegenwächst,
als Wunde, die das Fleisch zerfrisst.

Ich versuche ein Leben:
ein jeder wankt ermattend
auf der Suche.

Du verlässt mich wieder: allein bin ich
im Schatten, der zum Abend sich weitet,
Und keine Pforte öffnet sich dem süßen
Verströmen des Blutes.

Nach der Andacht ging ich nach Hause und verzehrte ein ganzes Glas von Nonnas Feigenmarmelade. Als fände ich in der Süße ihre Nähe. Ich hielt das Rezeptbüchlein fest, das ich nie aus der Hand gab, so wie ich auch meine Großmutter nie aus der Hand geben würde, denn in ihm schien sich ihre Asche zu konservieren, zusammen mit all ihrem Können und dem, was sie mir beigebracht hatte.

Von diesem Moment an sah ich die Seiten des alten Taschenkalenders mit anderen Augen. Diese Seiten, mit denen sie mir die Geschichte ihres Lebens geschenkt hatte. Endlich hatte ich begriffen, dass dies eine Botschaft an mich gewesen war.

Ravioli di ceci – Kichererbsen im Blätterteig

Zutaten
200 g Kichererbsen
400 g Blätterteig
2 Eier
Mosto Cotto (Rieslingkonzentrat)
Olivenöl
Salz
1 TL Natron
Puderzucker

Zubereitung

Die Kichererbsen mit dem Teelöffel Natron über Nacht in Wasser einweichen, dann abschütten und in Salzwasser weich kochen. Anschließend durch ein Sieb streichen und die Eier und den Rieslingmost untermischen.

Die Blätterteigplatten ausrollen und Kreise von der Größe einer Untertasse herausschneiden. Auf je eine Hälfte Kichererbsenmasse füllen, zusammenklappen und an den Rändern gut zusammendrücken. Mit etwas Wasser bestreichen und in siedendem Öl frittieren. Am Ende mit Puderzucker bestreuen.

16. TERESA

Mimì und die Politik

Mimì behauptete stets, er habe schon immer gewusst, dass er irgendwann in die Politik gehen würde – öffentliche Angelegenheiten, die Bürger, seine Erde und das Schicksal der Menschen lägen ihm einfach am Herzen. »Fast so wie mein Leben«, sagte er allen, die es hören wollten.

Ich erinnere mich noch gut an seine erste öffentliche Rede. Niemand hatte ihn gebeten zu kandidieren, ihn mit Vorschlägen oder Versprechungen gelockt, wie es heute üblich ist. Eines Sonntagmorgens vor der Dorfbar fing er einfach an zu sprechen. Am nächsten Tag hatte er außer dem Barmann fünf weitere Zuhörer. Dann zehn, dann immer mehr. Und alle nickten.

Auf diese Weise hörte auch mein Schwiegervater davon, denn sie sagten zu ihm: »Dein Sohn hält wirklich tolle Reden. Vielleicht kann er sich nicht nur um seine, sondern auch um unsere Ländereien kümmern.«

Und so geschah es. Ich erinnere mich noch an den Tag seiner ersten offiziellen Wahlveranstaltung. Ich sollte auf einem Weidenstuhl vor der Kirche Platz nehmen. Auf dem Hauptplatz war eine kleine Bühne aufgebaut. Ich hielt die eineinhalbjährige Domenica im Arm, der ich zu diesem Anlass ein Wollmützchen und ein braunes Wollmäntelchen angezogen hatte, immerhin hatten wir Oktober. An den Mantel hatte ich bunte Blumen mit kleinen grünen, herabhängenden Blättern genäht, sonst fand ich ihn zu trist, und mit diesen Blümchen vertrieb sie sich die Zeit.

Als Mimì das Wort ergriff, waren wir zu zehnt, dann füllte sich die Piazza allmählich. Ich machte mir große Sorgen, nicht dass er die Wahl verlieren könnte, sondern dass er die Niederlage nur schwer verkraften würde. Er glaubte so fest daran, Bürgermeister zu werden … Er hatte mir beigebracht, mit einem Rechenbrett umzugehen. Zuerst hatte ich mich geweigert, doch er hatte mich entschlossen auf den Stuhl gedrückt und gesagt: »Mir ist es egal, ob du lesen, schreiben oder rechnen kannst. Aber dir sollte es nicht egal sein. Denn wenn du das kannst, können die Leute dich nicht betrügen oder dich nur daran messen, was du nicht kannst, ohne all das Wunderbare zu sehen, das eine Analphabetin kann und tut.«

»Ich mag es nicht, wenn du Analphabetin sagst«, hatte ich erwidert.

»Dann bringe ich dir das Lesen bei, abends.«

»Abends bin ich müde, und ich muss Domenica ins Bett bringen.«

Nun wurde sein Gesicht so düster, dass ich erschrak. »Hör zu, Teresa, du kochst und organisierst das Leben von uns allen, aber eines Tages wird dich jemand bitten, ein Rezept aufzuschreiben oder einen Einkaufszettel, weil du krank bist. Und deine Tochter und deine zukünftigen Enkel werden sich für dich schämen, weil die Welt sich weiterdreht und du es nicht merkst. Du lebst nicht mehr in den Grotten!«

Damit überzeugte er mich. Ich lernte schnell schreiben, auch wenn mir manche Rechtschreibregel einfach nicht in den Kopf wollte, ebenso rechnen, malnehmen und teilen. Beim kleinen Einmaleins wurde es schwieriger, doch selbst Mimì erinnerte sich nicht mehr genau daran, so dass er es schnell aufgab, man dürfe auch nicht zu viel verlangen.

Diesen Unterrichtsstunden war es zu verdanken, dass ich mit der freien Hand, die nicht Domenica hielt, die Sätze notieren konnte, die den meisten Applaus bekamen. Ich zählte die Leute auf dem Platz und machte ihm mit den Fingern Zeichen: zehn. Doch mit dem Kinn bedeutete er mir, mich umzudrehen, und da sah ich zwölf, zwanzig, dreißig. Also hörte ich auf zu zählen, denn es kam eine Menschenmenge zusammen wie sonst nur zum Markttag gegen Ende des Monats.

Mimì eröffnete seine Wahlkampfrede mit den Worten, vor der Selbstständigkeit brauche niemand Angst zu haben. Policoro sei dabei zu wachsen, demografisch und wirtschaftlich. Doch leider fehle es an Anreizen für Investoren von außerhalb, an touristischen Angeboten und der nötigen Verkehrsanbindung. Zuerst zählte er die guten Sachen auf. Dann kam er zu dem, was nicht lief und was er in Ordnung bringen würde, wenn er das nötige Vertrauen und die Zustimmung erhalten würde, etwas zu verändern.

»Unsere Kinder bekommen die Schulen, die sie brauchen, unsere Frauen werden sich weniger isoliert fühlen, ebenso die jungen Eheleute. Gesellschaftspolitik ist von grundlegender Bedeutung, so wie unsere Ernte auf dem Feld.«

Alle applaudierten, ich auch, und Domenica brach wegen des Getöses in Tränen aus. Zwischen meinem Freudestrahlen und ihren Protesten sah ich die Tränen wie Perlen in Mimìs braunem Gesicht.

Dann ergriff er wieder das Wort: »Erinnert ihr euch noch an die Redensart, in Policoro gäbe es nur *i vird' e i sicc'?* Die Dinge haben sich geändert, und sie werden sich weiter ändern. Und alle werden uns nachahmen. Alle werden sehen, wie glücklich wir sind und wie schön es hier ist, denn wir haben das Meer.«

Dass Policoro »grün und mager« sei, hatte sogar ich schon sagen hören, als ich noch in Matera lebte. Ich war es gewesen, die ihm von dieser Redensart berichtet hatte. Gesagt hatte es damals ein Freund meines Vaters, als wir ihm von unseren Umzugsplänen erzählten. Er lebte mit fünf Kindern in einer Grotte, dazu seiner Frau, zwei Schwägerinnen und der Tante, insgesamt zu elft. Ohne sich jemals zu beklagen.

Viele Leute dort waren Bauern. Sie verließen die Sassi im Morgengrauen und legten zu Fuß viele Kilometer zurück, mit der Herde und den Maultieren. Abends kehrten sie todmüde heim, angekündigt von den Schellen der Tiere. Gesprochen wurde wenig, und die Aussicht, dieses belebte Krippenspiel aus über dreitausend Grotten zu verlassen, schien niemanden wirklich zu beglücken – obwohl es hieß, dass es hier gefährlich geworden sei und dass es denen, die weggingen, anderswo besser gehen würde. Weggehen bedeutete, das Netz aus Menschlichkeit, Solidarität und Freundschaften zu verlassen, das sie alle verband. Und das nur, um an einen Ort zu gehen, wo schon mal die Malaria geherrscht hatte.

Doch das Dorf wurde von den vielen Menschen »kolonialisiert«, die wie meine Eltern aus angrenzenden Gebieten dort hinzogen. Mein Vater (und viele andere mit ihm) beschrieb das kleine Dorf von diesem Moment an als eine Art Vereinigte Staaten, weil Einwohner verschiedener Herkunft es mit ihren Traditionen, ihrer Kultur, ihren Essgewohnheiten und sogar ihren unterschiedlichen Dialekten prägten. Jahrelang nannten sie es so. Sie sahen in diesem Ort eine Art Schmelztiegel der Glückssucher.

All diese Details über Policoro erreichten Matera niemals, man wusste nichts davon. Man hörte lediglich, dass der, der nach *P'llicore* geht, stirbt, sei es an der Malaria oder dem Sommerherbstfieber.

»Einen Friedhof gibt's da auch, in *P'llicore,* obwohl es so klein ist.«

Das ganze Gerede schreckte uns wenig. Und als die Zuckerfabrik aufmachte und fünfzig Männer in Festanstellung nahm und dreihundert als Saisonarbeiter, wurde Policoro für viele attraktiv.

Der erste Direktor der Zuckerfabrik war Paolo Farinetti, damals von allen »Comandante Paolo« genannt, ein Unternehmer aus der norditalienische Provinz Cuneo, der acht Monate blieb. Man erzählte sich, er fahre nur alle vier Wochen nach Hause und nehme dann all die Essenssachen mit in den Norden, die die Leute ihm hier aus Dankbarkeit brachten.

Farinetti war nicht der einzige Fremde, den es hierher zog. Zusammen mit uns aus Matera kolonialisierten auch Leute aus den näher gelegenen Orten Rotondella, Tursi und Montalbano unser Örtchen. Sogar ein paar Ausländer aus Oberitalien waren dabei. Ich weiß noch, wie ein paar Jahre nach meiner Hochzeit eine Frau aus Bologna kam, die slawische Wurzeln hatte und die schönsten Beine, die man je in der Basilikata gesehen hatte. Sie heiratete einen Kaufmann aus Kalabrien und war immer irgendwie von Geheimnissen umwoben, da sie nie besonders eng mit den Einheimischen wurde. Sie hütete lieber ihre drei Kinder und lebte in perfekter Symbiose mit ihrem Mann.

»Für wen hält die sich?«, brummten die Leute.

Ich erklärte mir ihr Verhalten anders: Sie war einfach nur schüchtern. Wenn ich sie auf dem Markt traf, grüßte sie mich immer freundlich mit ihrem merkwürdigen, melodiösen Akzent. Sie siezte jedermann, während wir sie mit »Ihr« anredeten.

Als jemand ihr vorschlug: »Wollen wir uns nicht duzen?«, antwortete sie: »Lieber nicht.« Und so war nie zu verstehen, von wem oder wie vielen Personen wir redeten.

Die Signora kaufte immer die Zutaten für eine Tortellini-Füllung, und für eine »echte« Brühe, wie man sie in Bologna machte, dessen kalte Tage ihr fehlten. Manchmal tauschten wir ein Rezept aus. Ich sagte ihr, wo es die besten Eier gab oder den frischesten Käse, und sie dankte es mir mit modernen Rezepten aus Norditalien.

Als ich Don Mimì ein Safranrisotto vorsetzte, musste er fast würgen. »Was ist da drin, Blütenstaub?«, fragte er mich.

Diese Frau war uns fremder als die Albaner, die eines Sommers an unseren Küsten landeten, fremder als die Deutschen und die piemontesischen Unternehmer, die es hier unten kaum mehr als ein paar Jahre aushielten.

Am 6. November 1960 wurde nach dem Mehrheitswahlrecht abgestimmt, und die Partei von Don Mimì, der für die Christdemokraten angetreten war, gewann. Ich wurde zu Teresa, der Frau des Bürgermeisters, und musste seitdem viel mehr kochen, weil alle Parteitreffen in unserem Haus stattfanden. Und ich wurde zu seiner großen Stütze. Ich half ihm, machte ihm Vorschläge. Und die Politik war der einzige Bereich, in dem ich nie von Vorahnungen oder Ängsten geplagt wurde.

Zur Feier des Wahlsiegs bat er mich um nur eine Sache: »Terè, kochst du mir Ravioli mit Kichererbsen?« Und das tat ich.

Am Abend nach dem Sieg erklärte er mir, was Glück sei, das Glück, das aus dem Ehrgeiz erwuchs und nicht aus der Liebe, die für mich bis dahin einzig bekannte Glücksquelle. Und als Erklärung sagte er, es wäre genauso, wie damals, als ich lesen und schreiben gelernt hatte.

»Vorher weißt du nicht, dass dir etwas fehlt. Wenn du es entdeckst, hast du zwei Möglichkeiten: entweder mit leeren Händen dazustehen, oder es für dich zu erobern. Und wenn du es bekommst, blickst du auf die andere Möglichkeit zurück und denkst, dass du gewonnen hast.«

Und diese Eroberung ist im Großen und Ganzen das Glück.

17. CATERINA

Ein unerwartetes Geschenk

Ein paar Tage nach Nonnas Beisetzung machte ich einen Spaziergang am Strand von Torremozza. Ich kletterte auf den Sockel des verlassenen Leuchtturms und schürfte mir dabei die Hände auf.

Im Gehen wiederholte ich innerlich Großvaters Worte, die er am Tag seiner Wahl zu Nonna gesagt hatte: »Zuerst weißt du nicht, dass dir etwas fehlt, dann merkst du es und entscheidest, ob du es für dich erobern willst oder nicht.«

Ich seufzte. Dann konzentrierte ich mich auf die Aussicht, als wollte ich eine Liste erstellen mit der Überschrift: »Reihenfolge, in der ich Sachen sehe«.

Wenn ich etwas beobachte, beginne ich immer mit dem, das mir am nächsten ist. Also sah ich auf den funkelnden Sand, die schäumenden Wellen, die Linie des Horizonts. In dieser Reihenfolge. Dann, als ich den Blick zum Himmel hätte heben müssen, schaffte ich es nicht, denn das Licht war um diese Tageszeit noch zu grell. Und dort oben wäre ich vielleicht auch Nonnas forschendem Blick begegnet.

»Ich weiß, du wartest nur auf meine Antwort«, sagte ich halblaut zu ihr.

Wieder und wieder dachte ich über Nonnas Willen

nach, den sie in weiser Voraussicht in ihrem Testament festgehalten hatte.

Sie hatte ihre Habseligkeiten und ihr Vermögen gerecht unter ihrer Tochter und den Enkeln aufgeteilt, auch wenn es nicht viel war, das sie besaß. Dabei hatte sie auch ihren Schmuck nicht vergessen.

»Meiner Enkelin Caterina hinterlasse ich die Strandbude, die ich in Torremozza gekauft habe. Sie soll damit anfangen, was sie will, doch ich weiß, dass sie das Beste daraus machen wird.« Zweimal hatte der Notar es uns vorgelesen, weil wir ihn alle ungläubig angeschaut hatten. Nicht einmal der Großvater hatte mitbekommen, dass sie eine kleine Baracke in Strandnähe besaß.

»Von wem hat sie die?«, fragte er den Notar.

»Von einem Eurer Verwandten. Pasquale Latorraca.«

»Und was wollte sie damit?«, fragte mein Großvater, nachdem er seit Tagen kein Wort hervorgebracht hatte.

»Sie wollte dort im Sommer den Strandbesuchern Lukanische Pucce und Falaoni verkaufen, und Getränke. Immerhin ist es das Gebäude, das dem Meer am nächsten ist. Da kann man ein Vermögen machen … wenn man es richtig anfängt.«

»Und was soll Caterina damit, wenn sie studiert? Soll sie etwa Pizza backen?«, fragte mein Vater.

»Am besten backst du die Pizza selbst, du hast ja eh keine Arbeit mehr«, schaltete sich mein Großvater scharf ein.

Meine Mutter sprang auf und sah meinen Vater drohend an: »Wie, du hast keine Arbeit mehr?«

Mein Bruder, der sein einziger Mitwisser zu sein schien, entschuldigte sich bei dem Notar für den Familienzwist und zog Mamma mit den Worten aus dem

Zimmer: »Bitte entschuldigen Sie uns einen Moment.« Mein Vater folgte ihnen schweigend.

»Nonno, ist Papà wirklich arbeitslos?«

»Ist mir doch egal!«, erwiderte er, während vom Flur die erregten Worte meiner Mutter hereinhallten, die meinen Vater für seine Lügen und sein Schweigen schalt.

Ich wusste, dass die Firma, für die mein Vater arbeitete, in Nöten war. Von einem Weinunternehmen war er nach ein paar Jahren zur Energie- und Umweltagentur Enea gewechselt, um sich dann endlich für die Landwirtschaft zu entscheiden, seine große Liebe. So war er in der Buchhaltung einer Firma gelandet, die Obst exportierte, doch mittlerweile konnten unsere Produkte auf dem globalen Markt nicht mehr mithalten. Darüber hatte ich ihn manchmal klagen hören, mehr aber auch nicht.

»Es stimmt, auch die Erde stirbt, nicht nur die Menschen«, hatte er einmal zu mir gesagt.

Ich fand diese Haltung alarmierend, doch meine Mutter hatte alles heruntergespielt und gesagt, er habe wohl zu viel Limoncello getrunken. Und im nüchternen Zustand versicherte er uns immer wieder, dass die Lage sich wieder bessern, dass sein Arbeitsbereich garantiert nicht von Streichungen betroffen sein würde, ach was, das Unternehmen würde sich einfach ein bisschen einschränken müssen.

»Nonno, wie kann dir das egal sein? Seit wann ist er arbeitslos?«, fragte ich, den Tränen nahe.

Durch die Wand hörten wir, wie mein Vater meine Mutter zu beruhigen versuchte, indem er erklärte, dass er ihr in diesem schwierigen Moment zusätzliche Sorgen und Kummer hatte ersparen wollen. Meine Mutter wollte sich partout nicht milde stimmen lassen, wie sie es ihr ganzes Leben getan hatte.

Mein Vater kam wieder in das Büro des Notars zurück, lächelte mich mit leicht zusammengekniffenen Augen an und sagte: »Ganz ruhig, Caterina.« Dann ging er.

Ich kannte Papà. Er war gedemütigt, dass sein Geheimnis auf diese Weise herausgekommen war, und dann auch noch durch das gemeine Gerede eines alten, trauernden Mannes, auf den wir nicht losgehen konnten und mit dem auch nicht zu diskutieren war.

Vom Leuchtturm aus betrachtete ich die kleine Imbissbude, die halb aus rot gestrichenem Blech bestand, halb aus Beton. Sie sah aus wie ein angequetschter Pilz. Die Tür war verschlossen, doch man kam durch einen Spalt hinein, wie alles andere auch: Dreck, Blätter, Exkremente von Wildtieren, die hier scheinbar Unterschlupf fanden. Es sah also nicht wirklich einladend aus. Wie stellte ich mir das eigentlich vor? Was sollte ich tun?

Ich hatte mich in der Uni eingeschrieben. Meine Großmutter war seit einer Woche tot, und ich begriff nicht, ob sie vorausgesehen hatte, dass ich hierbleiben und mein Studium aufgeben würde, oder ob sie mich hier hatte festhalten wollen, damit ich nicht mehr wegging. Denn dass sie nicht nur eine Art Seherin, sondern auch ein echtes Schlitzohr war, hatten wir schon immer vermutet.

Diese Vermessenheit von ihr überstieg allerdings mein Vorstellungsvermögen, mischte die Karten völlig neu, stellte mein gesamtes Leben infrage, ohne dass sich einer mal erkundigt hätte, was ich denn eigentlich wollte und wie ich mir meine Zukunft vorstellte.

Margherita hätte geantwortet, dass ich das wohl alles hätte vermeiden können, wenn ich ehrlich zu ihnen gewesen wäre und ihnen von Pietro erzählt hätte. Totonno hätte mir geraten, die ganze Chose einem Pächter zu übergeben und schnellstmöglich aus dem goldenen Käfig zu fliehen und zu Pietro zurückzukehren. Daher rief ich die beiden nicht an, da ich auch ohne Nonnas Gabe wusste, was sie sagen würden.

Mehr als alles andere verletzte mich, dass sie mich nicht für voll hatte nehmen wollen, als ich mich entschieden hatte, nach Rom zu gehen.

»Geh nur, geh, du kommst eh wieder zurück«, hatte sie mir geweissagt.

Und nun stand ich wirklich hier, hatte Pietro seit Tagen nicht gesprochen und sogar mein Handy ausgestellt, um ihm nicht erklären zu müssen, was er nicht verstehen konnte, ihn in keinen Schmerz hineinzuziehen, der nicht der seine war. Für ihn waren seine Großeltern nicht sein Leben. Sie hatten ihn nicht mit Träumen, Ideen, Plänen infiziert. Hatten ihn nicht einbezogen, konditioniert. Für ihn waren seine politischen Kämpfe wichtiger, seine Freunde und seine Themen. Und ich, die ich selbst in einem bizarren Projekt meiner Großmutter gefangen war, wusste nicht, ob ich das gut oder schlecht fand: Hatte sie ernsthaft gehofft, ich würde aus der Blechbüchse einen florierenden Imbiss machen?

»Was habe ich mit all dem zu tun?«, fragte ich mich.

Vielleicht war das ihr Traum gewesen. Meiner war es jedenfalls nicht.

Pettole

Zutaten Teig:
400 g Mehl
1 Päckchen Hefe
1 TL Salz
Wasser, Zucker

Für die Füllung:
250 g Schafsricotta
250 g Zucker
1 Zitrone
gemahlener Zimt
150 ml Mosto cotto (Rieslingkonzentrat)

Zum Frittieren hochwertiges Olivenöl

ZUBEREITUNG
Das Mehl in eine Schüssel geben und eine Mulde hineindrücken. Die Hefe in lauwarmem Wasser auflösen und dazugeben. Alles verkneten und wenn nötig noch ein wenig Wasser hinzufügen. Den Teig etwa eine Stunde gehen lassen. In der Zwischenzeit mit einer Gabel den Ricotta zerdrücken und mit Zucker, Zimt und Zitronenschalen vermischen. Vom fertigen Teig löffelgroße Stücke abtrennen, eine Vertiefung hineindrücken und diese mit etwas Ricottamasse füllen. Den Teig darum verschließen und in dem siedenden Öl frittieren. Die fertigen Pettole durch den Most ziehen und heiß servieren.

18. TERESA

Großmutter sein

An manchen Tagen scheint der Himmel wie aus Milch gegossen. Wolkenverhangen schwebt er über dem Meer, als habe ein Aquarellmaler eine feine Trennlinie gezogen. Anders als sonst, wenn er als weite Fläche seinen kobaltblauen Teppich vor dem Betrachter ausrollt und hoch über seinem Kopf nach der Unendlichkeit greift.

Himmel und Meer waren mein Dach. Ich lebte gerne dort, in Torremozza. Alles war noch so urwüchsig! Abgesehen von dem verlassenen Verschlag, der früher wohl mal ein Fischerschuppen und jetzt nur noch ein Haufen verrosteten Wellblechs war, war der Strand leer und glich einem riesigen Freilichtzoo: Falken, Kormorane, rosafarbene Flamingos, herrenlose Katzen und der eine oder andere streunende Hund, der neben den Anglern am Ufer kauerte.

Für jemanden wie mich, die in Lehm und Mondlandschaften aufgewachsen war, stellte der Spaziergang zwischen dem goldenen Schilf, den Ufern des Flusses Agri und den bernsteinfarbenen Dünen eine Expedition in die große weite Welt dar. Als würde man die Städte Petra oder Jerusalem besichtigen, dann durch die windgepeitschten Wüsten ziehen und sich schließlich in einer Monet'schen Landidylle niederlassen.

Wenn ich auch mit der Entscheidung meiner Enkelin Caterina wegzugehen nicht ganz einverstanden war, konnte ich sie doch ein bisschen verstehen. Als sie in der dritten Klasse war, hatte sie mir einen Atlas auf den Schoß gelegt und gesagt: »Nonna, schau dir diese Orte an, erinnern die dich nicht an Zuhause?«

Und sie hatte recht, dieser kleine Hans-guck-in-die-Luft. Ich saß gerne neben ihr, wenn sie für Geografie lernte, denn diese Orte hatte ich selbst nie gesehen. Und durch sie erlebte ich das Abenteuer der Neuentdeckung.

Schon an ihrem Geburtstermin konnte man ablesen, wie sie einmal werden würde. *Comm' nasc' se mètt'*, wie man geboren wird, so lebt man. Caterina kam am 24. September auf die Welt, einen Tag später als ausgerechnet. Vier Kilo schwer und die Nabelschnur zweimal um den Hals gewickelt. Eine Qual für Domenica, die nach achtundvierzig Stunden Geburtsarbeit in einen Kaiserschnitt einwilligen musste.

Heute ist das modern, doch früher sagte man in solchen Fällen: »Seit Jahrhunderten bringen die Frauen ihre Kinder natürlich zur Welt, nur du schaffst das nicht? Du musst pressen! Warum presst du nicht richtig?« Und nur um sich nicht minderwertig zu fühlen, pressten die armen Frauen, rissen, pressten weiter, so stark, dass sie es schließlich schafften, doch unter welchen Schmerzen!

Caterina wollte niemals ein Kettchen um den Hals tragen, nie. Man sagt, wer mit der Nabelschnur um den Hals geboren wird, erträgt keine Krawatte oder Halskette. Und so war es. Alle Gold- oder Perlenkettchen, die sie zur Taufe, zur Kommunion oder zur Firmung bekam, landeten samt und sonders in meiner Schmuckschatulle.

Sie fiel von Geburt an auf. Im ganzen Krankenhaus nannten sie sie »die kleine Afrikanerin«, wegen ihres dichten schwarzen Haars. Und ich verteidigte sie: »Nein, sie ist eben eine Monticelli«, so lautet mein Mädchenname: Die Haare hat sie von mir.

Ich nahm sie als Erste in den Arm, während Domenica sich vom Nähen der Wunde erholte, die wie zwei horizontale Klingen ihren Bauch durchschnitt.

»Durch den Kaiserschnitt war ich dem Tod so nah wie nie«, sagte sie zu mir. Doch dann kehrten Tag für Tag ihre Kräfte zurück, und nach knapp drei Wochen war sie wieder ganz hergestellt, hatte allen Schmerz vergessen. »Denn die Geburt ist die einzige Wunde, die man nach der Heilung vergisst.«

In der Zwischenzeit genoss ich die Stunden mit meiner Enkelin.

»Himmel, ist die Kleine hässlich, die sieht ja aus wie Calimero«, sagten die Besucher lachend.

»Wartet nur ab, bis ein herrlicher Schwan aus ihr geworden ist«, erwiderte ich, während ich den Säugling auf dem linken Arm wiegte und mit der rechten Hand der kleinen Mary über den Kopf strich, die sie für eine Babypuppe zu halten schien.

Ich war die Erste, der sie ein Lächeln schenkte. Ihr erstes Wort war »Nonna«. Die anderen gönnten mir meine Zufriedenheit nicht und behaupteten, sie hätte nur »no no« gesagt, doch ich hatte es genau gehört: »No-na.«

Wie könnte man so ein kleines Wesen, das dich erwählt, nicht sofort lieb gewinnen?

»Du tust ihr doch was ins Essen«, mutmaßte Mimì. »So wie die an dir klebt. Und hör auf, sie abzuknutschen. *Le fégghie se vasene nzunne,* Töchter küsst man nur im Schlaf.«

Doch sie blieb bei mir, auch ohne spezielle Kräuter oder Mittelchen.

Domenica hatte schon zwei Kinder, die sie versorgen musste, dazu Haus und Hof. Ich nicht, ich war freier. Kinder verstehen so etwas nicht, sie brauchen ebenso viel Zuwendung wie Milch. Was die anderen noch zusätzlich beunruhigte, mich aber belustigte, war, dass Caterina erst sehr spät zu reden begann, erst mit fast drei Jahren. Sie gingen mit ihr sogar zum Logopäden, der nach der Visite sagte: »Dieses Kind ist intelligent. Es ist alles in Ordnung mit ihm. Es muss jemanden geben, der es faul macht, weil er es zu schnell versteht.«

Und wen hatten alle angesehen und kopfschüttelnd mit dem Finger auf sie gezeigt? Mich natürlich. Ich hatte brummelnd mit den Schultern gezuckt.

Und dann begann ich sturköpfig wie ein Esel, mit ihr zu üben: »Mi-hilch. Eier. Sprich mir nach, Caterina. Ei-er.« Dann schrieb ich alle Wörter, die ich sie an dem Tag gelehrt hatte, auf einen Zettel, zu Tabellen geordnet. Gute und böse Wörter. Die, die sich auf das Essen bezogen, mit einer kleinen Zeichnung daneben. »Huhn«, sagte ich und malte ein Huhn. Und so weiter.

Sie lief mit dem Zettel herum, brabbelte vor sich hin, gab komische Töne von sich und wedelte mit den Notizen wie mit Flügeln. Und lachte.

»Uuh.«

»Nein, Huhn.« Und sie gab höchstens ein Geräusch von sich, das an das Brummen eines Motors erinnerte.

Eines Tages, als sie auf ihre Brühe mit geschlagenem Ei wartete, die sie so gerne aß und die nicht kam, sagte sie: »Mamma, will Pappa mit Huhnei.« Alle im Haus vollführten Freudentänze. Der Himmel hatte ein Wort geschenkt. Herrje, *ich* hatte es geschenkt.

Die Fixierung auf die Wörterlisten ist ihr geblieben. Was für eine Manie. Und ich hielt schön den Mund, verriet niemandem, dass ich auch an den Listen schuld war, die sie schrieb und mit denen sie kiloweise Papier verschwendete.

Auch wenn ich niemals Listen geschrieben habe und niemals nach Rom gehen wollte, kam Caterina doch auf mich, denn sie hatte Träume, wie ich sie hatte. Manchmal fühlte ich mich schuldig wegen der Maßlosigkeit, mit der ich sie liebte, wegen des Bedürfnisses, ihr Schutz zu geben, das weit über das erneute Mutter-Sein hinausging. Doch ich konnte auch nicht so tun, als hätte ich zu ihr dasselbe Verhältnis wie zu allen anderen. Ich fand sie zerbrechlich, obwohl sie streitbare, mutige Entscheidungen traf. Sie war verletzlich, weil sie den Enttäuschungen aller großen Träumer ausgesetzt war. Caterina war meine einzige Freundin.

Wenn man einen Mann heiratet, ist es nicht mehr so wie früher, dass man mit jemand anderem befreundet ist. Schon gar nicht mit einem anderen Mann. Nie habe ich eine Signora mittleren Alters gesehen, die alleine mit einem Freund spazieren oder einen Kaffee trinken gegangen wäre. Höchstens trifft sie zufällig jemanden, den sie als Erstes nach dem Wohlergehen von Frau und Kindern fragt. Darüber spricht man. Nicht über sich selbst, über die eigenen Gedanken und Gefühle. Ich habe mich nie gefragt, ob das richtig oder falsch ist.

Mit Caterina konnte ich reden, ihr erzählte ich mein Leben. Wir erröteten gemeinsam, als ich über meine Liebe zu ihrem Großvater sprach.

Wenn man jung ist, fühlt man sich unsterblich, doch früher oder später kommt der Moment, in dem du dich fragst, was einmal vom eigenen Leben übrig bleiben wird. Dann blickst du instinktiv begierig auf den Menschen, der dir am nächsten steht. Du wählst denjenigen aus, der deine Verlängerung sein wird, der dich am Leben erhalten wird.

Ich erwählte sie. Ich merkte, dass sie nicht nur meine Haare hatte, mein Blut. Sie hatte Augen voller Leben und Abenteuerlust, die aufleuchten konnten wie meine, als wir die Sassi verließen und nach Torremozza kamen, wo ich mir eine Zukunft aufbaute. Sie lachte wie ich, warf den Kopf in den Nacken und stützte ihn mit einer Hand ab. Und sie schloss die Augen zu engen Schlitzen, aus denen sie sogar eine Träne pressen konnte. Sie weinte wie ich, lächelnd, lautlos. Und wenn sie den Teig ausrollte, gab sie mit dem linken Handgelenk den nötigen Druck auf das Nudelholz. Obwohl sie Rechtshänderin ist, schneidet sie mit links. Hatte sie sich das bei mir abgeschaut? Oder kam das spontan aus ihr selbst heraus? Ich wusste es nicht. Sie schnitt die Kruste vom Brot ab und aß sie, weil sie den knusprigen Teil am liebsten mochte. Und ließ das weiche Brotinnere einfach auf dem Tisch liegen. Als ich klein war, hatte meine Mutter mich deswegen gescholten, ich sei eine Verschwenderin. Ich schalt sie nie: Wenn sie ihr kleines, zahnloses Mündchen spitzte und die Kruste ablutschte; als ihr die Zähne ausfielen, auch aufgrund dieser Angewohnheit; als sie größer wurde und das Stück Brot wie einen Lutscher im Mund hielt, mir mit einem komplizenhaften Lächeln auch ein Stück hinhielt. Kochen und essen war für uns ein Mittel der Entspannung, so wie andere eine Zigarette rauchen.

Das alles ist nur ein Teil der Gründe, warum ich sie zu meiner »Erwählten« machte.

Doch hauptsächlich deshalb beschloss ich, ihr ein Geschenk zu machen, ihr noch etwas anderes zu vererben außer der Fähigkeit zu kochen, zu lieben und andere freundlich und mit Respekt zu behandeln. Einen Ort, an dem sie all das tun konnte.

19. CATERINA

Ich kann kochen, reicht das?

Eines Tages kam Cettina vorbei, um uns frische Eier zu bringen. Wie jeden Tag hatte sie den Bus genommen. Sie war vielleicht eine der wenigen, die ihn überhaupt noch benutzten. Die Eier lagen in einem Weidenkörbchen, das sie mit einem Lappen zugedeckt hatte. Doch im Gegensatz zu sonst stellte sie es nicht schnell ab und verschwand, um in Ruhe eine Zigarette zu rauchen, obwohl dies der einzige Moment des Tages war, an dem sie sich Don Mimìs Forderungen entziehen konnte.

Ganz offensichtlich stand sie kurz vor dem Explodieren. Ohne erst den Korb abzustellen, fing sie gleich an zu klagen: »Seit die Signora nicht mehr ist, kann ich es ihm einfach nicht recht machen. Die Laken sind zu kratzig, die Stücke im Obstsalat zu groß, die Suppe schmeckt fade. Also wirklich, ich bin doch nicht Signora Teresa, und er ist kein kleines Kind.«

Sie putzte sich die Nase, obwohl sie nicht geweint hatte. Sie hatte das Drama, das weniger sie als vielmehr der Großvater durchlebte, perfekt beschrieben: Hilflos trieb er auf den Wellen des Verlusts seiner Frau.

»Ich kann mir kaum vorstellen, dass man sich nach fast fünfzig Jahren noch an eine solche Veränderung gewöhnen kann«, erklärte meine Mutter.

Trotzdem musste eine Lösung her, und wäre sie auch nur vorübergehend, eine Ablenkung. Nonno war zu viel allein dort auf seinem Hof. Also beschlossen wir, uns abwechselnd um ihn zu kümmern. Mamma, Mary und ich. Und manchmal Cettina. Doch wir waren zu wenige.

In Wahrheit hatte die Nonna sich unentbehrlich gemacht, und uns war nicht klar gewesen, wie weit sie in ihrer Geduld gegangen war. Wir hatten nicht gewusst, dass der Großvater sich bei ihr kein Glas Wasser alleine hatte einschenken müssen, ja nicht einmal um ein Glas Wasser hatte bitten müssen.

Für jemanden unentbehrlich sein. Ist es vielleicht das, was uns für unseren Partner einzigartig macht, und sei es nur durch kleine Gesten?

Ich hatte bei Pietro versucht, Nonnas Beispiel zu folgen, doch in unserem Fall war das Kochen und Umsorgen, wie sie es schon als junges Mädchen getan hatte, nicht so wichtig.

Also dachte ich über die Besonderheiten nach, die mich für jemanden einzigartig und unersetzlich machen könnten, und schrieb eine meiner Listen:

Ich kann kochen.
Ich kann singen.
Ich kann nähen und flicken.
Ich bin am Morgen immer fröhlich.
Ich bin eine gute Esserin.
Ich bin empathisch. Ich bin versöhnlich.
Ich habe schöne Hände, schöne Füße,
wunderschöne Haut.
Ich bin treu.

Ich hielt das nicht für ausreichend, um von Pietro, der an andere Reize gewöhnt war, leidenschaftlich geliebt zu werden.

Für ihn war vielleicht Folgendes wichtiger: sportlich zu sein. Ski fahren zu können. Schon mal Yoga gemacht zu haben. Fremdsprachen zu sprechen. Zu reisen. In die Disko zu gehen. Zu lesen. Sich mit Terrorismus und Mafia auszukennen und politisch aktiv zu sein.

Aber warum hatte Nonna das alles nicht gebraucht, um aus tiefstem Herzen geliebt zu werden? Warum hatte Großvater niemals den Versuch unternommen, sie zu verändern, zu verbessern, ihr Dinge beizubringen? Warum musste man heute perfekt sein, alles können?

Die Nonna mit ihrer gerecht auf Küche und Mensch verteilten Magie, mit ihrer Hingabe, die eine Stärke war und kein Opfer, wirkte wie ein Magnet. Effektiv und bedeutungsvoll.

Warum ist Unentbehrlichkeit in meiner Heimat ein Synonym für Freundlichkeit, Entschlossenheit und Kontrolle, während sie anderswo nur Unterwürfigkeit bedeutet?

Keiner wäre auf die Idee gekommen, meine Großmutter als armes Hausmütterchen zu bezeichnen, sondern im Gegenteil als stolze Hausherrin. Und für dasselbe war ich in den Bergen, als ich halb krank am Herd gestanden hatte, ausgelacht worden?

Wäre Nonna noch am Leben, hätte ich sie gefragt, wie das geht. Worin das Geheimnis liegt. Wie man zu so einer geliebten Frau wird, ohne die der andere stirbt. Also hatte ich einen neuen Einfall. Wenn ich sie schon nicht mehr fragen konnte, fragte ich eben den Großvater.

»Mamma, ich ziehe für eine Weile zum Nonno. Dann können wir über den Strandkiosk reden, ich bitte ihn um seine Meinung. Und er wird ein bisschen abgelenkt.«

Mamma und Mary sahen sich an, während Cettina erleichtert nickte, als läge die Entscheidung bei ihr. In Wahrheit war ich alt genug, um selbst zu entscheiden, wo ich schlief. Bevor noch jemand antworten konnte, schnappte ich mir meine Tasche, packte ein paar Sachen hinein und verließ mit Cettina das Haus, den Eierkorb in der Hand. »Den kann ich jetzt nehmen. Gehen wir.«

»Soll ich dich fahren?«, fragte Mamma.

»Nein, ich gehe zu Massimo und frage ihn.«

Auf dem Weg erstellte Cettina endlose Listen, als wäre sie ich.

»Wusstest du, dass deine Großmutter sogar seine Unterhosen gebügelt hat? Und morgens stellte sie ihm beim Aufwachen ein Glas lauwarmes Wasser auf den Nachttisch, damit der Kaffee ihm nicht sauer aufstieß. Den sie ihm natürlich sofort danach serviert hat …«

Ich lächelte. »Das überrascht mich nicht.«

»Und wusstest du, dass sie den Obstsalat in fingernagelkleine Stücke geschnitten hat? Schau, so …«, sie deutete mit ihren Fingern Mini-Mini-Obststückchen an. »Alle exakt gleich groß, Caterina! Bananen, Birnen, Äpfel, Kiwis. Das ist keine Liebe, das ist pervers. Wie hat sie das nur geschafft, sich um alles zu kümmern? Um das Haus, die Küche, den Einkauf, um euch, um sich selbst …?«

Nun standen wir vor dem Reisebüro, in dem Massimo arbeitete. Ich klopfte auf die Abbildung von Ägypten, auf eine Ansicht von Santo Domingo und auf das kristallblaue Wasser der Malediven. Dann bückte ich mich, um das Angebot der Woche zu lesen: Paris und Disneyland. Wie schön es wäre, nach Disneyland zu fahren.

»Caterì, ich hab's ja gehört, willst du mir die Scheibe einschlagen? Was ist los?«

»Entschuldige, ich war überwältigt von all den schönen Reisen.«

Cettina rauchte draußen genussvoll ihre Zigarette, während ich hineinging.

»Möchtest du das Busticket für Rom kaufen?«, fragte mich Massimo. »Ist es schon wieder Zeit abzureisen?«

»Nein, ich brauche nur jemanden, der mich zum Nonno fährt. Ich werde eine Weile bei ihm wohnen.«

Plötzlich hatte ich noch eine Idee: Eine Reise würde den Großvater ablenken, würde ihm zeigen, dass sein Leben auch ohne Nonna nicht vorbei war, dass er immer noch uns Enkel hatte. Als ich Massimo von meiner Idee erzählte, fand er sie nicht wie sonst immer verrückt, sondern lächelte begeistert über meinen ungewöhnlichen Vorschlag. »Die Kosten übernehme ich«, fügte er hinzu. »Aber dann will ich auch dabei sein, wenn du es ihm sagst.«

Wir holten Mimmo von der Schule ab. Als er mit seinem schief gebundenen Schürzchen aus dem Schultor kam und ins Auto stieg, fragte er besorgt: »Ist wieder jemand gestorben, oder warum seid ihr hier?«

Wir lachten. »Niemand ist gestorben. Im Gegenteil.«

Mein jüngster Bruder war Opas Liebling. Aber auch Massimo und ich standen bei ihm hoch im Kurs. Seine einzige Sorge galt Mary, weil er fürchtete, dass es ihr wie meiner Mutter ergehen und sie den falschen Mann heiraten könnte.

Als wir noch begeisterter als Mimmo in Nonnos Garten ankamen, saß er auf dem Stuhl im Hof und genoss die letzten Sonnenstrahlen des Tages, das Gesicht zum Himmel gewandt.

»Was macht ihr alle hier?«, fragte er.

»Nonno, halt dich fest, nächste Woche fahren wir mit dir nach Paris.«

»Wohin?«

»Nach Paris.«

»Seid ihr verrückt geworden?«

Er starrte uns prüfend an, ob wir uns einen Spaß mit ihm erlaubten. Doch dann fing Mimmo an, wie ein Känguru herumzuspringen, landete schließlich in seinem Schoß und küsste ihn ab, wie wir es uns nie getraut hatten.

»Dann fahren wir nach Disneyland! Ist das nicht schön, Nonno. Karussell fahren mit dir. Papà wird nämlich immer schlecht dabei. Aber du bist stark. Du kletterst ja sogar noch aufs Dach.«

An diesem Montag kauften wir die Tickets nach Paris. Für mich, Nonno, Mimmo und Massimo.

Großvater war noch nie in seinem Leben geflogen. Genauso wenig wie ich.

Polpette al sugo di mollica e uova – Kleine Semmelknödel in Tomatensoße

Zutaten (für 15–20 Klöße)
6 Eier
150/200 g vom Inneren eines altbackenen Matera-Brotes (je nachdem, wie viel die Eier aufsaugen)

1 TL Salz
50 g geriebenen Canestrato di Moliterno IGP (alternativ Pecorino)
Petersilie
1 Messerspitze Natron
kalt gepresstes Olivenöl zum Ausbacken

Für die Soße:
400 g geschälte Tomaten
Olivenöl
1 Zwiebel
Salz
nach Geschmack scharfes Paprikapulver und Basilikum

Zubereitung

Das Brotinnere im Mixer zerkleinern, die Eier verschlagen und beides vermischen. Den Käse, das Salz, das Natron und reichlich gehackte Petersilie unterrühren.

In einer Pfanne das Olivenöl erhitzen. Nun esslöffelweise die Brot-Eiermasse ungeformt in das heiße Öl geben. Die Klöße herausnehmen, wenn sie goldbraun sind, und auf einem Küchentuch trocknen lassen.

In der Zwischenzeit die Schältomaten durch ein Sieb streichen. Die Zwiebel klein schneiden, in Öl anbraten und die passierten Tomaten dazugeben. Salzen und etwa 20 Minuten köcheln lassen. Wer es scharf mag, fügt am Ende das Paprikapulver hinzu. Die Semmelknödel vor dem Servieren fünf Minuten in der Tomatensoße ziehen lassen.

20. TERESA

Der Ursprung des Grolls

Ich weiß genau, an welchem Tag ich meine Tochter für immer verloren habe. Es war der Tag, an dem Domenica uns ihren neuen Verlobten ins Haus brachte, an Weihnachten. Er hieß Antonio und hatte so lange Koteletten, dass er aussah wie aus einem Kriminalfilm. Vielleicht empfand nur ich das so, weil Don Mimì sich strikt weigerte, je etwas an seiner Frisur zu ändern und mir jeder, der ein bisschen nach der Mode ging, wie ein Schauspieler vorkam. Seine Eltern waren Goldschmiede mit adligen Wurzeln. Mein Mann, den ich darauf hinwies, wollte trotzdem nichts von dem Burschen wissen, »den nichts und niemand begeistern kann«, wie er sich ausdrückte.

Mir gefiel Antonio. Im Übrigen war es kein Kinderspiel, mit meiner Tochter zusammenzuleben. Sie war verwöhnt und selbst noch so sehr »Tochter«, dass ich sie mir kaum als Mutter vorstellen konnte. Wie sollte sie nur einem Kind beibringen, gehorsam, großzügig und maßvoll zu sein?

Don Mimì sah das anders. »Domenica ist eine entschlossene und hartnäckige Frau. Zu wissen, was man will, ist keine Laune, sondern eine Stärke.«

Im Gespräch mit ihm hatte Antonio kein besonderes politisches Interesse gezeigt, nicht einmal zur letzten

Wahl war er gegangen, und als Don Mimì hörte, dass er Winzer werden wollte und im Weinanbau in Lukanien großes Potenzial sah, fühlte er sich bestätigt, dass dieser junge Mann ohne Hilfe von außen scheitern würde. Dieser Junge hatte große Träume, doch er schien weder Talent noch irgendwelche besonderen Fähigkeiten zu besitzen oder zu wissen, wie man sich welche erarbeitete. Aber sicher, er war auch noch jung, gerade erst zwanzig.

Doch Mimì sagte ihm ins Gesicht: »Hör zu, wenn du meine Tochter heiraten willst, schlag dir den Wein aus dem Kopf. Den trinken wir lieber zusammen.« Und er hob die Hand, wie um mit ihm anzustoßen, wozu es aber nie kam.

Und dieser junge Mann, Antonio, stand in seinem schwarzen Rollkragenpullover und den beigefarbenen Schlaghosen vor ihm und machte eine wirklich gute Figur. Als ich ihn so sah, begriff ich, dass Don Mimì ihn gar nicht so nichtsnutzig fand, wie er uns weismachen wollte, sondern in Antonio den ersten wahren Konkurrenten seines Lebens erkannte. Sie rivalisierten um Domenicas Liebe.

Er fuhr fort: »Ein Weinproduzent hier sucht einen Buchhalter. Du hast doch Buchhaltung gelernt und kein Handwerk. Wie willst du Wein anbauen? Du weißt doch gar nicht, wie das geht. Dafür muss man das Land kennen, sich die Hände schmutzig machen, Geduld haben. Aber wie viel Geduld hast du, wenn du heiraten willst? Oder willst du etwa Landwirtschaft studieren, in eine andere Stadt gehen und riskieren, Domenica zu verlieren? Wenn du möchtest, rede ich mit der Firma, ob sie dich einstellen. Eine Festanstellung, ein gutes Gehalt und so viel Wein, wie du willst. Und vielleicht lernst du dabei etwas, und in ein paar Jahren pflanzen wir hier ein paar Reben. Und gründen zusammen eine Winzergenossenschaft.«

Im Jahr nach der offiziellen Verlobung lud ich ihn und seine Familie an Heiligabend zu uns ein. Man hatte mir gesagt, dass seine Mutter komplett taub war und sein Vater ein freundlicher Juwelier. Sie hatten zehn, hundert Leben gelebt. Von denen mir Domenicas zukünftige Mitschwiegermutter mindestens zwei erzählte, während sie mir in der Küche Gesellschaft leistete und die Männer im Salon über weniger nützliche Dinge parlierten.

Angelina kam aus Petronà, einem Dorf im Silagebirge. Ihre Eltern waren Händler, und mit zwanzig lernte sie den Mann kennen, den sie einmal heiraten würde: Vittorio, einen Adligen aus Kampanien. Aus Liebe gab Vittorio seine Arbeit auf und zog nach Crotone, wo er zusammen mit den Geschwistern und Cousins seiner Frau Schmuck zu entwerfen begann.

»Dann sind wir während des Fachismus auf den Spuren des Kolonialtraums nach Afrika emigriert.«

»Und was wolltet ihr da, in Afrika?«, fragte ich, für die schon der Weggang von Matera nach Policoro eine Emigration gewesen war.

»Wir wollten neue Schmuckläden eröffnen und den Afrikanern die Goldschmiedekunst beibringen, aber die Männer der Familie wurden in Addis Abeba entführt und landeten in den englischen Gefangenenlagern in Kenia, sieben Jahre lang hörten wir nichts von ihnen. Stell dir das einmal vor, und ich war schwanger mit unserem ersten Kind, mit Gabriele.«

Als das Rote Kreuz entschied, nicht länger auf die Befreiung der Männer zu warten und sie per Schiff nach Italien zurückzuschicken, unternahm Angelina einen letzten verzweifelten Versuch, um nicht völlig geschlagen nach Italien zurückzukehren. Heimlich nahm sie aus dem Familienschatz ein Brillantkreuz, zersägte es in mehrere Teile und versteckte diese vor dem Einschiffen in ihrer Frisur.

»Dadurch bin ich taub geworden. Von der Kälte und dem vielen Wind und den großen Temperaturschwankungen auf dem Schiff. Ich bekam eine schreckliche Ohrenentzündung. Aber ich wollte zu keinem Arzt, aus Angst, durchsucht zu werden. Diesen Edelsteinen habe ich es zu verdanken, dass ich später in Kalabrien genug Geld zum Überleben hatte. Während Vittorio wie durch ein Wunder erst 1946 nach Italien zurückkehrte.«

Ich sah sie an. Sie war eine äußerst elegante Frau mit ganzen Garnituren an Perlenschmuck, wie ich sie nie hätte tragen können. Man braucht die passende Haltung, auch körperlich, und die Geduld, den jeweils passenden Schmuck zusammenzustellen. Ich trug immer denselben Schmuck. Domenica wies mich mit feierlichen Gesten auch auf den Ring aus schwarzem Onyx mit ihren Initialen hin.

»Deine Tochter ist wirklich ein Schatz«, sagte Angelina zu mir.

Und Domenica platzte fast vor Stolz. Ich war ein wenig erschrocken von ihrem Glück, weil mir diese Verlobung so überstürzt erschien, auch wenn ich eigentlich keinen Grund hatte, sie abzulehnen.

Ich hatte ein neungängiges Menü vorbereitet, wie die Tradition es verlangte. Einen Gang für jede der neun Türen, an die die Heilige Jungfrau vor ihrer Niederkunft geklopft hatte. Die künftigen Schwiegereltern meiner Tochter hatten alles begeistert verzehrt. Angelina war eine gute Esserin und ließ kein Kompliment aus, seit sie die Türschwelle unseres Hauses überschritten hatte. Ich hatte mir ein Heftchen zurechtgelegt, in das ich die Worte schreiben wollte, die sie nicht verstand, doch das war gar nicht notwendig, weil sie perfekt von den Lippen lesen konnte, zumindest bei mir. Bei Mimì, der beim Reden gern gestikulierte, auf und ab ging oder nuschelte, fiel es ihr schwerer.

Zwischen Domenica und Antonio herrschte eine perfekte Übereinstimmung. Das hatte Don Mimì vorhergesehen und deswegen seine aufgesetzte Berater-Strategie angewendet. Er hatte auch versucht, den Vater, Vittorio, davon zu überzeugen, dass der Winzertraum seines Sohnes nicht realisierbar und zu unsicher sei, während alle bei Tisch saßen und sich die Pettole in den Mund schoben. Doch dieser hatte darauf erwidert, viel weiser und aufrichtiger als mein Mann: »Mimì, die Kinder tun ohnehin, was sie wollen. Antonio muss nur wissen, dass er jederzeit ein Geschäft in Kalabrien übernehmen kann, wenn er Juwelier werden möchte. Seine Schwester möchte auch Goldschmiedin werden. Sie könnten zusammen ein Unternehmen gründen.«

An diesem Punkt sah ich in Mimìs und Domenicas Augen die blanke Angst aufblitzen, doch alle schwiegen. Mimì hatte begriffen, dass seine letzte Chance, diese Herausforderung zu meistern, die war, die Liebe des Verlobten zu seiner Tochter auf die Probe zu stellen. Sollte die sich dann aber als aufrichtig erweisen, würde er sie verlieren, denn die Frau folgt immer dem Ehemann. Und Antonio würde mit ihr weggehen. Deshalb ergab es keinen Sinn, ihm weiter seine verrückten Ideen vom Weinanbau madig zu machen.

Also setzte er hinzu: »Mein Geschenk zu diesem Weihnachtsfest und für diese beiden Kinder, die hoffentlich mit klarem Geist die Ehe eingehen werden, ist ein Stückchen Land, auf dem Antonio versuchen kann, ein paar Reben anzubauen. Bis dahin kann er als Buchhalter arbeiten, wie vorgeschlagen, so hat er das eine und das andere. Den Wein und die Sicherheit. Die Träume und das Reale. Sie bekommen ein schönes Haus im Ort, im neuen Bezirk, wenn sie dieses, mein Geschenk akzeptieren, mit einer Terrasse, von der man auf der einen Seite das Meer und auf der anderen die Berge sieht. Und wenn sie Landluft schnuppern möchten, können sie uns besuchen kommen.«

Wir hoben alle die Gläser, auch unsere Kinder. Dieser Vorschlag schien der bestmögliche zu sein. Doch ich kannte Don Mimì und fühlte mich schlecht, weil ich wusste, dass es sich um eine wohlfeile Lüge handelte. Am Abend wandte ich ihm beim Einschlafen den Rücken zu und sprach trotz der Festivitäten tagelang kein Wort mit ihm.

»Wenn du ihn und seine freundliche Familie belügst, belügst du auch mich und Domenica«, sagte ich zu ihm.

Wir sprachen nie wieder darüber, doch am Ende war ich diejenige, der meine Tochter diesen Betrug niemals verzieh.

»Nur du hast Macht über Papà. Du allein, das weißt du, und trotzdem hast du nie versucht, dieser Farce zwischen Papà und meinem Mann ein Ende zu bereiten. Ich werde dich ewig für Antonios Unglück verantwortlich machen. Und damit auch für meins.«

Wie immer tat sich zwischen uns dieser Abgrund auf, wegen dem wir nicht offenen Herzens miteinander reden und uns wirklich verstehen konnten. Wenn man bedenkt, dass man uns nach der Geburt aneinandergeklammert gefunden hatte, wie zwei Schiffbrüchige angesichts von Sturm und Tod. Doch dann fehlte mir jahrelang die Fähigkeit ihr zu zeigen, wie wichtig es für mich war, sie um mich zu haben, ihr beizubringen, was auch ich einmal am Herd und im Leben gelernt hatte. Die Freude daran, Geduld zu haben, an den einfachen Dingen, am Maß. Als sie in die Pubertät kam, verlor ich sie, und als sie nicht mehr mein Kind war, wollte sie auch nichts mehr von mir lernen. »Ich will nicht sein wie du.« Das vermittelten mir ihre Gesten Tag für Tag, als wolle sie sich von meinen Wurzeln distanzieren.

Einmal kam sie in Tränen aufgelöst aus der Schule: »Stimmt es, dass du die Tochter von Großvaters Dienstmädchen bist?«, fragte sie mich.

Sie hatte mit ihrer Frage extra gewartet, bis Mimì außer Haus war, im Rathaus, damit ich mich alleine vor ihr rechtfertigen musste. Das war das Duell zwischen Mimìs zwei Frauen: Wir kämpften um die Vorherrschaft in seinem Herzen. Das war kein banales Scharmützel zwischen Mutter und Tochter.

Also antwortete ich: »Kennst du das Märchen von Aschenputtel?«

»Ja, und?«, gab sie pikiert zurück.

»Tja … Wie viele Aschenputtel wirst du im Leben wohl treffen dürfen? Nur ein einziges. Nämlich mich. Du kannst dich also glücklich schätzen.«

Ich war so stolz auf meine Antwort. Ich hatte sie viel tiefer getroffen, als sie sich vorstellen konnte. Denn sie war reich geboren und würde niemals genau wissen, wie weit ihr Charme, ihre Schönheit oder ihre Verführungskünste reichten. Sie würde niemals die Süße der Eroberung, des Sieges schmecken. Sie hatte schon gesiegt, mit Leichtigkeit. Mich aber hatte Mimì gewollt – trotz meiner Armut.

Sie schwieg. Ich hatte es nicht eilig, ihr meine Geschichte zu erzählen. *A stizz' a stizz' s'accoglie 'a iumara,* langsam füllt sich das trockene Flussbett. Mit der Zeit würde sie lernen, mich wertzuschätzen. Sie war fast noch ein Kind, als sie anfing, mir Fragen über meine Eltern und die Sassi zu stellen.

»Und du hast dir ein Zimmer mit den Tieren geteilt? Wie eklig. Ihr hattet nur einen Raum? Mensch, muss das gestunken haben.«

Sie wollte mir wehtun, doch ich machte mir Sorgen, weil sie alles hatte und keine Opfer kannte. Sie verstand nicht den Wert meiner Vergangenheit und dessen, was meine Eltern und ich erlebt hatten.

»Warum rückst du ihr nicht den Kopf zurecht?«, fragte Don Mimì mich.

»Quann' lu ciucc' non vol viv', hai voglia ri lu fisca', dem störrischen Esel ist alles Pfeifen egal«, erwiderte ich. »Es ist sinnlos.«

Ich glaube, sie hatte sich Antonio deswegen ausgesucht, weil er komplex war, in einer schwierigen Lebenslage mit hochtrabenden Träumen steckte, und sie mir beweisen wollte, dass auch sie eine »Herausforderung« meistern konnte. Ich wünschte ihr, dass ihr alles glückte, was sie sich ersehnte, dass sie die Frau eines glücklichen Mannes werden und vor allem zutiefst verliebt sein würde.

Es war ein Fehler gewesen, ihr damals nicht die Wahrheit zu sagen, dass ich den Gedanken nicht ertrug, unvollkommen zu sein: zu fühlen, dass meine Tochter mich nicht für die beste aller Mütter hielt. Dass jedermann mich schätzte außer ihr. Dass sie mich für die geplatzten Träume ihres Verlobten verantwortlich machte.

Denn Antonio nahm den von Mimì vorgeschlagenen Posten an und sprach keine Silbe mehr von Reben, Wein und Land. Ich wusste nicht, wie lange diese scheinbare Resignation anhalten würde.

»Wenn er sie liebt, schlägt er sich diese Ideen endgültig aus dem Kopf«, sagte Mimì.

Zur Hochzeit schenkten wir den Kindern einen Umschlag mit Geld. Zehn Millionen Lire. Domenica bedankte sich nur bei Mimì. Dabei hatte er acht hineingetan, und der Rest stammte von mir, aus meinen lebenslangen Ersparnissen. Zwei Millionen Lire waren alles, was ich auf meinem Sparbuch hatte.

21. CATERINA

In der Ferne zu klein

An dem Tag unserer Abreise nach Paris und Disneyland hätten wir beinahe das Flugzeug verpasst, weil Nonno sich weigerte, auch nur einen Fuß auf die Rolltreppe nach oben zu den internationalen Abflügen zu setzen. Aus Angst. Also mussten wir einen Umweg machen und den Aufzug suchen, bei dem er auch zögerte. Seine Augen waren gerötet, er war wütend und schämte sich auch ein wenig für seine vielen Ängste. Um ihn abzulenken, schlug mein Bruder vor: »Nonno, wir trinken einen Kaffee an der Bar.« Dann drückten wir ihn in eine Ecke des Aufzugs und wählten das Stockwerk.

Mimmo war am glücklichsten von allen. Seine erste Reise, und dann direkt ins Kinderparadies. Mein Vater war ganz gelb vor Neid, als wir ihm erzählten, dass wir eine Reise machen würden, und das nicht mit ihm, sondern mit Nonno. Armer Papà, nach all den Jahren, die er uns davon zu überzeugen versucht hatte, dass ein Familienurlaub uns guttun würde!

In der Bar genehmigte Großvater sich ein Gläschen, und dann noch eins. Dann verschlief er, einzelne Wörter brummelnd, den ganzen Flug und litt nur kurz bei der Landung. Er war ein echter Mann des Südens, ihn schreckten weder Tod noch Teufel. Wohl aber unangenehme Situationen, Peinlichkeiten oder das Ende einer Rolltreppe, das einen zu Fall bringen konnte oder die Schnürsenkel der Schuhe auffraß. Das war etwas ganz anderes.

Paris kam uns allen vor wie ein riesiges Straßentheater. Und wir selbst torkelten wie die Marionetten durch seine Gassen, aßen Crêpes mit Käse oder Nutella und spielten die Rolle der glücklichen Menschen. Jeder von uns hegte seinen eigenen Kummer, auch wenn keiner darüber sprach. Selbst Mimmo nicht, der in seine Klassenkameradin Ginny verliebt war, die seine Gefühle aber nicht erwiderte, weil ihr einer aus der Fünften gefiel. Schließlich kaufte er ihr in einem Souvenirladen am Eiffelturm eine kleine Schneekugel.

Mein Bruder Massimo mochte seinen Job in der Gemeinde, doch seine Freundin studierte in Neapel Jura, und sie sahen sich so selten, dass er allmählich die Konturen ihrer gemeinsamen Geschichte aus dem Blick verlor und vielleicht auch die Gründe ihrer Liebe.

Ich hatte mich Pietro gegenüber mies verhalten, indem ich mich vor allem gedrückt hatte: vor der Entscheidung, ob ich Nonnas Vorschlag folgen sollte oder nicht, vor Rom, vor ihm. Ich ließ mich im Ungewissen treiben.

Ob das gut war, wusste ich nicht. Ich fühlte, dass ich in Policoro ruhiger war, letztlich war dies meine Stadt. Aber ich wusste nicht, ob Pietro und ich, sollten wir uns jemals wiedersehen, eine Fernbeziehung durchstehen würden. Und so schrieb ich auch in Paris eine meiner Listen, nämlich was mir ohne Pietro fehlte: das Kino, seine Küsse (vielleicht erst die Küsse und dann das Kino), seine vollen Lippen, ihm nach dem Abendessen beim Fernsehen über den Kopf zu streicheln, den Berichten seiner gesellschaftlichen Aktivitäten zu lauschen (irgendwem zu lauschen, der sich sozial engagierte und nicht nur sich selbst retten wollte, wie das bei uns war), seine originellen Geschenke.

Und die Liebe. Mir fehlte die Liebe. Zu lieben und geliebt zu werden.

Mir fehlte es, in Ruhe mit ihm zu reden. In Policoro hatten immer alle irgendetwas Dringendes zu tun. Waren immer alle beschäftigt. Pietro aber setzte sich zu mir und hörte zu. Er wollte wissen, was ich zu diesem oder jenem dachte.

Mir fehlte das gemeinsame Lernen, wenn er alles mit verschiedenfarbigen Buntstiften unterstrich, während ich ihm kleine Zettel mit Liebesbotschaften zuschob, um ihn abzulenken.

Beim Spaziergang über die Champs-Élysées kauften wir Seifen, denn seit Nonna tot war, ging uns der Nachschub aus. Mit Lavendelduft oder Kräutern der Provence. Und Gewürze. Sternanis fand ich auf einem kleinen Markt, bevor wir ins Hotel zurückkehrten. Wir hüteten uns, die Großmutter zu erwähnen, um den Nonno nicht traurig zu stimmen. Doch auch ohne von ihr zu sprechen, fühlte jeder von uns, dass sie bei uns war, ganz nah.

Endlich kamen wir zum Eiffelturm. Den Anblick meines Großvaters dort oben werde ich mein Lebtag nicht vergessen. So hoch oben, ohne über den anstrengenden Aufstieg zu klagen, die Schlange an der Kasse, die Kälte und Mimmos kindische Ungeduld. Stumm.

Ich sah ihn an, in seinem abgenutzten, doch immer noch eleganten Lodenmantel. Die breiten Schultern, das

Pfeffer-und-Salz-Haar, wie Margheritas Mutter gesagt hätte, und den pieksigen, ungestutzten Bart, der seine Lippen einrahmte. Sein Blick lag jenseits der Eisenbrüstung, er sprach nicht.

Ich schlug den Führer auf und las vor: »324 Meter.«

»Caterì, was sind wir doch klein, nicht wahr? Hier oben sind wir ein Niemand.«

»Was meinst du damit, Nonno?«

Er antwortete nicht. Er lächelte nur und sagte: »Nichts, nichts.« Mimmo kam zu uns gerannt und ließ sich überall ablichten und zeigte uns jedes einzelne Dach von Paris.

Ich hatte trotzdem eine Ahnung, was mein Großvater mir sagen wollte. In Policoro war er für immer und ewig der Bürgermeister. Seine Familie war bekannt, respektiert und gemocht.

Doch man brauchte nur wegzugehen, um auf einen Schlag unsichtbar zu werden. Ein kleines Pünktchen, während die Welt sich drehte und mit anderem beschäftigt war. Für ihn war es unvorstellbar, an ein Leben anderswo auch nur zu denken.

Genauso fühlte ich mich in Rom: ein Pünktchen in der Landschaft. Dieser Gedanke ließ mich nicht mehr los, verkroch sich in einen Winkel meines Hirns, um hervorzuspringen, wenn ich am wenigsten damit rechnete.

Wir aßen in einem kleinen Restaurant in Montmartre, das aus einem Film hätte stammen können und das man uns im Hotel empfohlen hatte, völlig erschöpft vom vielen Laufen. Zwiebelsuppe hatte ich noch nie gegessen. Mein Großvater war wie in Ekstase. Seit Nonna tot war, hatte er keinen Spaß mehr am Essen gehabt. Mimmo schlief auf meinem Schoß ein, während Massimo SMS verschickte, die zu seiner großen Beunruhigung nicht beantwortet wurden. Wer weiß, wie Pietro sich fühlte, der nichts von mir hörte. Vielleicht hatte er sich schon eine andere gesucht.

Peperoni ripieni – Gefüllte Paprika

ZUTATEN
8 große Paprika
2 Eier
40 g geriebener Parmesan
40 g geriebener Pecorino
Semmelbrösel (oder altbackene Brotreste)
Petersilie
4 Tomaten oder 4 EL Tomatensoße
50 g in Öl eingelegte Sardellen
Knoblauch, Salz

ZUBEREITUNG
Die Paprika waschen und abtrocknen. Die Tomaten in Würfel schneiden, die Semmelbrösel mit den Sardellen, dem Käse, der Petersilie, den Eiern, dem Öl und dem Salz vermischen. Aus der Masse kleine Klöße formen, mit denen die Paprika gefüllt werden.

Die gefüllten Paprika in eine Pfanne mit erhitztem Öl legen und goldbraun braten.

22. TERESA

Traditionen im Vergleich

Domenica wollte nicht mein Brautkleid tragen. Also fuhren ihre zukünftige Schwiegermutter Angelina und ich mit ihr nach Putignano in Apulien, wo eine entfernte Verwandte eine Schneiderei eröffnet hatte, für die Braut »von heute«. Ihr Kleid wurde also weder zu Hause genäht wie meins, noch sollte es nach Domenicas Vorstellung schneeweiß und rein sein, sondern cremefarben.

»Aber Domenica, was sollen denn die Leute denken, wenn es nicht weiß ist?«

Die Schwiegermutter meiner Tochter nickte, konnte aber wegen ihrer Taubheit Domenicas Antwort nicht verstehen, weil sie mit abgewandtem Gesicht sprach. So musste ich es ihr langsam erklären, damit sie es von meinen Lippen lesen konnte.

»Sie sagt, Traditionen ändern sich wie die Mode. Dass es auch nach der Hochzeit keine Woche der Scham mehr gibt, wenn die Brautleute das Haus nicht verlassen und niemanden sehen dürfen außer der Familie. Wie es eben bei uns noch war, nicht wahr, Angelina? Und dass Weiß nicht mehr modern ist! Und sie will ein kurzes Kleid, nur bis zu den Knien!«

»Kurz? Heiratet sie denn am Strand?«

Ich bekam allmählich Zweifel. Ich überlegte, ob Domenica vielleicht schwanger war. Sonst hätte sie mir doch nie so trocken und entschieden geantwortet. Hätte niemals auf ein schneeweißes Kleid verzichtet, wenn es nicht sein musste. Ich kannte meine Tochter. Ich musterte sie, körperlich war sie unverändert. Immer noch groß und dünn, um die Hüfte herum ein bisschen breiter mit sehr flachem Bauch, auch ihr Busen war nicht größer geworden. Vor allem aber hatte sie keinen Brechreiz. Weil Angelina dabei war und nichts merken sollte, beschloss ich, meine Zweifel beiseitezuschieben.

Es war so eigenartig, ein vorgefertigtes Brautkleid dort auf der Stange hängen zu sehen. Ich begutachtete die Nähte, die mir zu grob schienen. Der Saum war schief, die Stickerei nicht echt. Und dann der Preis. Auch wenn wir keine Geldsorgen hatten, war das doch wirklich übertrieben!

»Wer weiß, was Filomena Ruggeri dazu sagen würde!«

»Wer ist das denn?«

»Das war die Schneiderin in Matera, die die schönsten Kleider genäht hat. Mit ihren eigenen Händen.«

Die zukünftige Schwiegermutter meiner Tochter, die sehr gut nähen konnte, gab keinen Kommentar ab, doch es war ihr anzusehen, dass auch ihr diese Kleider missfielen. Dann sagte sie mit lauter Stimme zu mir: »Möchte sie dein Kleid nicht?«

Und Domenica, launisch und anstrengend wie sie war, drehte sich um und sagte mit theatralisch überzogenen Mundbewegungen: »ICH WILL EIN EI-GE-NES!«

Die Schneiderin nahm derweil Maß und tat so, als höre sie unseren Wortwechsel nicht.

»Dann beschreib der Signora doch mal, wie du es willst.«

»Das Kleid soll ein bisschen hippiemäßig sein. Nicht so fein. Ich heirate schließlich auf dem Land, oder? Dann braucht man auch nicht so zu tun, als sei man eine Prinzessin auf einem Schloss oder eine edle Dame mit eigener Villa.«

Der nächste Giftpfeil. Das tat sie alles nur, um mich zu provozieren, um mir ihre Fortschrittlichkeit um die Ohren zu schlagen, im Gegensatz zu meiner Liebe zur Tradition. Alles sollte anders sein als bei mir.

»Es soll cremefarben sein.«

»Elfenbeinfarben«, korrigierte die Schneiderin sie. »Vertrauen Sie mir. Elfenbein ist besser. Die Ärmel würde ich ganz leicht ausstellen, wie bei diesen mittelalterlichen Gewändern. Zum Beispiel in Spitze.«

Domenicas Gesicht leuchtete auf. In Geschmackssachen schien sie mit dieser Fremden auf einer Linie zu liegen. Viel mehr als mit mir.

»Mà, ich möchte Blumen im Haar tragen. Aus dem Garten.«

»Wie du willst«, erwiderte ich. Sie zu bekriegen war sinnlos.

Die Schneiderin brachte ein Kleid, das ihren Beschreibungen schon sehr nahe kam, und fragte, ob ein Modell zwischen Hippie- und Empirestil passend wäre. Als Domenica es anzog, sah sie völlig anders aus, als ich es mir vorgestellt hatte, und doch musste ich zugeben, dass sie wunderschön war.

Auf dem Heimweg erzählte Donna Angelina von ihrer Hochzeit. Sie spürte wohl die Anspannung zwischen uns und versuchte, uns auf ihre Art abzulenken. Doch während sie von den Perlen sprach, die ihr Bruder in Fleißarbeit eine nach der anderen auf einen Faden gezogen hatte, und von dem guten Besteck, flogen meine und Domenicas Gedanken in die Ferne.

Zu Hause erwartete uns Vittorio, der künftige Schwiegervater, der mit Mimì getrocknete Feigen aß. Ohne besonderes Interesse fragten sie, ob wir gefunden hätten, was wir wollten, und jede von uns dreien antwortete mit anderer Betonung: »Ja.«

Für mich hieß das: »Ja, leider.« Für Domenica: »Ja, endlich.« Für Angelina: »Ja, ich glaube schon.«

In jener Nacht hatte ich Angstschübe und Schweißausbrüche. Mimì versuchte mich zu beruhigen.

Doch ich spürte etwas wie ein Flimmern im Magen und stand auf. Ich ging in Domenicas Zimmer, wo sie auf der Bettkante saß und weinte. Als sie mich sah, versuchte sie die Tränen zu verbergen.

»Was ist los? Bist du nicht glücklich über dein Kleid?«

Sie schüttelte den Kopf. »Ich muss dir etwas sagen, Mà.«

»Ich weiß es schon, du musst mir nichts erklären. Sag nur, wie weit du bist, damit ich eine Lösung finden kann.«

»Zweiter Monat.«

»Wir können sagen, dass es ein Frühchen ist. Wir werden kein Bettlaken raushängen, das ist nicht mehr üblich. Für die Dienstmädchen kann ich im Notfall die Laken ja mit etwas Hühnerblut beflecken. Aber darum kümmere ich mich, das soll nicht deine Sorge sein. Nur eins musst du mir versprechen. Du musst diesen Tag lächelnd erwarten, wie die Tradition es verlangt. Alles wird gut gehen.« Und ich umarmte sie.

Ich hoffte, dass die Vertraulichkeit und das gemeinsame Geheimnis uns die verlorene Nähe zurückgeben und dem vielleicht unbewussten Konkurrenzkampf meiner Tochter ein Ende setzen würden. Doch vergebens. Nach diesem intimen Moment schien sie alles vergessen zu haben. Obwohl ich mich anstrengte, ihre Fortschrittlichkeit, ihre Rebellion und auch den Umstand, dass sie vor der Hochzeit schwanger war, zu akzeptieren, tat sie, als hätte sie diesen Moment vergessen. Das war nicht leicht für mich. Es war nie leicht gewesen, sie zu lieben.

23. CATERINA

Familienprobleme

Ich hatte meinen Großvater noch nie so glücklich gesehen und gleichzeitig so schuldbewusst, dass er auch ohne seine Frau Glück empfinden konnte. Doch dies war ja das Ziel der Reise gewesen, also war ich froh, dass es funktioniert hatte.

In dieser Stimmung saßen wir in Disneyland auf einer Bank, aßen Erdnüsse und warteten auf Mimmo und Massimo, die endlos vor den Fahrgeschäften anstanden. Wenn sie dann ausstiegen, waren sie fast immer enttäuscht. Sie warteten stundenlang, für ein paar Minuten Spaß. Wir vertrieben uns die Zeit, indem wir Restaurants, Geschäfte und Touristen kommentierten, als säßen wir an einer Bushaltestelle.

»Mit deiner Mutter bin ich höchstens ein oder zweimal auf den Spielplatz gegangen«, sagte Nonno zu mir.

Es war eigenartig, mir meine Mutter als Kleinkind vorzustellen. Sie war so anders als Nonna, auch äußerlich, dass sie ihm kaum etwas von ihr geben konnte. Ich meine nicht, um sie zu ersetzen, sondern um ihm nur ein kleines bisschen Wärme zu geben. Es brauchte wirklich nicht viel, um ihn einzubinden, um ihm ein Lächeln zu entlocken.

»Nonno, wir spielen jetzt was. Wir machen eine Liste.

Alle Sachen, die an Mamma und Nonna unterschiedlich sind.«

Und los ging's.

Mamma hatte vier Kinder. Nonna eins (»Ja, aber das war nicht ihre Schuld«, sagte der Großvater und fügte melancholisch hinzu: »Lieber Gott, vielleicht war es ein kleines bisschen auch ihre Schuld …«).

Mamma konnte nur in Gesellschaft gut kochen. Nonna kochte am liebsten allein.

Mamma konnte nur häkeln. Nonna hatte mit ihren Stricknadeln ganze Ausstattungen gezaubert.

Mamma war ein bisschen verwöhnt. Nonna verwöhnte gern.

Mamma war größer als Nonna.

Mamma aß gerne Fisch. Nonna aß nicht gerne Fisch.

Mamma mochte meinen Vater, Antonio. Nonna mochte mich.

Da konnte ich mich nicht mehr zurückhalten, klappte das Heft zu und sagte zu ihm: »Aber Nonno, nun erklär mir doch bitte mal, warum du immer so auf Papà herumhackst? Er liebt uns, und er ist ein anständiger Mensch. Er ist …«

»Du kannst noch einen Unterschied auf die Liste schreiben: Deine Mamma hat dich gemacht. Und das wird immer der größte Unterschied zwischen ihnen bleiben.«

Mein Großvater konnte jeden Anflug von Reizbarkeit abwehren. Er war ein fantastischer Mann. Wir waren alle in ihn verliebt. Auch in diesem Moment hatte er es geschafft, mich zu bremsen, zu umgarnen, mir den Wind aus den Segeln zu nehmen und den Anflug von Kritik zu seinen Gunsten umzubiegen.

Vielleicht barg dieser Satz auch einen Großteil der Wahrheit: Die Schuld lag nicht bei meinem Vater, sondern bei meiner Mutter.

»Also, Nonno, dann erklär mir mal: Du warst enttäuscht, wie Mamma Nonna behandelt hat? Und indem du Papà schlecht behandelt hast, wolltest du ihr eine Lektion erteilen? Kommt mir irgendwie kompliziert vor das Ganze, oder?«

»Zeig mir einen Menschen, der nicht kompliziert ist«, erwiderte er.

»Also, noch einmal: Mamma war sauer auf Nonna, zu Unrecht. Denn in Wahrheit bist du derjenige zu Hause, der über gute oder schlechte Launen bestimmt? Teuflisch.« Wir mussten beide lachen.

Und ich hatte meine Familie für normal gehalten … So viel vergeudete Kraft, von uns allen. Das Leben ist doch eigentlich viel einfacher.

›Wer weiß, wie ich es kompliziert machen werde‹, sagte ich mir. Ich hatte mit falschen und langweiligen Freunden angefangen und war bei einem gelandet, der zwar richtig war, aber im falschen Umfeld lebte.

Warum konnte die Liebe nicht auch für mich so sein, wie sie für meine Großeltern gewesen war? Bei unseren Unterhaltungen in der Küche, während sie mir die Rezepte diktierte, hatte Nonna mir gesagt, sie mache sich Sorgen um mich und Mary und unser Verhältnis zur Liebe.

»Wärme. Fantasie. Die Liebe sorgt dafür, dass du aus einer großen Vielfalt an Teilchen genau das fehlende herausfischst«, so sagte meine Nonna.

Sie fürchtete, dass wir die Vielfalt suchten und nicht das Teilchen. Sie sagte: »Mary weiß überhaupt nicht, wer sie ist. Einmal ist Mimì in Neapel mit mir in ein Museum gegangen, und da habe ich eine Rüstung gesehen. Mary ist wie eine rostige, leere Rüstung. Die schützt, aber keinen Inhalt hat. Und du, Caterina, musst dich sogar in Christoph Kolumbus verwandeln und neue Welten entdecken, um die Liebe zu finden. Wenn ich im Leben so forsch gewesen wäre, hätte ich die Liebe nie und nimmer kennengelernt! Denn die Liebe ist ein furchtloser Spürhund, der dem Geruch des Blutes und der Leidenschaft folgt. Die Liebe allein genügt, sie erfüllt dich, und wenn sie dich unruhig macht, stimmt was da oben nicht.«

Ich hatte nicht so viel Erfahrung mit Beziehungen. Vor Pietro war ich nur mit zwei Jungs gegangen: in der Schule mit dem Sohn meiner Lehrerin für Literatur, mit dem ich mich irgendwann gelangweilt hatte. Und mit einem Nachbarn von uns, Andrea. Er wollte Philosoph werden und verließ mich von heute auf morgen ohne Erklärungen wegen einer anderen. Ich weiß noch, dass Nonna mich gefragt hat, ob ich seinetwegen litt, und wie ich lachend geantwortet habe, ich sei glücklich darüber, weil ich selbst niemals den Mut dazu aufgebracht hätte.

Zu meiner Schwester Mary hingegen, die in den Hafen der Ehe einlaufen wollte, sagte Nonna häufig: »Mary, das Leben eines Ehepaars ist wie eine Werkstatt, in der Teile repariert, poliert, ausgetauscht und zurechtgebogen werden, aber nichts zurückgegeben oder neu angeschafft wird. So ist die Ehe. Man tauscht Teile aus, um das zu reparieren, was du schon hast.«

»Und?«, fragte sie.

»Die Ehe ist kein Geschäft, in das du hineingehst, um zu kaufen und zu verkaufen. Was du hast, das behältst du. Verstehst du?«

So sahen sie aus, die Lektionen unserer Nonna über das Leben und die Liebe. Erinnerungen, die mir bis heute sehr lebendig und kostbar im Gedächtnis sind.

Cialledda – Kalte Brotsuppe mit Tomaten

ZUTATEN
1 l Wasser
3 altbackene Brötchen in Scheiben
1 Zwiebel in feine Scheiben geschnitten
Salz
3 kleine Tomaten
1 Prise Oregano
kalt gepresstes Olivenöl

ZUBEREITUNG
Das altbackene Brot in unregelmäßige Stücke schneiden und im kalten Wasser einweichen. Währenddessen die Tomaten waschen, in Schnitze teilen und würzen. Das Brot abgießen, leicht ausdrücken und in einen tiefen Teller geben. Mit Öl und Salz würzen und die Tomatenschnitze daruntermischen.

24. TERESA

Ich beschütze dich mit oder ohne Milch

Adduormete figlie mie, duorme e cresce
cumme cresce lu rane quenne nasce.
Duormete figlie mie cu lu bone destine
cumme cresce la rosa a lu giardine.
Duormete figlie mie cu la bona fara
cumme cresce lu rane a lu semenare;
Mardonna mia allumele tu
de mente, de pensiere e de vertù.

Schlafe ein, mein Kind, schlafe und wachse,
wie das Korn wächst, wenn es geboren.
Schlafe, mein Kind, dein Schicksal meint es gut
wie die Rose wächst in meinem Garten.
Schlafe, mein Kind, unter gutem Stern
wie das Korn wächst auf dem Saatfeld.
Heilige Jungfrau, erleuchte es
mit Geist, Gedanken und Tugend.

Dieses Schlaflied hatte ich all meinen Enkeln vorgesungen, es war Beschwörungsformel und Glücksbringer zugleich. Mir gefiel die Vorstellung, jemandem ein gutes Leben zu wünschen.

Nonna zu sein ist einfach ein Glücksfall, denn man

zieht nur Vorteile daraus: Man darf verwöhnen und wird verwöhnt, viel mehr als das als Mutter der Fall ist.

Für die beiden Jungs war ich eine Bezugsperson, der sie Fragen stellen konnten, die sie ihrer Mutter nie gestellt hätten, aus Scham oder Angst, dass sie ihnen irgendwann als Schwäche ausgelegt werden würden. Massimo hatte mich zum Beispiel einmal um Rat gebeten, als es um ein Geschenk für seine Verlobte ging.

Ansonsten beschränkte sich unsere Beziehung auf die Essenszeiten. Sie begann, wenn sie sich an den Tisch setzten, und endete mit dem Espresso oder dem Nachtisch, bevor sie aufstanden. Doch auch mit Blicken und Aufmerksamkeiten kann man eine Beziehung festigen.

Domenica stillte ihre Kinder fast ein Jahr lang. Erschöpft, ausgelaugt, mit schlaffen und schmerzenden Brüsten, wollte sie ihnen die bestmögliche Fürsorge angedeihen lassen. Und alle bestätigten ihr, wie gut sie das machte. Mir war klar, dass sie das zum Teil auch tat, weil ich sie nicht gestillt hatte. Also überschüttete auch ich sie mit Komplimenten und sagte: »Sehr gut, dass du deinen Kindern die Vitamine gibst.«

Große Sorge hatte ich, dass auch sie von der Traurigkeit befallen werden würde, die ich erlebt hatte. Und dass sie sie nicht als schweres, reales Krankheitsbild erkennen und sich dafür schämen oder gar daran sterben würde.

Denn an dieser Sache, das wusste ich, konnte man sterben, innerlich absterben. Du spürst, wie etwas in dir zerreißt wie die Nabelschnur, die dich mit deinem Kind verbindet. Bilder laufen vor dir ab, Gedanken, als hättest du kein Gehirn, sondern eine Filmrolle im Kopf, um die sich die schlimmsten Momente deines Lebens spulen.

Deshalb hatte ich es auch begeistert aufgenommen, als sie die ersten drei Monate nach der Geburt zu mir ziehen wollte. Ich kümmerte mich um sie, bei der ersten und auch bei den darauffolgenden Schwangerschaften. Ich kämmte ihre Haare, die immer zu einem Zopf geflochten waren. Morgens machte ich ihr Milchshakes mit Obst. Ich gab ihr Pferdefleisch und Eier zu essen, bombardierte sie mit Vitaminen. Und manchmal bekam sie auch ein paar Schlucke selbst gebrautes Bier, weil das die Milchbildung anregt. Eine Speise aß sie für ihr Leben gern, wie ihr Vater, die Cialledda. Und ich bereitete sie ihr zu, zweimal in der Woche.

Als Mimmo geboren wurde, schlüpften seine Geschwister nachts zu mir und Mimì ins große Bett, denn nachdem sie sich zu Hause gerade auf ein bisschen Ruhe eingestellt hatten, war dieser kleine, verzweifelt krähende Schreihals gekommen. Ich glaube, er schrie mehr als sechs Monate die Nächte durch. Und ich muss gestehen, dass ich aus Angst, Domenica könne auch nur einen Tag unter meiner Krankheit leiden, etwas tat, das ich nicht hätte tun dürfen. Ich begann, ihm in der Nacht eine zusätzliche Portion Milch zu geben. Die ich in der Apotheke als Pulver kaufte, heimlich und in Abstimmung mit der Ärztin.

Die Apothekerin tat mir diesen Gefallen gegen eine noch viel wichtigere und geheime Vereinbarung. Ihr war der Mann gestorben, sie war allein mit ihrer jungen Tochter, und hatte an einer spiritistischen Sitzung teilgenommen. Und da ich im Dorf bekannt für meine

»Fähigkeiten« war, hatte sie mich eines Tages ins Hinterzimmer des Geschäfts gezogen und mir gestanden, dass sie wie süchtig nach diesen Gesprächen mit den Toten war.

»Agata, hör zu. Wenn die Toten reden könnten, würden sie es dann vor mehreren Menschen tun oder einfach nur vor dem, den sie lieben?«

»Aber … mir tut das gut, Signora Teresa. Er sagt mir, was ich machen soll.«

»Und was sagt er?«

»Dass ich mich um das Kind kümmern soll, arbeiten soll … das Übliche eben.« Das Übliche.

Bei der Sitzung waren sie zu acht. Das Medium war eine alte Jungfer, die mit ihrer Mutter zusammengelebt hatte, bis diese gestorben war. Danach hatte sie angefangen, auch ein bisschen aus Spinnerei, wie sie sagte, mit ihr und anderen Personen im Jenseits zu reden. Sie war auch sehr gläubig, was sie gern betonte. Letztlich war es wohl eher eine therapeutische Übung als Esoterik.

Während sie mir das alles erzählte, erlosch nach und nach die Begeisterung in ihrer Miene. Sie bekam wieder Farbe im Gesicht und Klarheit. »Entschuldigt, Signora Teresa. Ich dachte … weil doch alle sagen … also ich dachte, dass auch Ihr an solche Sachen glaubt.«

»Dottoressa, hört zu. Spiritistische Sitzungen bringen nichts, aber es gibt etwas anderes, das Euch helfen könnte. Geht zu einem richtigen Arzt und sprecht mit ihm, so wie wir beide es gerade tun. Zu meiner Zeit gab es das nicht, sonst …«

Kurz, ich empfahl ihr einen Spezialisten, den ich bei einer Konferenz meines Mannes zum Thema Mutterschutz kennengelernt hatte. Endlich begann man auch bei uns über solche Dinge zu reden: Mutterschaft, Beihilfen, Unterstützung, junge Mütter, Arbeit.

Don Mimì lag das Thema sehr am Herzen, vielleicht auch als Reaktion auf das, was er mit mir erlebt hatte. Er wurde zum »Vorkämpfer«, wie die Zeitungen schrieben. »Und du bist meine Muse«, sagte er zu mir. »Du sollst nicht umsonst gelitten haben, das schwöre ich dir. Wir werden anderen Frauen helfen.«

Dies war das wichtigste Versprechen, das Don Mimì mir in meinem Leben jemals gegeben hat. Vielleicht musste auch er noch besser verstehen, was mit mir da geschehen war. Endlich gab es im Dorf die eine oder andere Frau, die sich nicht nur von Müttern oder Tanten oder Cousinen helfen ließ, sondern auch von Hebammen. Und, was noch wichtiger war, ohne dafür schief angesehen zu werden. Nachdem eine erst einmal angefangen hatte, ahmten die anderen sie nach. Und es wurde offen über solche Sachen gesprochen, ohne Vorurteile oder Scham.

»Stillen ist anstrengend. Aber das durfte man hier ja nie sagen, die reine Sünde war das. Wer nicht stillt, ist doch nur eine halbe Mutter. Da fragt doch keiner, ob wir das wollen, oder ob es so wehtut, dass es kaum auszuhalten ist. Ich zum Beispiel habe nach drei Monaten abgestillt. Aber ich schäme mich nicht dafür. Müssen die Frauen sich denn schämen, wenn sie glücklich sein wollen?«, sagte mir die Apothekerin, als sie die Packung Milchpulver diskret in ein Paket mit Windeln schob.

»Das einzig wahre Wunder sind die hier«, sagte ich und zeigte auf die Windeln. »Zu meiner Zeit gab es nur

Stoffwindeln, die man ständig waschen musste. Was für eine Sklaverei.«

So ging es viele Monate lang. Domenica sollte sich weiterhin als Mutter fühlen, die vier Kinder sättigen konnte, ohne traurig zu werden. Und Mimmo sollte aufhören zu weinen, und wir alle wieder zur Ruhe kommen. Und so geschah es. Und niemand ist daran gestorben.

25. CATERINA

Womit du nicht rechnest

Papà holte uns am Flughafen ab, mit düsterer Miene und einem angestrengten Lächeln, das lediglich mir und den vielen Geschenken galt, die Mimmo und Massimo mitgebracht hatten. Er und Großvater gaben sich nur kurz die Hand, um den Anstand zu wahren.

Dieses Mal schien Papà aber noch wegen einer anderen Sache zu kochen, und Großvaters ständige Sticheleien heizten dem Dampfdrucktopf noch mehr ein.

»Caterì, findest du eigentlich nicht, du solltest uns nach all den Monaten etwas sagen?« Großvater, meine Brüder und er drehten sich alle erwartungsvoll zu mir um.

»Was meinst du, Papà?«

»Tja, was ich meine?«, schrie er so laut, dass Nonno ihm bedeutete, sich zu beruhigen.

»Wir sind müde«, meinte er.

»Müde wovon? Kommt ihr gerade aus dem Kohlenschacht, oder was? Ihr wart im Urlaub! Also, Caterina, sagen wir es ihnen doch einfach. Warum hast du uns verschwiegen, dass du einen Liebsten hast?«

Wieder schauten mich alle an, und ich fühlte mich wie in Abwesenheit verurteilt, in einem Prozess, der schon lange zurücklag und dem ich aus dem Weg hatte gehen wollen. Ich lief feuerrot an und begann zu schluchzen.

Da merkte Papà, dass er zu weit gegangen war, dass er nur hatte sehen wollen, wie Nonno die Geduld verlor und er wieder für Ruhe und Ordnung sorgen konnte. Stattdessen hatte er erreicht, dass seine Lieblingstochter tief gedemütigt war und keinen Ton mehr herausbrachte, dass Nonno verwirrt schwieg und meine Brüder die eineinhalb Stunden im Auto verfluchten. Und alles mal wieder wegen einer Frau.

Als ich mich beruhigt hatte, fragte ich nur: »Woher weißt du das?«

»Ach, Caterì, woher ich das weiß?«, erwiderte er und sah mich im Rückspiegel an. »Er sitzt zu Hause.«

»Wo zu Hause?«

»Bei uns, seit zwei Tagen. Also, er übernachtet bei meiner Schwester … mit dem Motorrad ist er gekommen. Er hat den halben Ort aufgescheucht. Alle haben ihn gefragt, zu wem er gehört, und er war völlig panisch, weil er nicht verstanden hat, was sie meinten. Zum Glück kam dann der Bruder von Compare Mauro vorbei, und als er deinen Namen hörte, hat er ihn zu uns nach Hause gebracht.«

Schweigen.

»Deine Mutter hat fast einen Herzinfarkt bekommen, und Mary hat ihn mit Fragen bombardiert.«

Schweigen meinerseits.

»Hast du verstanden, dass er mit dem Motorrad aus Rom gekommen ist?«

»Warum?«, schaltete sich Nonno pikiert ein.

»Um mit meiner Tochter zu reden. Weil sie sich in Luft aufgelöst hat, nachdem sie seit Monaten verlobt sind.«

»Hat er verlobt gesagt?«, fragte ich Papà mit leiser Stimme.

»Er hat alles Mögliche gesagt. Zuerst hat er allgemein Freundin gesagt. Dann hat Mary ihn so lange gelöchert, bis er schließlich mit zusammengebissenen Zähnen gesagt hat, er sei dein fester Freund. Ich meine, wie sagt ihr dazu? Verlobt eben.«

Das Herz schlug mir heftig, und angesichts der Vorstellung, dass er für mich so weit gefahren war, mich dann nicht angetroffen und alle vor den Kopf gestoßen hatte mit der Information, dass er mein Verlobter sei, trat die Reaktion der Männer meiner Familie völlig in den Hintergrund.

»Er ist aus Rom?«, fragte Nonno.

»Ja.«

»Siehst du, ich hatte recht«, sagte er zu meinem Vater. »Sie geht weg und kommt wieder, ohne etwas zustande gebracht zu haben außer Problemen.«

Es war die längste, anstrengendste und schwierigste Autofahrt meines Lebens.

Uosse de mort' – Totenknochen

Zutaten
1 kg Mehl
125 g Zucker
100 g Fenchelsamen
80 g Schmalz
1 Glas Anislikör
Salz

ZUBEREITUNG

Das Mehl mit dem Zucker, den Fenchelsamen, dem geschmolzenen Schmalz, dem Salz und dem Anis mischen. Dann lange Stäbchen formen und daraus je eine Acht drehen, wahlweise einen Ring oder einen Knochen. Im Ofen bei 180 Grad backen, bis die Kekse goldbraun sind. Die Totenknochen bereitet man traditionell zu Totensonntag zu.

26. TERESA

Lektionen der Liebe

In dem Sommer, als Mary zu mir und Mimì ins Haus zog, fragten wir uns alle warum. Es war nicht so, dass die Verbindung zwischen uns besonders eng gewesen wäre. Sie leistete mir ungern in der Küche Gesellschaft, hatte mir nie viele Fragen gestellt und hatte auch keinen grünen Daumen. Kurz, was wollte sie hier?

Vor allem Caterina fragte sich das. Sie legte eine Eifersucht an den Tag, die ich nie bei ihr vermutet hätte, wo sie doch als Kind, als es Mimmo noch nicht gab, immer alles durch drei geteilt hatte, geduldig die Kleider der älteren Schwester aufgetragen und sogar Massimos Jacken und Latzhosen akzeptiert hatte, obwohl der ein Junge war. Trotzdem wollte sie ihr Terrain abstecken und verlangte von ihrer Schwester Erklärungen, warum sie meinen Raum und meine Zeit für sich beanspruchte.

»Spinnst du? Nonna gehört ja wohl nicht nur dir, Caterì«, gab Mary zurück.

»Ich trau dir nicht. Du bist eine Egoistin, du hast doch einen bestimmten Grund, zu den Großeltern zu ziehen.«

»Und wenn es so wäre?«

Also besuchte mich Caterina jeden Tag unter immer neuen Vorwänden, sobald Mary mit ihrem Handtuch, einer Zeitschrift unter dem Arm und einem leckeren Schinkenbrötchen an den Strand gegangen war. Einmal war es das Kakaopulver, dann eine Zeitschrift vom Kiosk, dann wieder einfach so, ohne Grund, liebevoller als gewöhnlich. Die Schwestern rivalisierten um meine Zuneigung, was Mimì und ich amüsiert beobachteten.

»Nonna, jetzt zeig ich dir mal, warum Mary eigentlich hier ist. Komm, wir folgen ihr«, sagte sie eines Tages zu mir.

»Ach nein, Caterì«, wehrte ich ab, um schließlich doch mitzugehen.

Ich konnte nicht mehr so gut wie früher gegen den Wind laufen, doch der kräftig ausholende Schritt war mir geblieben. Wenn ich mit Mimì spazieren ging, waren wir langsamer, weil er redete, stehen blieb, auf etwas zeigte, sich die Hose oder die Schnürsenkel richtete. Er trank aus der Feldflasche, und wenn er trank, hielt er an. Wie alle Männer konnte er immer nur eine Sache auf einmal tun. Caterina und ich hingegen hatten dasselbe Tempo. Und unsere Gestalten warfen dieselben Schatten in die Sonne.

Als wir an jenem Abend den Strand erreichten, sahen wir Mary. Vielleicht hatte Caterina recht: Wenn ihre Schwester zu uns gezogen war, musste sie einen Grund dafür haben. Und was wäre ich für eine Großmutter, wenn ich dem nicht nachgegangen wäre? Tatsächlich sahen wir sie mit einem jungen Mann auf dem Handtuch liegen.

»Und das ist nicht Nicola«, stellte ihre Schwester fest.

Aus der Ferne sah er Totonno ähnlich, so dass ich fast schon hinübergerufen hätte, ob er mit uns zu Abend essen wolle. Ich mochte die einfühlsamen Geschichten, die dieser Junge erzählen konnte. Jedermann wusste, dass er keine Mädchen mochte, aber niemand trat ihm mit Vorurteilen oder Unterstellungen zu nahe.

»Das ist nicht Totonno«, raunte Caterina.

Tatsächlich war der junge Mann auf Marys Handtuch um einiges größer als Totonno. Auf den Leuchtturm gestützt, blieb ich stehen. Nicht so sehr, um sie auszuspionieren, sondern weil mich interessierte, wer dieser Junge war, aus welcher Familie er kam.

»Caterì, weg da, sonst sieht sie dich«, sagte ich, und meine Enkelin lachte.

Doch auch als er aufstand, ihr zärtlich über den Kopf strich und zu der links gelegenen Landungsbrücke zurückkehrte, wo ein paar Männer angelten, konnte ich ihn nicht erkennen, weil meine Augen nicht mehr die besten waren.

»Oh, oh, das riecht nach Betrug«, sagte Caterina.

Mary blieb noch einen Moment liegen und genoss in aller Ruhe die Abschiedsgeste, dann zog sie sich an. Also machte ich mich schnell auf den Heimweg, um nicht ertappt zu werden, und sagte zu Caterina: »Schnell, lauf nach Hause, wenn sie uns zusammen sieht, weiß sie alles!«

Und Caterina rannte los. Von hinten sah sie fast genauso aus wie ich, wenn ich früher zu spät nach Hause gekommen war. Und während ich ihr noch hinterhersah, stand Mary plötzlich mit ihrem Fahrrad neben mir.

»Nonna, was machst du denn hier?«

»Ach, nur meinen kleinen Spaziergang.«

Und da sie so guter Laune war wie selten, seit sie mit Nicola zusammen war und ihm Eifersuchtsszenen wegen seines vermuteten Fremdgehens machte, ließ ich mich von ihr mitnehmen. Ich setzte mich im Damensitz auf den Gepäckträger und schlang ihr einen Arm um die Taille. Sie roch nach Salz, Sonne und Leidenschaft. Mit der anderen Hand hielt ich meine Haare fest, die der Wind zerzauste.

Mimì und Caterina sahen uns kommen und lächelten über dieses ungewöhnliche Frauenpaar, das sich nie wirklich verbunden gefühlt hatte. Und während sie ihr Fahrrad abstellte, überraschte uns Mary mit der Frage: »Nonna, was gibt's zu essen? Ich habe einen Mordshunger … Hallo, Schwester!«

Mimì und ich wechselten einen Blick. Wenn Mary Appetit hatte und ihre Schwester so freundlich begrüßte, lag Ärger in der Luft. Bei Tisch fragte Caterina sie, warum denn in letzter Zeit ihr Nicola gar nicht mehr mit an den Strand kam, um sogleich hinzuzufügen, man habe ihn trübselig in der Bar unten im Haus sitzen sehen. Sie antwortete, wenn er in der Kneipe Musik mache, käme er abends spät nach Hause und sei tagsüber hundemüde, aber ein bisschen Distanz täte ihrer Eifersucht auch ganz gut. Sie fühle sich freier, wenn sie nicht seine Berichte vom Vorabend hörte.

Am nächsten und übernächsten Tag wiederholte Mary ihr Ritual. Sie verließ das Haus, kam abends spät und immer aufgedrehter zurück.

»Wie fröhlich sie ist«, sagte Mimì zu mir.

»Das ist etwas anderes, gefährlicher als Fröhlichkeit: Das ist Euphorie. Die Euphorie hebt dich in den Himmel und wirft dich im nächsten Moment in den Dreck. Du wirst sehen, das währt nicht lange.«

An diesem Abend holte Nicola sie ab. Als er draußen hupte, ging sie mit zögernden Schritten Richtung Tür und sagte zu uns: »Es wird nicht spät.« Tatsächlich war sie nach einer knappen Stunde wieder da, blieb aber draußen auf der Bank des Großvaters sitzen. Ich ging hinaus und legte ihr ein Tuch um die Schultern.

»Mary, alles in Ordnung?«

»Alles gut, Nonna. Ich hatte nur keine Lust, sinnlos durch die Gegend zu fahren. Er hört im Auto immer Musik, und ich wollte lieber reden. Nonna, darf ich dich etwas fragen?«

»Frag.«

»Woher wusstest du, dass Großvater der Richtige für dich war? Und wie hat Mamma es geschafft, gegen den Willen aller Papà zu heiraten?«

»Du weißt es einfach. Du fühlst es. Und du hast keine Angst mehr!«

»Aber gesetzt den Fall, jemand ist unentschlossen zwischen zwei Menschen. Der eine ist da, in Reichweite, nicht perfekt, aber vertraut und Teil deines Lebens. Und der andere ist schweigsam, geheimnisvoll, undurchschaubar, aber wenn er neben dir steht, wirst du ganz aufgeregt und fängst an zu schwitzen und zu zittern … Kurz, wann soll man etwas riskieren?«

»Also, nur nach dem, was man so hört, nicht wahr … und um dich geht es ja ohnehin nicht … Ich glaube, die Unentschlossenheit wird man nur los, indem man es ausprobiert. Um es mal deutlich zu sagen.«

Mary gab mir einen Kuss und ging zu Bett. Sie hatte bekommen, was sie wollte, alles andere interessierte sie nicht. Zum Beispiel sich weiter zu unterhalten. Sie ist eben nicht wie Caterina.

Am nächsten Tag kam sie um die Mittagszeit nach Hause. Mit Schmollmund und arrogantem Stirnrunzeln warf sie mir einen verächtlichen Blick zu und verschwand auf ihr Zimmer.

»Willst du nichts essen?«, rief ich ihr nach.

»Nein.«

Caterina, die auch gekommen war, sah nicht einmal vom Teller auf. Doch Mimì machte mir Vorwürfe.

»Also sag einmal, Teresa, das ist hier doch kein Hotel. Du kannst nicht zulassen, dass alle nach Lust und Laune ein und aus gehen, ihren Hunger stillen und dich dann so behandeln. Zum Teufel noch mal! Mary, Mary, du kommst sofort runter!«

»Nonno, ich benehme mich aber nicht wie in einem Hotel«, wandte Caterina ein.

Mary kam herunter. Sie hatte sich umgezogen und sagte nur: »Bald seid ihr mich wieder los. Nicola holt mich gleich ab, ich ziehe nach Hause zurück.«

»Haben wir dir etwas getan, Prinzesschen? Mundet dir vielleicht das Essen deiner Großmutter nicht?«, fragte Mimì sarkastisch.

Mary brach vor lauter Anspannung in Tränen aus. Dies war der Moment der Traurigkeit. »Was starrst du mich so an?«, fuhr sie die Schwester an.

Ich bedeutete den anderen, sie in Ruhe zu lassen, und sagte: »Komm, ich helfe dir packen.«

»Nonna, du weißt doch noch, das Meer und so? Ich hasse es.« Ich faltete stumm ihre Badesachen zusammen und legte sie in eine durchsichtige Gefriertüte. »Ich habe einen Mann kennengelernt, Alberto. Er ist Meeresbiologe, aber nur auf der Durchreise. Er hat mir vom Meer erzählt, von seinen Untiefen, von der Insel Elba, wo er wohnt. Er hat mir von seinem Traum erzählt, nur aus dem Meer zu leben. Und ich habe ihm zugehört. Dann hat er mir von seiner Freundin erzählt und sein Gesicht wurde ganz düster. Und ich habe ihm von Nicola erzählt. Und dann hat er mir Ratschläge gegeben. Und so ging das einen Tag nach dem anderen. Ich dachte, wir wären uns näher gekommen. Aber dann habe ich ihn heute auf deinen Rat hin gefragt, ob er glaubt, dass wir eine gemeinsame Zukunft haben könnten.« Sie ließ sich aufs Bett sinken und überließ mir wie selbstverständlich das Packen. »Und da sind ihm fast die Augen aus dem Kopf gefallen vor Überraschung. ›Zukunft? Was für eine Zukunft? Da haben wir uns wohl falsch verstanden. Ich liebe meine Freundin. Und wir gehen zusammen nach Elba. Eure Dorfprobleme, diese Verlobungen, von denen du erzählst, die offiziellen Rituale, das Eheversprechen, die Eifersucht, das interessiert mich doch alles nicht. Entschuldige‹, hat er zu mir gesagt, ›da haben wir uns missverstanden. Aber ich mag dich, und ich glaube, du solltest dir noch einmal überlegen, ob du mit diesem Typen zusammen sein willst.‹«

An dieser Stelle ließ auch ich die Kleider sinken. »Damit hat er vielleicht recht.«

»Nonna, verstehst du? Für ihn war ich nur eine Freundin. Er hat Nicola als Verräter hingestellt und sich selbst als Unschuldsengel. Und mich wie einen Volltrottel. Warum gefalle ich niemandem außer Nicola, Nonna? Was ist denn falsch an mir?«

»Nichts ist falsch an dir, Mary. Vielleicht sollte ein verlobtes Mädchen nicht davon ausgehen, dass ein Junge, der ihr begegnet, ernsthafte Absichten hegen könnte. Oder du hast ihm einfach nur Angst gemacht. Du hast ihn ein bisschen durcheinandergebracht und da hat er dich abgewehrt.«

Kurz darauf gesellte sich Caterina zu uns.

»Was will die Tratschtante denn jetzt hier?«, fragte Mary und verließ das Zimmer.

Es hätte sie zu viel ungewohnte Anstrengung gekostet zu begreifen, dass es Unterschiede gibt, dass andere Menschen anders handeln als sie. Und so beschwor sie mich, bloß niemandem von der sommerlichen Eskapade zu erzählen, und verließ das Haus.

»Man muss Mary verstehen. Sie liebt und wollte zurückgeliebt werden. Sie hat noch nicht erfahren, was Liebe wirklich ist, und wird es vielleicht auch niemals erfahren«, sagte ich zu Caterina, um sie zu trösten. Sie war den Tränen nahe, weil sie so behandelt worden war.

Mary hatte Angst, eine Liebe auszuleben, die scheinbar nicht erwidert wurde.

Manchmal ist es heilsam, das zu tun. Man lernt dabei, sich zu gedulden. Eine gute Vorbereitung auf die Mutterliebe, wenn man mit Gesten, Mühen und Fürsorge die Liebe des Kindes erobert. Wer behauptet, die Liebe zwischen Mutter und Kind sei instinktiv, der ist naiv. Oder hat eben nie meine Tochter Domenica kennengelernt.

27. CATERINA

Policoro sticht Paris und Rom aus

Wenn mein Wiedersehen mit Pietro ein Kinofilm gewesen wäre, hätte die Geschichte das Zeug zum Kassenschlager gehabt. Und nicht etwa, weil sie so anrührend war. Im Gegenteil, sie fand unter den Augen so vieler Verwandter statt, wie ich sie noch nie auf einmal gesehen hatte. Auch nicht auf dem Hof der Großeltern. Auch nicht an Weihnachten. Höchstens vielleicht beim Patronatsfest der Madonna del Ponte.

Meine Mutter schmollte mit mir, zornig und empört, ohne genau zu wissen, worüber: Immerhin hatte Mary schon seit der höheren Schule einen Freund gehabt. Und ich war erwachsen, was war also dabei?

Niemand wollte etwas über Disneyland oder Paris hören, armer Mimmo! Niemand packte die Geschenke aus, die wir mitgebracht hatten. Alle saßen um den Tisch herum und warteten auf das Motorraddröhnen und die Türklingel. Mein Großvater wollte nicht einmal seinen Mantel ausziehen, damit er sich schnellstens davonstehlen konnte, sobald er einen Blick auf den Eindringling geworfen hatte.

Auf diesen Eindringling, der es niemals mit ihm würde aufnehmen können, genau wie mein Vater, genau wie Marys Verlobter. Und vielleicht stimmte es ja, dass es nur einen Don Mimì auf der Welt geben und niemand den Vergleich mit ihm bestehen konnte.

Mimmo öffnete die Tür aus Holz und die Glastür, die in den Eingangsflur führten. »Ganz toll«, begrüßte er Pietro und wandte sich ab. Pietro hatte ihm die Ankunft vermiest, das hatte er nun davon.

Pietro kam herein und blickte in den Familienhalbkreis. Mit dem Sturzhelm in der Hand blieb er vor mir stehen. Ich hatte vergessen, wie groß er war.

Meine Mutter saß am Tisch, Mary kicherte leise mit ihrem Verlobten, der auf der Gitarre klimperte, Nonno stand neben der Tür, außerdem waren Tante Anna und Mammas Freundinnen da, mit denen sie gerade die Kostüme für Mimmos Theatervorstellung besprochen hatte. Neben Organza, Seide und Knöpfen schob sich nun auch noch Aldo zwischen uns, ein Hund, der uns zugelaufen war, so dass die Distanz zwischen ihm und mir noch schwerer zu überwinden schien als eine steile, eisige Felswand.

Ich ergriff die Initiative und führte ihn unter den inquisitorischen Blicken meiner Familie mit einem kurzen »Ciao« hinaus.

Ich spürte meinen Großvater hinter mir, die Last der vielen Lügen, die zutage traten, als ich Pietro umarmte. Doch er machte sich steif.

»Ich bin nicht hier, um Urlaub zu machen. Aus dem du ja gerade zu kommen scheinst. Ich bin hier, um deine Stimme zu hören, und die Wahrheit. Denn weißt du was, Caterina, nachdem du mir monatelang von der Einfachheit erzählt hast, von den unverfälschten Werten, von Wärme und Familie, hast du genau das Gegenteil getan. Du hast deine Familie belogen, hast dich davongemacht wie die übelste aller Freundinnen, hast die Uni sausen lassen.«

»Nonna ist gestorben«, flüsterte ich, die Arme ausgebreitet wie der Gekreuzigte.

»Ich weiß. Das musste ich hier erfahren, wo ich plötzlich der gehörnte Liebste war.«

»Ich habe dich nicht betrogen!«

»Das hier ist auch eine Art von Betrug, damit du das mal weißt. Also, nenn mir einen Grund dafür außer dem Tod deiner Großmutter.«

Ich drehte mich um und sah Nonno in sein Auto steigen, in seine Giulietta. Er fuhr an uns vorbei, ohne uns eines Blickes zu würdigen.

»Hast du zwei Helme mitgebracht?«

»Ja, klar.«

»Dann fahr los, ich will dir etwas zeigen.«

Ohne drinnen Bescheid zu sagen, stieg ich auf, und wir verließen die Via Benevento. Diese Geschichte würden sie mir eh lebenslang vorwerfen, da konnte ein weiteres Vergehen die Sache auch nicht viel schlimmer machen.

Mit der Hand wies ich ihm den Weg bis Torremozza, zu der Bretterbude, die ich geerbt hatte. Er lehnte an seinem Motorrad, während ich ihm mit gesenktem Kopf alles in einem Rutsch erzählte. Von den Plänen meiner Großmutter, von der Imbissbude. Wie eingesperrt ich mich fühlte von dieser Möglichkeit. Wie zerrissen, verwirrt. Wie sehr er mir gefehlt hatte, und auch der Mut es mir einzugestehen.

»Ich habe dich vermisst«, sagte ich.

Schweigen. Dann: »Aber?«

»Aber was?«

»Bei dir gibt es immer ein Aber …«

»Ja, ich habe dich vermisst, aber du bist auch schuld an den ganzen Zweifeln meiner Familie gegenüber, das kannte ich vorher nicht. Nie habe ich meine Familie infrage gestellt, ich wollte die ganzen Verstrickungen und Einflüsse gar nicht so genau kennen.«

»Etwas kritisch zu hinterfragen ist kein Verrat, Caterina, im Gegenteil. Dadurch findet man leichter zu Bewusstsein und Reife. Es hat dir gutgetan, dass jemand dir Zweifel eingepflanzt hat – was im Übrigen nie meine Absicht war.«

Ich schwieg und weinte. Er machte eine Bewegung auf mich zu, als wollte er mich umarmen, ließ dann aber die Arme wieder sinken.

»Ich habe Nachrichten oder Bücher oder Kino nie vermisst. Denn in Policoro gab es kein Kino«, brach es aus mir heraus. »Vielleicht mache ich einen unverzeihlichen Fehler, ich weiß. Ich bin mir klar darüber. Aber es ist, als hätte ich eine Welt gesehen, die ich gar nicht hatte sehen wollen. Ich habe mich klein gefühlt, wie mein Großvater auf dem Eiffelturm. Ein winziger Punkt neben dir und deinen Freunden. Und nicht etwa, weil ihr besser wärt. Es hat nichts mit dem richtigen oder falschen Leben zu tun. Wir sind verschieden. Wir wollen verschiedene Sachen. Und dieses Gefühl in einer Stadt zu haben, die nicht die meine ist, auf Sachen zu verzichten oder Träumen nachzurennen, die letztlich gar nicht meine sind, ist nicht so viel wert wie hier etwas aufzubauen, wo ich meine Geschichte habe.«

»Willst du mir damit sagen, dass du hierbleiben und wirklich diesen Imbiss aufziehen willst, Caterina? Ist das dein Ernst? Willst du denn niemals erwachsen werden? Willst du nicht reisen, dich anderen Realitäten stellen, etwas lernen? Seit zwei Tagen bin ich hier, in diesem Dorf gibt es nichts. Nichts. Außer dass es verdammt schön ist. Hinreißend schön, aber trostlos.«

»Es ist wunderschön. Und das nennst du nichts?«

»Rom ist auch wunderschön.«

Das stimmte. Rom war auch wunderschön, und Paris auch. Wie alle anderen Weltstädte, die ich vielleicht niemals sehen würde. Doch ich wollte kein winziges Pünktchen sein. Ich wollte nicht mein Leben darauf verwenden, mich Fremden vertraut zu machen. Endlich hatte ich die Antwort auf meine Zweifel gefunden, wegen derer ich weggegangen war. Ich hatte mich für Rom entschieden, um mich auszuprobieren, mich durch den Blick anderer zu erkennen und zu entdecken. Doch was ich durch ihr permanentes Urteil gesehen hatte, war nicht ich. Ich wollte mich nicht mein Leben lang fehl am Platz fühlen, feststellen müssen, dass ich ihr Tempo nicht gehen konnte, die Unruhe nicht teilte, die viele von ihnen umtrieb, und Pietro. Ich hatte nicht ihren Ehrgeiz, ich wollte nicht mit großen Schritten die Leiter des sozialen Aufstiegs erklimmen, um dann auf halber Strecke stecken zu bleiben.

Niemand fragt dich, ob du aufs Podium willst. Oder ob du einfach nur ein glückliches Leben führen willst.

Meine Antwort lautete: Ich will ein glückliches Leben führen. Und zwar sofort. Mit meinen Lieben in greifbarer Nähe.

Meine Großmutter hatte sich ein Netz geknüpft, das dich auffängt, wenn du fällst, das dich schützt, wenn du unvorsichtig bist. Wenn ich ihre Erinnerungen las, Rezept für Rezept, sah ich, wie sie sich alles aufgebaut hatte, mit wie viel Kraft und Opfermut, um dem Versprechen zu bleiben, die Treue zu halten.

Und ich begriff, dass es manchmal leichter war zu gehen. Denn nur wo deine Ursprünge sind, deine Wurzeln, nur dort kannst du wirklich du sein, und das macht manchmal Angst. Warum sollte man den Kompromiss eingehen, jemanden auf Distanz zu lieben? Was ist so abschreckend an der Vertrautheit, am Alltäglichen? Warum sind die Menschen von Gewohnheiten so schnell gelangweilt, anstatt sich von ihnen beschützt zu fühlen? Warum erfordert der Aufstieg manchmal Einsamkeit? Was ist so falsch daran, eine vereinte Familie zu sein und als solche zu leben?

Wenn ich mir ein Leben vorstellen sollte, das mir Sinn und ein gutes Ende versprach, gab es nur eine mögliche Richtung, die ich einschlagen konnte. Denn dieses Leben war nun nicht mehr das einfachere, das geradere, das banalere. Im Gegenteil. Es war ein Leben voller Liebe.

Nur ein Leben wollte ich nachleben. Das meiner Nonna.

Orecchiette alla materana – Nudelauflauf mit Lammfleisch aus Matera

Zutaten
500 g hausgemachte Orecchiette
500 g reife Tomaten
200 g Lammfleisch
1 Mozzarella
geriebener Pecorino
Olivenöl
Salz

Zubereitung

Das Fleisch in Stücke schneiden. In heißem Olivenöl anbraten und die gewaschenen, geschälten, von den Samen gesäuberten und in Stücke geschnittenen Tomaten hinzufügen. Salzen.

Zeitgleich die Nudeln in reichlich Wasser al dente kochen und abgießen. Dann in einer Auflaufform abwechselnd eine Lage Nudeln und eine Lage Soße und Käse schichten.

Den in feine Scheiben geschnittenen Mozzarella darüber verteilen und für etwa 15 Minuten im Ofen überbacken.

28. TERESA

Meine Sassi sieht man nicht im Kino

Ich hatte nie in die Grotten von Matera zurückkehren wollen. Ich wollte sie in Erinnerung behalten, wie ich sie als Kind erlebt hatte, als ich mit meinen Freunden in den Gassen gespielt hatte, bis meine Mutter mich zum Essen rief. Doch eines Tages überredete Caterina mich, den Pasolini-Film *Das Evangelium nach Matthäus* anzuschauen, der in den Sassi gedreht worden war. Den ganzen Film über fühlte ich mich hundeelend. Ich sah meine Grotten wieder.

Ich war niemals in meine Geburtsstadt zurückgekehrt. Ich hatte Gerüchte gehört, dass die Grotten saniert worden waren, dass Restaurants und Hotels entstanden seien. Das fand ich wunderbar, wie wenn aus Staub Blumen wachsen. Während des Films hatte ich das Gefühl, jeden Moment müsse mein Nachbarsfreund Alessio mit seinen Eierfrikadellen in der Hand auftauchen. Oder Mamma oder Signora Maria, die mich gleich am Arm packen würden. Vor Signora Maria hatten alle Angst, da sie die einzige Frau war, die allein lebte, und mit ihren wirren Haaren und dem bösen Blick aussah wie eine Mischung aus einer Hexe und einer Madonna, denn sie war gleichzeitig wunderschön. Sie war protestantisch, wie viele bei uns.

Dann hatte es Pasqualino gegeben, das neunte Kind unserer Nachbarn, der immer hungrig war und als Letzter in einer langen Geschwisterreihe nie genug zu essen bekam und überall ein paar Brotkrumen zusammenbettelte. In den Gesichtern der Schauspieler entdeckte ich all die Menschen, die ich verloren hatte, wie meinen ersten und einzigen Freund Alessio. Als seine Familie die Sassi verließ, hatte seine Mutter geweint. Er war älter als ich, fünfzehn, aber genau wie ich einziges Kind. Manchmal beschützte er mich, wenn wir in der Nähe der Laterne spielten, die unser Treffpunkt war. Hier kamen alle hin, eine Meute halbwüchsiger Kinder, versammelt um einen Mast, dessen Licht auf die Gassen schien.

Mein Lieblingsspiel war »Blinde Fliege«, bei dem man mit verbundenen Augen eine beliebige Person erkennen sollte. Seines war »Pferd und Reiter«. Dabei musste sich ein Kind an die Mauer stützen, und die anderen mussten über es hinwegspringen. Sein Vater war Bauer und seine Mutter gestorben, als er gerade erst sechs Monate alt war. Doch er hatte eine neue Mutter, die sich sehr um ihn sorgte. Seine Grotte hatte viele Höhenunterschiede und war völlig dunkel. Hätte es keine Fackel gegeben, hätte man seine wunderschönen schwarzen Augen nicht von denen des Vaters und des Esels unterscheiden können. Zum Glück hatten wir keine Tiere in unserer Höhle, außer denen, die woanders weggelaufen waren. Bei ihm schlief das Maultier neben dem Heu hinter der Schlafstatt der Eltern. Wenn ich nach ihm rief, antwortete der Esel mit einem kreischenden Iah, und ich rannte weg.

Seine neue Mamma machte ganz außergewöhnliche Semmelknödel mit Eiern, weil Brot aus Matera nie weggeworfen wurde. Das wusste wohl auch das Maultier. Sie formte sie auf einem Sockel aus Tuffstein, der schwarz war vor Ruß. So etwas bekam man selten zu essen, und ich fragte immer noch einmal nach, ob sie sich ganz sicher seien, mir zuliebe auf einen verzichten zu wollen. Für gewöhnlich gab meine Mutter ihnen dann im Tausch ein paar Scheiben Brot, von dem sie sich meist ernährten. An guten Tagen hatten sie ein wenig Zucker, den sie darüber streuten. Fleisch gab es nur an hohen Feiertagen, also am Namenstag der Madonna della Bruna, an Weihnachten, an Ostern oder wenn ein Huhn gestorben war.

Alessios Höhle sah aus, als sei das Jesuskind hier geboren worden, und wir waren die Krippenfiguren, die es willkommen hießen. Alessio war ein guter Junge. Wer weiß, was aus ihm und der Grotte und dem kleinen Esel geworden ist, ob auch er sich hin und wieder an unsere Freundschaft erinnert. Ich dachte jedes Mal an ihn, wenn ich die Semmelknödel zubereitete.

Mit ihm ging ich auf meine erste Beerdigung, und er sagte leise zu mir: »Wenn man stirbt, kommen einem die Würmer aus dem Kopf heraus und alles, was man am Abend vorher gegessen hat, wusstest du das?«

»Was? Woher hast du das?«

»Ich habe es gesehen.«

»Und der Tote hier, was kommt aus dem raus?«

»Nichts. Er ist verhungert.«

Meine Mutter vergoss im Gegensatz zu Alessios Mutter keine einzige Träne, als wir die Sassi verließen. Dort wo sie hinging, würde es ihr besser gehen, sie würde eine Küche haben. Nur die Verwandten, die hätte sie lieber nicht zurückgelassen, denn sie besuchten sich jeden Tag, und diese Tradition würde verloren gehen.

Der Vorabend des Tages, an dem wir die Sassi für immer verließen, die sich schon geleert hatten und uns weder arm noch elend vorkamen, war der erste August. Wir Kinder waren krebsrot von der Sonne, denn UV-Schutz gab es noch nicht, und wenn es in den Grotten zu heiß wurde, verbrachten wir den ganzen Tag draußen. Ein paar Tage zuvor hatten meine Cousine und meine Schwägerin von den Bauern Zichorie, Zwiebeln und Kartoffeln bekommen. Sie hatten das Gemüse am Brunnen gewaschen und in einer großen Suppenschüssel eingeweicht. Dann waren sie auf die Straße hinausgegangen, wo immer ein Feuer gemacht wurde. Und der Dampf des Gemüses hatte sich in den Gassen verbreitet. Wir alle hatten von dem Eintopf gegessen.

Das Gericht nannte sich *Capriata,* ein traditionelles Bauernmahl aus Korn und Gemüse, mit dem am ersten August, dem Fest der Capriata, das Ende der Erntezeit gefeiert wurde. In dem großen Kessel köchelte der Eintopf auf der zentralen Piazza der Stadt und wurde mit der gesamten Nachbarschaft geteilt.

Alessio sagte zu mir: »Wenn heute Abend jemand stirbt, findet man Bröckchen aus der Capriata.«

Sie dankten Gott für die Ernte und wir für die Abreise. Manche weinten, weil Mamma wegging, die nicht nur eine gute Köchin war, sondern auch großzügig Reste verteilte. Unsere Nachbarn, die zu sechst in einem Raum wohnten, machten ein besonders großes Theater und erdrückten mich fast beim Verabschieden.

Ich wusste nicht, was abreisen bedeutete. Ich war noch nie verreist.

29. CATERINA

Umso besser

Wenn dieses Land für ihn nicht mehr war als schön, musste ich ihm vielleicht zeigen, was es sonst noch war. Also brachte ich ihn zu meinem Großvater, meiner Trumpfkarte.

»Nonno, darf ich?«, fragte ich, während ich schüchtern an die Tür klopfte.

»Es ist offen.«

Pietro stellte sich vor und äußerte sich bewundernd über den Hof. Schon entspannte sich mein Großvater ein wenig. Er ließ uns im Salon Platz nehmen und schwieg. Da stellte Pietro ihm die beste aller Fragen, denn von seiner früheren Arbeit sprach schon lange keiner mehr.

»Soweit ich weiß, waren Sie Bürgermeister in Policoro. Der erste und der beliebteste. Glücklicherweise teilen wir ja die gleichen politischen Überzeugungen.«

Der Großvater richtete sich im Sessel auf und strahlte. Dann begann er Anekdoten zu erzählen, die ich noch nie gehört hatte, und zeigte uns sein Fotoalbum mit all den vergilbten Erinnerungen. Sie diskutierten über Marx, über den Süden im Nachkriegsitalien, bis hin zum Sieg der Partei Forza Italia, über den sie beide nur den Kopf schütteln konnten. Über Christdemokraten, Kommunisten, Sozialisten.

»Ich hätte nie gedacht, dass hier politisch so viel los ist. Dabei muss ich zugeben, dass ich beim Herumlaufen viele Ortsgruppen gesehen habe.«

»Was willst du machen, Pietro«, seufzte Nonno. »Die Leute hier denken ans Essen und ans Überleben. An ihre Arbeit. Viel weiter kommen sie nicht mit ihren Gedanken. Und was ist Politik anderes als eine öffentliche Sache? Mein und dein Geschäft. Ich glaube ja, die Leute hier haben viel mehr vom Wesen der Politik begriffen als die da in Rom in ihrem Parlament.« Er strich sich nachdenklich über den Schnauzbart. »Und ich sage dir noch etwas: Die in Rom stehlen. Aber wer dieses Land und seine Menschen liebt, die Würde seiner Arbeiter, der würde niemals stehlen. Ich würde die nicht mehr wählen. Sollen sie doch alle nach Hause gehen.«

»Aber viele Unternehmen müssen dichtmachen … Wie ich hörte, auch das von Caterinas Vater, leider …«

»Tja, ein ganz bitteres Kapitel. Und das ist erst der Anfang.«

Nachdenklich und so ernsthaft, als müssten sie über das Schicksal der Welt entscheiden, kamen sie sich immer näher, saßen schließlich nebeneinander auf dem Sofa und schlugen sich gegenseitig auf die Schulter. Sie sprachen dieselbe Sprache. Ich betrachtete sie, zwischen Wohnzimmer und Küche pendelnd, und fühlte mich mal froh, mal unsichtbar. Fühlte mich wie Nonna.

Und ich dachte: Was hätte Nonna in diesem Moment an meiner Stelle getan? Sie war die Hausherrin, ohne sich aufzudrängen. Die durch die Stimmungen und Themen immer wusste, was sie auftischen musste. Zu guter Laune servierte sie wahrscheinlich Süßes und Liköre. Bei schwierigen Entscheidungen wohl lieber keine Suppen oder Soßen, für die man Aufmerksamkeit brauchte, sondern etwas, das beim Essen nicht ablenkte. Frikadellen ohne alles. Eine Käseplatte. Aufgeschnittenen rohen Schinken. Sie hätte gekocht. Hätte die Diskussion geschickt mit einem köstlichen Mahl beendet.

Ich rannte in die Küche. Ein Prickeln lag in der Luft, Farbe. Verbrüderung. Mir kamen Feigen in den Sinn. Frittierte Feigen. Ich servierte sie mit einem Amaro, und sie verschlangen alles bis auf den letzten Hauch Puderzucker und den letzten Tropfen Magenbitter.

Dann lenkte ich ihre Aufmerksamkeit auf mich und sagte: »Pietro, wir müssen los.« Ich wollte mit dem Bus nach Matera fahren und ihm dort den Sonnenuntergang zeigen.

»Mit dem Bus?«, rief mein Großvater. »Ich fahre euch.«

»Wenn es keine Umstände macht …«

Ich wäre lieber mit Pietro allein gewesen, doch der schlug so begeistert ein, als hätte er endlich jemanden gefunden, mit dem er auf Augenhöhe sprechen konnte.

Ich rief zu Hause an und gab durch, dass wir nach Matera fahren würden, und sie rieten mir, Pietro ans Steuer zu lassen, weil Nonno seit der Paris-Tour sehr müde sei, sich überanstrengt habe.

So machten wir es. Eine Dreiviertelstunde Fahrt, zwischen Heuballen und Schratten hindurch, den tiefen Rissen im Kalkgestein, die Pietro den Atem raubten.

»Ich muss schon sagen, hier unten ist mir schon mehrmals der Atem weggeblieben. Zum Beispiel, als ich auf eigene Faust Craco besichtigt habe.«

»Oh, wunderschön, die Geisterstadt!«

»Sie wirkt völlig zeitlos. Ich habe eine Führung mitgemacht, mit Helmpflicht, weil angeblich Erdrutschgefahr besteht. Ein paar Schafe waren da, ein Esel. Wie kann es sein, dass niemand das privat kaufen und etwas daraus machen will? Ein Resort? Schwebend zwischen Himmel und Erde, ruhig, unerschütterlich.«

Ich war glücklich. Endlich hatte sich Pietro einen Eindruck von meiner Familie gemacht. Auch wenn er Großvater erobert hatte, was Papà garantiert nicht gefallen würde.

Auf seinem Weg von Rom nach Policoro hatte er sämtliche Orte besucht, von denen ich ihm erzählt hatte. Was ja hieß, dass er mir zugehört hatte, mich verstehen wollte, meine Heimat und darüber mich kennenlernen wollte. Craco gehörte zu den Städten, die ich ihm beschrieben hatte.

»Ich schätze, dort oben hat man die schönste Aussicht von ganz Italien.«

Und dann beschrieb er verzückt das arabische Viertel von Tursi, das Sanktuarium von Anglona, die Strandpromenade von Policoro.

»Auf der Landstraße 103 bis zum See Pertusillo … Und die ganzen Kurven mitten in dieser Lehmlandschaft. Wie Mexiko sieht das aus, eine wahre Wüste. Mond- und Sonnenlandschaften. Alles ein einziger Kontrast, so wie du«, sagte er und sah mich an.

»Du könntest nach Rom zurückfahren und einen Reiseführer für Motorradfahrer schreiben, die die Basilikata kennenlernen wollen.«

»Aber eins fehlt euch«, fügte er hinzu.

»Soll ich dir sagen, was fehlt? Mehr als alles andere? Das Offensichtlichste!«, meinte Nonno.

»Die Eisenbahn? Ein Flughafen?«, riet ich.

Doch die Antwort erklang unisono aus beiden Mündern: »Die Kultur.«

»Aber es gibt sie. Man bemerkt sie nur selten«, erklärte Nonno. »Du wirst schon sehen, wie lange sie noch brauchen, um sich über das Erdöl, die Bohrungen, die Schlacke zu einigen. Stell dir vor, in Policoro steht eine ungenutzte Zuckerfabrik. Wie viel Asbest da wohl liegen mag …«

So erreichten wir schließlich Matera. Wir stellten Nonnos Wagen in der Nähe des Hauptplatzes ab, und ich schleppte Pietro zur Piazza Vittorio Veneto, um einen Panzerotto zu essen, während Nonno die Brotvorräte aufstockte.

»Siehst du, Pietro? Dieses Brot hat die Form der lukanischen Hochebenen. Und je länger du es aufbewahrst, desto besser wird es.«

Wie Maultiere beladen schleppten wir uns zum Aussichtsplatz auf die Grotten. Pietro stockte der Atem.

»Mein Gott …«, sagte er nur und sah mich an.

Und ich erwiderte nachdenklich: »Begreifst du jetzt, warum wir hier nicht weggehen können?«

Torte aus Trockenfrüchten

Zutaten

150 g geröstete Haselnüsse
150 g geröstete Mandeln
150 g getrocknete Feigen
150 g Orangenschalen
150 g Blockschokolade

150 g Zucker
300 g Mehl
4 Eier
1 Tütchen Backpulver

Zubereitung

Wenn von der Liebe die Rede ist, gibt es kein besseres Kuchenrezept: In einer Schüssel Eier und Zucker verrühren. Nüsse, Feigen, Orangenschalen und Schokolade in kleine Stücke hacken und untermischen, dann das mit Backpulver vermengte Mehl hinzugeben. Eine Stunde im Ofen backen.

30. TERESA

Das Rezept des Herzens: die Liebe

Liebe Caterina,

diesen Brief schreibe ich am selben Tag, an dem ich dir das letzte Rezept diktiert habe, und mit dem gleichen Gefühl wie damals, als ich dir das Nudeleisen für die Frizzuli geschenkt habe.

Du bist ein tolles Mädchen, Caterina, und ich werde diesen Brief an einem Ort aufbewahren, wo du ihn ganz sicher findest.

Sei nicht traurig, wenn du ihn öffnest und ich nicht mehr bei dir bin. Und pass gut auf, denn was ich dich nun lehren möchte, ist mein einzig wahres Rezept.

Ich will dir sagen, dass du meine Erbin bist. Was nicht heißt, dass ich dich lieber mag als deine Geschwister oder deine Mutter, es heißt nur, dass du meine andere Hälfte bist.

Du warst in den letzten Monaten die einzige Vertraute, die ich hatte. Weißt du noch, wie wir heimlich Hand in Hand Mary gefolgt sind? Tja, du bist eben meine beste Freundin.

Ich habe noch nie jemandem meine Erinnerungen anvertraut, ich konnte es nicht. Doch wo ich nun diese von mir diktierten Rezepte durchlese, stelle ich fest, dass du tagtäglich mit großer Geduld auch die Geschichten notiert hast, die ich dir währenddessen unsortiert erzählt habe.

Sie kamen spontan, weil das mit den Rezepten nun mal so ist. Sie rufen im Kopf Geschmäcker wach und Erinnerungen.

Hier also das letzte Rezept: Es heißt Liebe. Weißt du, wie man sie zubereitet?

Du suchst dir einen Menschen aus, indem du sorgfältig seine Vorzüge und Nachteile abwägst, als wären es Zutaten.

Dann rollst du die Geschichte aus. Mit dem Nudelholz, bis alles in aller Gänze vor dir liegt. Und dann füllst du sie mit allem, was du bis zu diesem Moment erlebt hast und entscheidest, welche Form du ihr geben möchtest.

Du schmeckst ab. Dann schließt du sie. Wenn sie roh gut schmeckt, also kurz nach der Geburt, wird sie auch nach dem Garvorgang noch munden.

Nimm alles, was du brauchst, um sicherzugehen, dass die Mahlzeit schmeckt, genau wie du dich versichern musst, dass es der perfekte Mann für dich ist.

Und letztlich: Über Geschmack lässt sich nicht streiten. Mach dir also keine Sorgen, wenn es dir besser schmeckt als den anderen. Du fällst das erste Urteil über das, was du kochst.

Wenn es verbrennt oder nicht gar wird, hast du alles falsch gemacht. Dann fang noch mal von vorne an.

Denn eine perfekte Sache kann nicht schiefgehen.

Kochen ist ein chemischer Vorgang. Und genau wie das Kochen hat auch die Liebe strenge Regeln, denen man folgen muss. Was zählt, ist das Ergebnis.

Fang von vorne an, Caterina. Bereite einen neuen Teig zu, aber mit den gleichen Zutaten.

Gib nicht auf, wenn es wirklich das ist, was du aus dem Ofen ziehen willst.

31. CATERINA

Ein Küchengeheimnis

Am Abend, als Pietro zu meiner Tante hinübergegangen war, weil Verlobte vor der Hochzeit nicht unter einem Dach schlafen dürfen, nahm ich das Rezeptbuch der Nonna zur Hand.

Ich überlegte für morgen, wenn Pietro zum ersten Mal offiziell zu uns eingeladen war, etwas Traditionelles zuzubereiten, also ein Gericht meiner Großmutter.

Ich blätterte in dem Kochbuch, erstellte eine Gästeliste und stellte fest, dass ich gar nicht genug Pfannen hatte, um eine ganze Kompanie zu versorgen. Wenn wir viele Gäste hatten, liehen wir uns in der Regel die fehlenden Utensilien von Nonna.

Im Bademantel ging ich hinunter und fragte Massimo, ob er mich schnell zum Großvater fahren könne, um die nötigen Töpfe zu holen. Mein Bruder lag schläfrig vor einer Fußballübertragung und sagte: »Du nervst, Caterì. Ich hoffe, meine Frau wird später mal das Essen im Imbiss kaufen.« Ich lachte.

Als wir bei Nonno ankamen – er war wie immer noch wach und in irgendein Buch vertieft, das er schon hundertmal gelesen hatte, weil er sich niemals neue kaufte –, wusste er sogleich, warum wir da waren. Er öffnete die geschwungenen, glänzenden Türen des himmelblauen Sechzigerjahre-Schranks, fand darin aber nur die feinen Teller mit dem Goldrand für besondere Anlässe. Also suchten wir in allen Schränken und stapelten, was ich brauchte, auf dem Marmorboden. Ich strich mit den Fingern über die Kerben in Nonnas Hackbrett, die sich über die Jahre dort hineingefressen hatten. Ich überlegte, ob ich es mitnehmen sollte für später, wenn ich einmal eine eigene Wohnung hätte.

»Caterì, mach voran, ich bin müde«, rief Massimo, der nicht einmal seine Jacke ausgezogen hatte.

Als ich das Schneidebrett nahm, um es einzupacken, bemerkte ich einen Umschlag, der mit Tesafilm auf seiner Rückseite klebte, mit der Aufschrift: »Für Caterina«.

Ich wäre fast umgekippt. Ich löste den Umschlag, roch daran und führte ihn an mein Herz, dann legte ich ihn in die Aluminiumpfanne, die wir immer als Rührschüssel benutzt hatten, und verabschiedete mich von Nonno.

Im Auto konnte ich es nicht mehr erwarten und begann den Brief zu lesen, während wir die Strecke zwischen Nonnos und unserem Haus zurücklegten, die wir so oft schon gefahren waren. Durch die Unterführung mit dem Schild »Welcome to Policoro«, die Straße hinauf an der Burg vorbei, mit den Kurven und den Lichtern vor dem Krankenhaus. Und in die Zone drei mit ihren Neubauten und Fertighäusern, die zu kleinen Villen werden würden.

Mir kam es vor, als säße sie neben mir, mit ihren Kommentaren über die pistaziengrünen Vorhänge des Kassenarztes. Oder ihrem Gejammer über die Schlaglöcher, die ihr das Abendessen im Magen durcheinanderwirbelten.

In diesem unerwarteten Geschenk, in ihrem Brief, fand ich die Antwort auf eine meiner drängendsten Fragen. Konnte dieser Mann, der so anders war und so fern, der Mann meines Lebens sein, obwohl ich so viele Fehler gemacht hatte?

Ich musste versuchen, noch einmal von vorn anzufangen, ihm mein Leben zu zeigen. Das Leben, das ich gewählt hatte. Wir mussten herausfinden, was wir uns für die Zukunft wünschten, ohne uns weiter voreinander zu verstecken.

Massimo, der an die hormonellen Ausbrüche seiner Frauen zu Hause gewöhnt war, fragte beiläufig, warum ich weinte. Doch das blieb mein Geheimnis, und ich erwiderte, ich habe gerade ein Rezept von Nonna gelesen und sie fehle mir.

Dann legte ich das Menü fest: Nudeln mit Kichererbsen und Kartoffeln nach Marktfrauenart. Dazu Brot: *chiappetta du prev't* und Focaccia mit Mangold und Rosinen. Als Vorspeise *Centobocconi,* in Salz und Peperoncino eingelegte junge Fische. Und als Nachtisch die Torte aus Trockenfrüchten, meinen Lieblingskuchen. Immer wenn Nonna sie für mich gebacken hatte, hatte ich sie in weniger als zwei Tagen weggeputzt. Vielleicht war mir deshalb nie Margheritas Figur vergönnt gewesen.

Während ich die Zutaten durchging, kam eine SMS von Pietro: »Habe schon lange keine Liste mehr von dir bekommen. Deshalb jetzt eine von mir. Liste der schönen Dinge Lukaniens: Du.«

Ich legte mich ins Bett, um meine Emotionen zu genießen. Den Wecker stellte ich auf sieben Uhr.

Die Zubereitung des Mittagessens war ähnlich aufwendig wie für Heiligabend. Wir hatten noch Mario und Margherita eingeladen. Meine Mutter rührte keinen Finger. Sie blätterte in ihrer Zeitschrift und behauptete, ihr täte alles weh. Ich konnte es kaum fassen, dass sie mir nicht so half, wie sie Mary geholfen hatte. Ich begriff nicht, ob es ihr nicht passte, dass ich in der Küche die Zügel in die Hand genommen hatte, oder dass Nonna mir den Strandschuppen geschenkt hatte, oder ob sie beleidigt war, dass ich ihr nichts von Pietro erzählt hatte.

Doch für klärende Gespräche hatte ich keine Zeit, stattdessen plauderte ich die ganze Zeit über mit ihr, band sie mit ein, weil ich wusste, dass sie sich dann langsam entspannte. Sie musste nur weiterhin im Mittelpunkt stehen.

»Pietro hat gesagt, dass du eine wunderschöne Frau bist, Mamma.«

»Er ist auch ein hübscher Kerl. Was machen denn seine Eltern?«

»Sein Vater ist Anwalt.«

›Die Mutter lässt sich aushalten‹, hätte ich fast hinzugefügt, wollte aber Pietro in kein schlechtes Licht rücken. Da mischte sich Margherita ein: »Hast du nicht gesagt, seine Mutter hat ein paar Geschäfte?«

»Ja, ja«, erwiderte ich. »Die verwaltet sie.« Sie hatte von ihren Eltern ein paar Läden geerbt und strich jeden Monat die Miete ein. Sie war also reich und musste keinen Finger dafür rühren.

Mein Vater erschien in der Küchentür und verkündete: »Ich fahre Papà abholen«, womit er meinen Großvater meinte. Alle fanden es merkwürdig, dass ausgerechnet er das tun wollte. Das hätte er früher nie gewagt, nicht einmal im allerschlimmsten Notfall.

Fragend schaute ich meine Mutter an, die sagte: »Seit er arbeitslos ist, dreht er völlig durch.«

Um zwölf waren sie zurück, zeitgleich mit Pietro, der fast unter den Bergen von Gebäck und Kuchen begraben wurde, die meine Tante mit dem Auto abgeholt hatte.

Schließlich saßen wir zu siebzehnt an der Tafel. Ich, Pietro, Mamma, Papà und Nonno, Massimo mit seiner Verlobten aus Neapel, Zia Anna, Totonno, Margherita, Mario, Nicola, Mary, Tonia und Stefania mit ihren jeweiligen Ehemännern.

Nicola versuchte, das Eis zu brechen, indem er das Prosecco-Glas hob, um auf das Verlobungspaar anzustoßen. Und da niemand darauf reagierte, fügte Nonno elegant hinzu: »Auf unseren lieben Gast, der mit großen Vorbehalten herkam und sich hier verliebt hat. In die Basilikata, natürlich.«

Pietro aß Taralli, machte ein paar Späße mit Mimmo und beantwortete nur einsilbig die Fragen, die auf ihn einstürmten.

»Und wie soll das von Rom aus gehen?«

»Wann kommst du wieder?«

»Kommen deine Eltern denn auch mal?«

Und während alle mich für mein Essen lobten, flüsterte Pietro mir irgendwann zu: »Das kannst du wirklich gut. Und danke, dass du nicht so viel Fleisch gemacht hast. Aber mir brummt der Kopf. Noch eine einzige Frage, dann explodiert er.«

Ich sah zu Nonno hinüber, ob ich irgendwie eine Abkürzung finden und Pietro retten konnte. Doch der war in Gedanken versunken. Dann blickte ich meinen Vater an, der ebenso nachdenklich aussah. Beide schwiegen.

Sie hatten während des Mittagessens noch keine drei Sätze gesprochen.

»Sehr lecker, Caterina, jetzt bist du wohl reif für den Focaccia-Verkauf am Strand?!«, sagte jemand zu mir, so dass ich mich fast verschluckte.

Und Pietro brummte: »Caterina, ist das dein Ernst mit dieser Pizzeria? Komm schon!«

»Ja, Caterina will tatsächlich einen Imbiss eröffnen«, sagte da plötzlich Papà. »Was nicht das Gleiche ist wie eine Pizzeria, hab ich recht, Mimì?«

»Caterina, ich und dein Vater unterstützen dich in allem, was du tust. Wenn du es wirklich willst. Wir stehen hinter dir. Ohne jeden Vorbehalt.« Und er hob sein Glas.

Auch ich erhob mein Glas, gerührt über die ganz neue Einigkeit zwischen Papà und Nonno. Sie mussten das Kriegsbeil begraben haben. Papà war offenbar zu meinem Großvater gegangen und hatte ihn um finanzielle Unterstützung gebeten, da ich den Kiosk niemals ohne Geld hätte sanieren können. Und hatte im Gegenzug einem Waffenstillstand zugestimmt.

In Wahrheit hegten sie eine viel klarere Vorstellung davon, wie dieser Laden aussehen sollte, von dem alle sprachen. Alle hatten eine Vorstellung davon, außer mir.

Meine Mutter erwachte aus ihrer Lethargie und gab ihrem Mann einen Kuss. »Danke.«

Mein Vater hatte sich überwunden und den letzten Menschen um Hilfe gebeten, den er hätte bitten wollen. Mir zuliebe.

»Und da ich gerade keine Arbeit habe, kann ich dir selbst bei allem helfen. Letztlich war es immer mein Wunsch, ein Stück Land zu haben und etwas herzustellen. Nun ist es kein Wein, sondern Essen, aber das ist in Ordnung.«

Wieder einmal geschahen die wichtigsten Dinge in meinem Leben um den Esstisch herum. Und wieder einmal im Beisein von Freunden, Verwandten und jetzt auch Pietro, der jedoch noch verstörter aussah als zuvor.

Also fuhr ich mit ihm nach Torremozza, unter dem Vorwand, einen Verdauungsspaziergang machen zu wollen. »Du bist so komisch seit dem Essen, was hast du? Du klingst so kalt. Gestern Abend noch diese schöne SMS und jetzt?«

Stumm begutachtete er den Kiosk, endlich bereit, über seine Schwelle zu treten, dann sagte er: »Caterina, das hier ist eine Mordsarbeit! Merkst du eigentlich, dass ihr hier so redet und euch benehmt wie in einem unaufhörlichen Familienrat, einer Gemeindeversammlung? Gibt es denn nicht so etwas wie eine Privatsphäre, eine Art Beichtgeheimnis?«

Ich sah ihn erstaunt an. Wovon redete er? Nein. Bei uns lag alles offen auf dem Tisch. Das Gute wie das Schlechte. Der Schmerz und die Freude. Alles wurde geteilt. Das hatte uns Nonna so gelehrt.

»Heute ist etwas Außergewöhnliches passiert. Das verstehst du nicht. Heute haben mein Vater und mein Großvater sich die Hand gegeben. Für mich. Sie haben das Kriegsbeil begraben, nach vielen spannungsreichen und leidvollen Jahren. Zerbrochenen Träumen, geänderten Lebenswegen …«

»Es ist Einbildung, dass ihr euch alles anvertraut. Wie kann es sein, dass dein Vater niemals deinem Großvater die Meinung geblasen hat? Dass er ihn niemals zum Teufel gejagt hat? Bei allem Respekt, denn deinen Großvater würde ich sofort mit nach Hause nehmen. Wenn er nicht hiergeblieben wäre, wäre er ein großer Staatsmann geworden.«

»Erstens hat er ihm aus Respekt niemals die Meinung geblasen, wie du das ausdrückst. Zweitens brauchte den Nonno niemand mitzunehmen, denn er wurde hier gebraucht. Er hat viel durchgesetzt hier, hat die Dorfbewohner gestärkt, hat die Straßen neu gezogen, das Dorf schön gemacht. Warum sollte es mehr wert sein, woanders zu arbeiten?« Dann fügte ich instinktiv hinzu: »Mach mich zu Wind.«

»Was?«, fragte er.

»Mach mich zu Wind. Das wäre ein guter Name für das Lokal.«

»Dann hast du dich also entschieden? Du behältst den Schuppen? Oder doch nicht? Und wir, Caterina, was wird aus uns? Hast du dir das mal überlegt? Ich reise morgen ab, und bis dahin brauche ich eine Antwort. Nein, ich brauche alle Antworten, und zwar jetzt gleich.«

Und zum ersten Mal machte ich keine Liste der Pros und Contras. Zu dem Lokal, zu Pietro, zu Policoro, zu Rom. Nein. Ich brauchte keine.

Und ich antwortete ihm nicht einmal. Ich ließ das Herz entscheiden. Das Herz spürte den Wind und entschied sich zu bleiben.

EPILOG

Die Grotten hatten eine Seele. Ich weiß, dass das nicht sein kann, und doch ist es so. In ihnen lag ein ganz besonderer Zauber. In ihnen lag die Liebe.

Ich wurde arm geboren. Ich wuchs am schönsten Ort der Welt auf, ohne es zu wissen. Denn von dort unten gesehen schien es kein anderes Leben zu geben außer dem unseren. Es schien normal, seinen Raum mit den Tieren oder anderen Menschen zu teilen, seien es Verwandte, Freunde oder Geschwister.

Ich habe gesehen, wie Menschen verhungert oder aufgrund katastrophaler hygienischer Verhältnisse erkrankt sind. Ich habe Freunde für immer verloren, als wären sie nach einer Bombardierung in den Grotten verschüttet worden, auch wenn dort unten niemals Bomben fielen. Man lebte eben so.

Doch eine Frau wie ich, die nichts anderes kann, als Kinder auf die Welt zu bringen und an Weihnachten Brot, Zucker und Fleisch zu verteilen, solch eine Frau wurde auserkoren. Auserkoren, eine Geschichte weiterzutragen, die sonst niemand hätte hören wollen. Und der zuliebe niemand bis hierher gekommen wäre, um sie zu bewahren.

Ich bekam eine Gabe mit, die mir häufig Angst machte. Obwohl es hier in den Grotten viele Menschen wie mich gab. Ein bisschen magisch, ein bisschen sehend. Es mag an der Luft gelegen haben oder an dem sechsten Sinn, den wir für unser Überleben entwickeln mussten, als Schutz vor dem Leid. Im Bauch der Erde zu leben wie in den Sassi, das ist so, als würde man die Energie direkt aus der Erde aufnehmen. Die Luft abschneiden. Als würde man von Lebensflüssen durchströmt, die man nicht sieht, die aber dennoch existieren. Als sei man die Wurzel einer Pflanze. So war es, in den Grotten zu leben.

Es gab einen Mann, der behauptete, er habe die Welt umrundet, dabei hatte er seine Grotte niemals verlassen. Aber wenn er gefragt wurde, erzählte er haarklein von der ganzen Reise, von den Bergen, die er bestiegen hatte, von den Namen der Meere, die er nicht auf der Schulbank gelernt haben konnte. Er beschrieb Städte, Autos, Züge und sogar die Gesichter der Menschen, denen er begegnet war. Was konnte das anderes sein als Magie?

Und ich bekam noch eine zweite Gabe. Das Schicksal schenkte mir Don Mimì. Ich habe ihn nicht willentlich verführt, ihn mit Zaubereien bezirzt. Habe ihn nicht mit meinen Speisen bestochen. Habe ihn niemals betrogen. Und habe niemals gedacht, deswegen etwas Besseres verpasst zu haben. Denn Don Mimì ist das Gebet eines Gläubigen. Das Ja zum Leben.

Ich weiß nicht, ob es ein Leben nach dem Tod gibt. Aber wenn ja, lieber Gott, dann bring mich zu ihm zurück. Mach, dass wir uns irgendwo begegnen. Reserviere ihm einen Platz an meiner Seite. Eine Ecke, wo wir Hand in Hand nebeneinander sitzen können. Mach, dass ich ihn erkenne, diesen Jungen mit den Hosenträgern seines Vaters, der mir geholfen hat, meine Schnur an einem Baum zu befestigen. Mach, dass er zu mir kommt, wenn ich in der Nacht meine Ahnungen habe und dass er mir die heiße Stirn mit einem feuchten Lappen kühlt, um ein Fieber zu senken, das es nicht gibt. Mach, dass er nach Hause kommt, mit diesen kleinen Feldblumensträußen, mit denen ich mir prachtvolle, bukolische Frisuren gemacht habe. Mach, dass ich ihn noch einmal küssen kann, wie damals, als wir jung waren und ich ihm auf den Zehenspitzen stehend die Hände um den Kopf gelegt und ihn zuerst auf den Schnurrbart, und dann auf die Lippen geküsst habe, als gäbe es auf der Welt nur ihn allein.

Ich hatte keine Zeit, viele Dinge zu lernen, doch das wenige, das ich weiß, verdanke ich ihm. Es war leichter, als ich gedacht hatte, weil ich ihm die kleinen Leichtsinnigkeiten verzieh, die heute mancher Macken nennen würde.

Und jetzt möchte ich mich mit all meiner Fantasie, die ich habe, wie in einem Film verwandeln und in die Grotten zurückkehren, unsichtbar.

Ich werde der Wind sein, der durch die Haare der Passanten fährt. Der Wind wird kommen, und wenn er kommt, wird er dir von mir erzählen. Wie die Klänge des Akkordeons, das man stetig hört, doch niemals sieht.

Ich werde die leise Stimme sein, die allen zuflüstert, nicht wegzugehen oder zumindest bald wiederzukommen.

Denn alles hängt davon ab, woran du glaubst.

Und daher werde ich neben dir stehen, wenn du die letzte Buchseite umblätterst und dich dafür entscheidest – da bin ich mir sicher –, mich zu besuchen.

Teresa

DAS ENDE IST NIEMALS DAS ENDE

Und wenn sich jemand fragen sollte, was aus ihnen geworden ist – tja, darüber weiß man nicht viel. Doch was man nicht weiß, kann man sich immer noch vorstellen.

Es heißt, das *Mach mich zu Wind* sei für Süditalien das, was das *Piper* im römischen Stadtviertel Coppedè war. Anders gesagt: eine Legende. Es heißt, dass es im Sommer Gruppen am Strand beherberge, und bei seiner Einweihung eine Sängerin aus Lukanien aufgetreten sei. Die wohl früher einmal Kosmetikerin war und es dann sogar bis nach San Remo geschafft hat.

Es heißt, Margherita habe einen Schönheitssalon eröffnet und sei, nachdem sie ein paar Pfunde zugelegt hatte, tatsächlich eine wahre Schönheit geworden. Was dieses Mal wirklich alle fänden. Es heißt, sie habe beschlossen, sich mit Mario, dem Journalisten, zu verloben. Es heißt, sie frage ihn jeden Tag, warum einer wie er mit ihr zusammen sein wolle. Und er antworte ihr jeden Tag: »Weil du ein guter Mensch bist. Und schön.« Und dass sie ihn liebe, weil sie weiß, dass er seine Frau immer so sehen wird: gut und schön.

Es heißt, dass ihre Mutter manchmal nach Potenza zurückfährt, weil sie dort vielleicht endlich den Liebsten gefunden hat.

Es heißt, die Frau des Assessore sei von dem Abgeordneten postwendend an den Absender zurückgeschickt worden und ihr Ehemann habe ihr verziehen. Doch es gibt auch Leute, die angesichts der roten Haare des Sohnes bei den braunhaarigen Eltern raunen, dass es noch ein anderer Politiker bis hierher geschafft haben muss.

Es heißt, Massimo habe seine Anwältin geheiratet, die ihr Examen in Neapel mit Auszeichnung bestanden hat. Es heißt, sie sei eine ergebene Ehefrau und eine liebevolle Mutter, auch wenn es eine Weile gedauert habe, bis sie ihr Studium beendet und alles unter einen Hut gebracht hatte.

Es heißt, Mary habe nach einer äußerst prunkvollen Hochzeit schon so oft die Hörner aufgesetzt bekommen, dass sie eigentlich durch keinen Türrahmen mehr passen dürfte. Aber es heißt auch, dass sie jeden Sommer auf die Insel Elba fahre und dort ihren Geliebten treffe.

Es heißt, Caterinas Großvater und Vater haben ein Mittel gefunden, wie sie miteinander auskommen: bei Sonnenuntergang im *Mach mich zu Wind* essen gehen.

Es heißt, Caterina und Massimo wollen ein weiteres Lokal in den Sassi di Matera eröffnen und den Kult um die Falaoni lucani in ganz Europa verbreiten.

Es heißt, Caterina und Pietro seien immer noch zusammen und liebten sich auf die Distanz, und dass er ernsthaft darüber nachdenke, Nonno Mimìs Stellung einzunehmen, dass aber keiner der beiden die Absicht habe zu heiraten. Aber sie machen lange Reisen, das schon.

Es heißt, dass aus Mimmo nach seiner Jugend ein Latin Lover geworden sei. Und dass Ginny es bitterlich bereue, in der Grundschule seine Liebe nicht erwidert zu haben.

Man sagt, das Erdöl sei immer noch ein großes Versprechen.

Doch dann ist etwas Außergewöhnliches passiert, während das lukanische Volk sich neu erfindet, sich dem Vergessen widersetzt, dafür kämpft, gesehen zu werden, Gründe zum Bleiben zu haben. Es heißt, Matera werde 2019 europäische Kulturhauptstadt.

Es heißt so vieles, und niemand kann es mit Sicherheit sagen. Doch eines steht für uns auf jeden Fall fest: dass Teresa, wo immer sie jetzt sein mag, sehr zufrieden wäre mit dem, was passiert ist.